Thomas Himmelbauer

Tod auf der Weißwandhütte

Kriminalroman

Von Thomas Himmelbauer bisher erschienen
Tod in Pannonien
Tod im Gymnasium
Tod am Güttenbach

Thomas Himmelbauer, geboren 1960 in Wien, verheiratet, 2 Kinder. Studium für das Lehramt an Höheren Schulen in den Fächern Mathematik und Physik. Seit 1984 als Lehrer an Allgemeinbildenden Höheren Schulen tätig. 1987 promovierte Thomas Himmelbauer zum Doktor der Naturwissenschaften. Seit 1989 lebt er in Güttenbach im Südburgenland.

[redacted]

Thomas Himmelbauer

Tod auf der Weißwandhütte

Kriminalroman

federfrei

Marchtrenk, 2013
www.federfrei.at

Umschlagabbildung: © magia85 - Fotolia.com
Lektorat: Verlag federfrei
Satz und Layout: Verlag Federfrei
Druck und Bindung: finidr s.r.o., Tschechien

ISBN 978-3-902784-25-4

Herzlichen Dank allen, die das Manuskript durchgesehen
und mir mit wertvollen Tipps weitergeholfen haben.

Sämtliche Personen dieses Romans, ihre Namen und ihre Handlungen sind frei erfunden, etwaige Ähnlichkeiten mit lebenden oder verstorbenen Personen nicht beabsichtigt. Die Handlung spielt in einer fiktiven Gegend im Grenzgebiet zwischen Österreich und Italien.

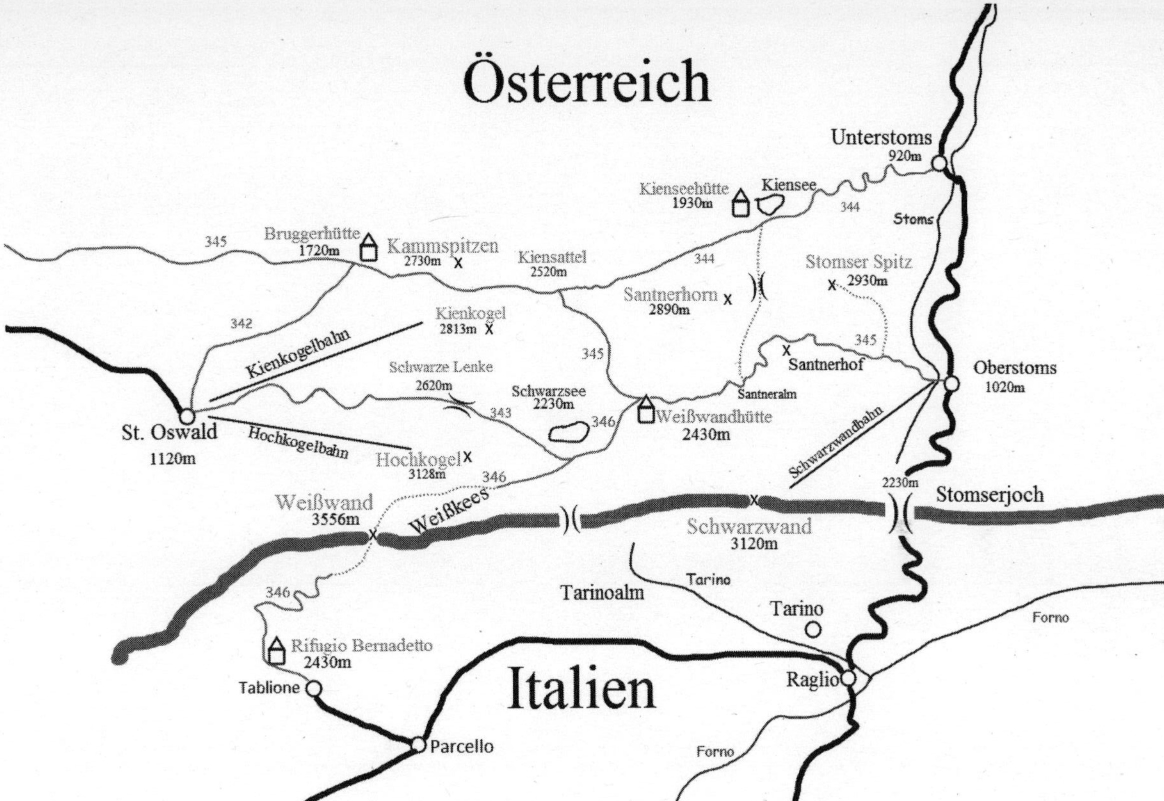

Österreich
Unterstoms
920m
Kienseehütte
1930m
Kiensee
344
Stoms
Bruggerhütte
1720m
Kammspitzen
2730m
345
Kiensattel
2520m
344
Stomser Spitz
2930m
Santnerhorn
2890m
342
Kienkogel
2813m
Kienkogelbahn
345
345
Santnerhof
Oberstoms
1020m
Schwarze Lenke
2620m
Schwarzsee
2230m
343
Santneralm
St. Oswald
1120m
Hochkogelbahn
346
Weißwandhütte
2430m
Hochkogel
3128m
Schwarzwandbahn
346
2230m
Stomserjoch
Weißwand
3556m
Weißkees
Schwarzwand
3120m
Tarino
Tarinoalm
346
Tarino
Forno
Rifugio Bernadetto
2430m
Tablione
Italien
Raglio
Parcello
Forno

Prolog: 1. und 2. September

Grün bis schwarz drohte das Wasser des kleinen Sees mit Kälte und Tiefe. Trostlos zogen sich die langen, steilen Schutthalden zu den Felswänden empor, deren Gipfel in dunklen Wolken steckten, die auch die Sicht auf St. Oswald und die nahegelegene Bergstation der Kienkogelbahn verdeckten. Wenig Grün wuchs zwischen den gewaltigen, spärlich mit Moos überzogenen Felsblöcken. Letzte, mit Schutt und Staub bedeckte Schneereste an den Nordhängen wirkten so grau wie die Steine daneben. Reglos hing die grüne Alpenvereinsfahne vom Mast herab.

Franz Gatter stand allein zwischen den Tischen und Bänken auf der Terrasse vor der Bruggerhütte. Er hatte die Hände vor der Brust verschränkt und wandte seinen Blick von der Umgebung auf die Wegweiser, die am Zaun vor der Hütte befestigt waren.

Kienseehütte - Weg Nr. 344 - 6 Stunden
Weißwandhütte - Weg Nr. 345 - 5 Stunden
St. Oswald - 2½ Stunden
Kienkogel 2813 m - 4 Stunden

Gestern noch waren sie bei Kaiserwetter am Kienkogel gewesen, doch über Nacht hatte sich alles verändert. Keine Sonne schien wärmend vom hellblauen Himmel herab. Keine strahlend weißen Schneefelder glitzerten an den Flanken der Berge. Kein Gipfel spiegelte sich im blauen Wasser des Bergsees. Kein lustiges, buntes Bergsteigervolk aß und trank auf der Terrasse. Es war kalt. Er fror und drehte sich zur Hütte um. Gezeichnet von vielen langen Wintern stand sie vor ihm. Auf der Gedenktafel neben der Eingangstür las er beim Eintreten:

Bruggerhütte 1720 m
Deutscher Alpenverein

Sektion Heilbronn
Erbaut in den Jahren 1927-1931
Renoviert und vergrößert 1969

Im Gastraum befand sich nur ein italienisches Paar. Die anderen Gäste waren längst aufgebrochen. Franz Gatter und seine Frau Gertraud hatten länger geschlafen. Schließlich waren die Touren der vergangenen Tage sehr anstrengend gewesen. Während er auf seine Frau wartete, studierte er die Wanderkarte der Umgebung. Laut dem Wegweiser vor der Hütte waren es bis zur Kienseehütte sechs Stunden. Auch die Karte zeigte deutlich, dass der Übergang dorthin kein Spaziergang war. Sollten sie lieber zur Weißwandhütte wandern? Für dieses Ziel war nur eine Gehzeit von fünf Stunden angegeben. Unterhalb der Karte befand sich ein kleines Pult mit dem Hüttenbuch und dem Hüttenstempel. Er studierte die letzten Eintragungen. Niemand hatte vorgehabt, zur Kienseehütte oder Weißwandhütte zu wandern. Alle waren nach St. Oswald abgestiegen. Sein Blick fiel auf die Seite vom Vortag. Direktor Albert Furtmann, Lisa Furtmann und Bergführer Giacomo Brondi hatten als Ziel die Weißwandhütte angegeben. Die drei hatten mit ihm und seiner Frau am selben Tisch zu Abend gegessen. Heute wollten sie die Weißwand besteigen. Würden die Wetterverhältnisse dies zulassen?

Seine Frau trat ein und sie setzten sich zum Frühstück.
»Was macht das Wetter?«, fragte sie und blickte in den düsteren Morgen hinaus.
»Es schaut nicht gut aus«, erwiderte Franz. Es fehlte ihnen nur noch eine Etappe, um den Oswalder Höhenweg vollständig begangen zu haben.
»Vielleicht sollten wir abbrechen und absteigen?«, meinte er.
»So schlecht ist es auch wieder nicht.«
Damit war klar, was Franz ohnehin gewusst hatte, Gertraud wollte den Weg unbedingt zu Ende gehen.

»Ob Direktor Furtmann heute die Weißwand erklimmen wird? Er hat schon mehrmals vergeblich versucht, den Gipfel zu erreichen«, wollte Franz das Thema wechseln.

»Von ein paar Wolken lässt er sich sicher nicht abhalten«, entgegnete Gertraud knapp.

Franz schwieg. Der Hüttenwirt Gerhard Unterberger brachte ihnen den Kaffee.

»Und wohin geht es heute?«, wollte er wissen.

»Zur Kienseehütte«, antwortete Gertraud.

»Dann müsst ihr euch beeilen. Das Wetter schlägt um. Notfalls könnt ihr am Kiensattel zur Weißwandhütte ausweichen. Man kann sie vom Sattel aus sehen. Ungefähr eine Stunde von dort. Der Weg ist nicht so ausgesetzt wie zur Kienseehütte.«

»Danke. Es wird schon durchhalten«, versprühte Franz nicht vorhandenen Optimismus.

Wenig später eilte das Ehepaar Gatter schweigend zwischen Kienkogel und Kammspitzen zum Kiensattel hinauf. Starker Südwind hatte eingesetzt. Rasch war ihnen warm geworden und sie verstauten Windbluse und Pullover im Rucksack. Zwischen den rasch dahinziehenden Wolken zeigten sich kleine, hellblaue Flecken am Himmel, wurden rasch größer und die Sonne tauchte die karge Landschaft in ihr warmes Licht.

»Von wegen, das Wetter schlägt um«, meinte Gertraud spitz, während sie den Zipp ihrer Hose in Kniehöhe öffnete und die unteren Teile abnahm. »Jetzt können wir ruhig langsamer gehen. Kein Unwetter in Sicht.«

Franz stand still neben ihr und musterte den nun fast wolkenlosen Himmel. Einen weiter reichenden Blick auf das Wettergeschehen verhinderte die nahe Bergkulisse.

»Hoffentlich ist das nicht die Ruhe vor dem Sturm«, meinte er schließlich.

Langsam stiegen sie die vielen immer steiler werdenden Kehren zum Sattel empor. Die gestrige Tour auf den Kienkogel steckte ihnen noch in den Knochen und atemlos blieben sie immer wieder kurz stehen. Es war unnatürlich warm und feucht. Trotz seiner Stärke konnte der Wind den Schweiß nicht abtrocknen. Am Kiensattel öffnete sich der Blick nach Süden. Zwischen den dahinziehenden Wolken strahlte hell das Weißkees und immer wieder wurde die Sicht frei auf den Weißwandgipfel, der alle Erhebungen der Umgebung überragte. Auf einem großen Felsblock ließen sie sich zur Rast nieder. Direkt vor ihnen erhob sich das Santnerhorn. Nachdem sie sich gestärkt hatten, streckten sie sich aus und, ihre Köpfe auf die Rücksäcke legend, sonnten sie sich. Es mochte eine halbe Stunde vergangen sein, da verdeckte eine kleine Wolke die Sonne und Franz richtete sich auf.

»Ich möchte noch ein bisschen liegen bleiben«, sagte Gertraud, ohne die Augen zu öffnen. Franz blickte sich um und sah die schwarze Wolkenwand, die sich hinter ihnen im Westen gebildet hatte.

»Ich denke, da kommt ein Gewitter. Wir sollten aufbrechen.«

»Wo?«, fragte Gertraud und setzte sich auf, aber ein Blick genügte ihr als Antwort. Hastig packte sie zusammen. Nicht weit unterhalb des Sattels erreichten sie die Stelle, wo sich der Weg gabelte. Links ging es zur Kienseehütte und rechts zur Weißwandhütte. Fast eben zog sich der Weg den Berghängen entlang zur Weißwandhütte hinüber, die in der Ferne deutlich zu sehen war. Der Weg zur Kienseehütte ging steil hinunter, um dann an den Hängen des Santnerhorns wieder emporzuführen. Franz blickte durch den Feldstecher. Auf halbem Weg zur Weißwandhütte sah er zwei Wanderer. Wahrscheinlich waren sie von der Kienseehütte gekommen. Der Kontrast zwischen dem noch hell erleuchteten Gletscher und den dunklen Gewitterwolken war stark. Er suchte das riesige Eisfeld ab, das sich bis zum Gipfel der Weißwand erstreckte. Von Direktor Furtmann, seiner Gattin und dem Bergführer war nichts zu sehen. Gerade wollte Franz sagen, dass es nun klüger wäre, zur Weißwandhütte zu gehen, da war ein dumpfes Grollen zu vernehmen.

»Schnell, ich habe keine Lust, vom Blitz getroffen zu werden«, rief Gertraud und marschierte Richtung Weißwandhütte los. Noch einmal blickte Franz durch den Feldstecher. Ein Wanderer näherte sich, von der Weißwand kommend, der Hütte. Wieder war ein Grollen zu vernehmen. Er eilte Gertraud nach und erzählte ihr von seinen Beobachtungen.

Die Sonne verschwand hinter der aufziehenden Wolkenwand und ihr bedrohliches Schwarz verwandelte sich in Grau. Die Windböen nahmen an Heftigkeit zu und bald fielen die ersten Tropfen. Rasch schlüpften sie in ihre Regenjacken. Es blitzte und der Donner folgte unmittelbar. Franz überlegte, ob sie irgendwo einen Unterschlupf suchen sollten. Die Tropfen wurden größer, aber es folgte kein Blitz mehr und auch kein Donner. Dann hörte der Regen ganz auf und es wurde wieder lichter. Linker Hand öffnete sich der Blick auf die tief unterhalb liegende Santneralm und das im Tal liegende Oberstoms. Als das Ehepaar Gatter um die letzte Wegbiegung kam, lag die Weißwandhütte schon im Sonnenlicht. Es hatte wieder aufgerissen und war schwüler als zuvor. Die Hütte war einstöckig mit einem Blechdach, das mit Abspannungen gegen Sturm gesichert war. Erdgeschoss und erster Stock waren aus den Steinen der Umgebung gemauert. An einer Seite gab es einen kleinen hölzernen Zubau. An einer langen Stange wehte die österreichische Fahne. Einige Tische und Bänke standen verwaist vor der Hütte. Es war kurz vor zwölf Uhr. Sie ließen sich an einem Tisch nieder und breiteten die Regenjacken zum Trocken aus. Niemand ließ sich blicken.

»Holst du mir etwas zu trinken?«, bat Gertraud.

»Was willst du?«, fragte Franz im Aufstehen.

»Einen Apfelsaft gespritzt.«

Auf dem Schild über der Eingangstür konnte Franz lesen:

Weißwandhütte 2430 m Familie Santner
Erbaut 1930
1967 nach Blitzschlag abgebrannt
1977 neu erbaut

Er betrat die Hütte. Seine Augen mussten sich erst an die Dunkelheit im Eingangsbereich gewöhnen. Links waren zwei Türen, eine mit ›WC‹ und eine mit ›Trockenraum‹ beschriftet, dann folgte eine steile Stiege, die offensichtlich zu den Lagern hinaufführte. Ein Schild verbot, mit Bergschuhen hinaufzugehen. Die Tür gerade vor ihm trug die Bezeichnung ›Privat, Eintritt verboten‹ und rechts ging es in das Gastzimmer. Franz trat ein. Der Raum war leer. Vier Tische mit Bänken standen an der Fensterseite, gegenüber war die Durchreiche zur Küche, die derzeit geschlossen war. Links davon war eine Liste mit den Preisen für Speis und Trank, rechts eine Vitrine mit Ansichtskarten und Abzeichen. Er klopfte an die geschlossene Durchreiche, aber nichts rührte sich. Auch ein weiterer Versuch war erfolglos. Er kehrte zu Gertraud ins Freie zurück.

»Und?«, empfing sie ihn fragend.

»Es rührt sich niemand, alles abgeschlossen.«

»Wir hätten zur Kienseehütte gehen sollen, auf diese Privathütten ist kein Verlass.«

Sie nahm ihre Wasserflasche aus dem Rucksack und trank sie leer. Franz ging um die Hütte herum. An der Rückseite gab es zwei Fenster. Er blickte beim ersten hinein und sah in die Küche. Kein Mensch war zu bemerken. Die Läden des anderen Fensters waren geschlossen. War die Hütte nicht mehr bewirtschaftet? Das hätte doch der Wirt der Bruggerhütte wissen müssen und schließlich war der Eingang nicht versperrt. In der Nähe ragte aus einem Haufen, der aus Steinen der Umgebung geschlichtet worden war, ein Rundholz mit Wegweiser heraus und zeigte den Beginn des Steiges zur Weißwand an.

Weißwand Nr. 348-Nr. 352   5 Stunden
Übergang zum Refugio Bernadetto   8 Stunden
Schwarze Lenke Nr. 348   2 Stunden
St. Oswald   5 Stunden

Franz blickte den ansteigenden, mit Latschen bewachsenen Hang hinauf, in dem sich der kleine Weg rasch verlor.

»Wo sind die beiden Wanderer hin, die vor uns unterwegs waren?«, fragte Gertraud, als er zurückkehrte.

»Keine Ahnung. Wahrscheinlich sind sie weitergegangen.«

»Und was ist mit dem Wirt?«

»Vielleicht hat er sich auf ein Stündchen hingelegt. Ich will ihn nicht stören.«

Gertraud schüttelte den Kopf, und Franz setzte sich wieder zu ihr. Der Wind hatte aufgehört zu blasen, die Fahne hing schlaff vom Mast herab, die Sonne brannte hernieder. Gewaltige Wolkentürme wuchsen in die Höhe. Franz streckte sich auf einer Bank aus und schlief ein.

»Eigentlich habe ich Hunger«, weckte Gertraud Franz auf und blickte auf ihre Uhr. »Ein Uhr, wollen die kein Geschäft machen?«

Sie ging in die Hütte hinein und kam nach ein paar Minuten wieder.

»Ich glaube, da ist niemand zu Hause. Ich habe auch bei ›Privat‹ angeklopft. Es rührte sich nichts. Schaust du einmal, ob die Schlafräume offen sind? Ich möchte nicht im Gastraum übernachten müssen.«

Gertraud legte sich wieder nieder. Franz betrat das Haus, zog seine Schuhe aus und ging in Socken hinauf in den ersten Stock. Alle drei Lager waren offen. Hier konnten vierzig Personen leicht übernachten. Durch ein kleines Fenster sah er hinunter auf den Vorplatz, wo Gertraud begonnen hatte von ihrem Proviant zu essen.

»Die Lager sind offen«, beruhigte er sie bei der Rückkehr.

»Sonst wäre es wohl besser gewesen abzusteigen.«

Sie nahm ein Buch aus ihrem Rucksack und begann zu lesen. Franz legte sich wieder auf eine Bank und beobachtete, wie die Wolkengebirge immer mächtiger und dunkler wurden. Bald war der letzte Gipfel von ihnen verdeckt und wenig später verschwand auch die Sonne. Trotzdem blieb es warm. Kein Lufthauch war zu spüren. Franz döste entspannt vor sich hin. Der Himmel verdunkelte sich. Ausgeruht richtete er sich wieder auf. Er konnte sich nicht erklären, wo der Hüttenwirt blieb. Gertraud war noch immer in ihr Buch vertieft. Er nahm seine Kamera und schoss einige Bilder von der Umgebung. Die düstere Stimmung gab ein tolles Motiv. Helle Wolkenfetzen stiegen von der Santneralm zu ihnen empor und vermittelten eine starke Tiefenwirkung. Die Aufnahme zur Alm hinunter glich einem Luftbild aus einem Flugzeug.

War das Donnergrollen, fragte er sich und lauschte angestrengt. Es war aber wieder völlig ruhig und windstill. Gertraud legte ihr Buch zur Seite, blickte sich um und stellte fest: »Wenn Direktor Furtmann tatsächlich heute früh zur Weißwand aufgebrochen ist, dann sollte er jetzt bald zurückkehren.«

»Das lässt sich überprüfen«, erwiderte Franz. Rasch war das Hüttenbuch im Gastraum gefunden. Es war aber so dunkel, dass Franz kaum lesen konnte. Es gab nur zwei Eintragungen: Direktor Furtmann mit Frau und Bergführer mit Ziel Weißwand und Ehepaar Patznik mit Ziel Schwarze Lenke.

Franz berichtete Gertraud und fügte hinzu: »Vielleicht sind die Furtmanns nach Italien und die Patzniks nach St. Oswald abgestiegen.«

»Das heißt, wir werden hier bei Blitz und Donner alleine übernachten«, meinte Gertraud wenig begeistert.

»Der Hüttenwirt wird sicher bald eintreffen«, wollte Franz sie beruhigen.

»Du glaubst doch selber nicht, dass er noch kommt. Jetzt ist es drei Uhr. Er hat die Hütte für den Notfall offen gelassen und ist einfach abgestiegen. Viel Geschäft entgeht ihm Anfang September bei diesem Wetter nicht. Ich denke, wir werden die einzigen Gäste bleiben. Hast du noch Proviant für das Abendessen?«

Franz nickte.

Diesmal hatte er sich nicht getäuscht. Leises Donnergrollen war zu hören und wiederholte sich nach zwei, drei Minuten wieder.

Vielleicht konnte man den Hüttenwirt telefonisch erreichen. Er blickte auf sein Handy, aber es gab keinen Empfang hier oben.

»Da kommt jemand«, sagte Gertraud erfreut. Auch Franz hatte die Stimmen gehört. Er ging ein paar Schritte zur Seite, so dass er an der Hütte vorbeisehen konnte. Ein Mann und eine Frau näherten sich auf dem Weg, der zur Weißwand führte. Unüberhörbar laut hallte ein Donner von den Berghängen wider.

Mit lautem »Grüß Gott und Berg Heil« betrat der Mann den Platz vor der Hütte, dicht gefolgt von einer kleinen, stämmigen Frau.

»Das ist sich gerade noch ausgegangen«, meinte er erleichtert, stellte den Rucksack zu Boden und nahm die Schirmkappe ab. Es donnerte erneut. Diesmal glaubte Franz den hellen Schein des Blitzes hinter den schwarzen Wolken gesehen zu haben.

»Seid ihr auf der Weißwand gewesen?«, wollte Franz von den beiden wissen.

»Nein, nein. Die ist uns zu schwierig. Wir sind heute früh von der Kienseehütte weggegangen. So um elf Uhr waren wir schon einmal hier.«

»Da hat es auch schon gewittert«, ergänzte seine Begleiterin.

»Bei uns auch«, sagte Gertraud. »Wir waren zu dieser Zeit auf dem Kiensattel.«

Wieder leuchtete der Schein eines Blitzes hinter den Wolken auf, diesmal aber an einer ganz anderen Stelle.

»Übrigens, Doris und Gernot Patznik«, stellte der Mann sich und seine Frau vor.

In erneutes Donnern hinein erwiderte Franz: »Gertraud und Franz Gatter.«

»Da es bald wieder aufriss«, erzählte Doris weiter, »wollten wir zur schwarzen Lenke wandern. Dann war uns aber das Wetter zu unsicher. Wir haben abgebrochen und sind zum Schwarzsee abgestiegen. Wunderbar, dieses stille, kleine Wasser. Beim ersten leisen Donnergrollen sind wir dann hierher geeilt.«

Das helle Flackern von mehreren Blitzen war an verschiedenen

Stellen gleichzeitig am Himmel zu sehen.

»Es gibt keinen Hüttenwirt«, meinte Gertraud spitz. »Ich weiß nicht, was da los ist.«

Das Donnern war noch nicht vorbei. Da ging ein Wetterleuchten über den ganzen Himmel.

»Kein Mensch da?«, fragte Gernot und deutete auf die Hütte.

»Außer uns niemand«, erwiderte Franz und schüttelte den Kopf.

Wieder rollten die Donner zwischen den Bergen hin und her. Das Aufleuchten der Blitze näherte sich nun von allen Seiten.

»Am Vormittag war auch niemand anwesend. Nur gut, dass die Tür offen ist«, sagte Gernot und nahm seinen Rucksack wieder auf. Gar nicht weit entfernt, Richtung Santnerhorn, stand für Bruchteile von Sekunden der gelbe flackernde Zickzack eines Blitzes am Himmel, unmittelbar gefolgt von einem ohrenbetäubenden Krachen. Die beiden Paare eilten in die Hütte. Kaum hatten sie den Gastraum betreten, schlug ein Blitz in unmittelbarer Nähe der Hütte ein. Kurz war es taghell, bevor der Donner das Gebäude erzittern ließ. Man ging zu den Fenstern und blickte schweigend ins Unwetter hinaus. Plötzlich waren sie da, die Hagelkörner, die von den Bänken und Tischen wieder emporsprangen und auf dem Blechdach der Hütte einen Höllenlärm machten. Bald war der Boden weiß wie im Winter. Blitz um Blitz folgte. Dann war das Heulen des aufkommenden Sturmes zu hören und mit einem Mal pfiff er um die Hütte und zerrte an ihrem Dach. Erst nach einer halben Stunde ließ das Unwetter langsam nach und man setzte sich im düsteren Raum zu Tisch.

»Licht wäre nicht schlecht«, meinte Doris und deutete hinauf zu den beiden Lampen. Gernot suchte, doch es waren keine Lichtschalter zu finden.

»Vielleicht sind sie in der Küche«.

Er setzte sich wieder.

»Bin ich froh, dass wir ein Dach über dem Kopf haben. Jetzt möchte ich nicht im Freien sein.«

Gertraud fröstelte bei dem Gedanken. Da erinnerte sich Franz an Direktor Furtmann und wandte sich zu Gertraud: »Hoffentlich sind die Furtmanns nicht noch auf der Weißwand.«

Auf den fragenden Blick von Gernot fügte er hinzu: »Wir haben Direktor Furtmann und seine Frau auf der Bruggerhütte kennengelernt. Sehr nette Leute. Sie sind mit einem Bergführer aus Italien unterwegs und wollten heute die Weißwand ersteigen. So steht es auch hier im Hüttenbuch.«

Franz wies auf das kleine Pult an der Wand, auf dem es lag.

»Wir haben heute ihren Bergführer getroffen, einen großen, schlanken Mann mit einem kleinen Schnurrbart, dort, wo sich der Weg zur Weißwand und zur schwarzen Lenke gabelt,«, berichtete Doris.

»Das muss Giacomo Brondi, der Bergführer der Furtmanns gewesen sein. Waren sie am Gipfel? Die Furtmanns haben in den vergangenen Jahren schon mehrmals probiert, den Gipfel zu erklimmen.«

»Der Bergführer war allein«, bemerkte Gernot und sah die erstaunten Gesichter von Franz und Gertraud.

»Brondi war sehr verärgert«, fuhr er fort. »Schon in der Früh wollte er die Furtmanns überzeugen, dass die Wetterlage keine Tour auf die Weißwand erlauben würde, doch die beiden ließen nicht locker. So marschierten sie los, Brondi in der Gewissheit, dass sie bald umkehren würden. Nach dem ersten Gewitter legte er ihnen nahe abzubrechen. Weil es aber so herrlich aufriss, wollten sie unbedingt weitergehen. Für so einen Wahnsinn wollte Brondi die Verantwortung nicht übernehmen. Er hat sich von ihnen getrennt und ist abgestiegen.«

»Nach St. Oswald?«, fragte Franz. »Denn bei uns ist er nicht vorbeigekommen. Die Furtmanns übrigens auch nicht.«

»Nein, er ist wieder aufgestiegen. Während er seinem Ärger im Gespräch mit uns Luft verschaffte, läutete sein Handy. Es waren die Furtmanns. Sie hatten im Nebel am Gletscher den Weg verloren und baten um Hilfe. Sie können sich nicht vorstellen, mit welchem Zorn der Mann aufgebrochen ist. Am liebsten hätte er ihnen die Hilfe verweigert.«

»Ob er die beiden gefunden hat? Wer weiß, wo sie jetzt sind?«, fragte Gertraud. Sie stand auf und sah bei einem Fenster hinaus. Das Gewitter dauerte an, wenn auch die Häufigkeit der Blitze abgenommen hatte.

»Ein Bergführer wird schon wissen, was er in solchen Situationen zu tun hat«, beruhigte Doris. »Möglicherweise biwakieren sie am Gletscher oder sind über wegloses Gelände nach St. Oswald abgestiegen.«

Da fielen Gertraud die beiden halb abgebrannten Kerzen auf, die auf der Fensterbank standen. Triumphierend brachte sie die beiden zu Tisch und bald saßen sie im warmen Kerzenlicht und beschlossen, ein paar Runden zu schnapsen. Nachdem das Blitzen und Donnern eine Zeit lang nachgelassen hatte, verstärkte es sich wieder.

Es ging gegen fünf Uhr, als Gernot beschloss, vor die Hütte zu treten, um eine Zigarette zu rauchen. Franz folgte ihm. Draußen war es empfindlich kalt geworden. Die Sicht betrug wenige Meter und es schüttete wie aus Schaffeln.

»Wenn sich die Lage bis morgen früh beruhigt hat, dann steigen wir nach Oberstoms ab«, begann Franz.

»Das werden wir vermutlich auch machen«, stimmte Gernot zu. »Außer es wird besonders schön. Manchmal ist die Sicht nach Durchzug einer Kaltfront besonders gut. Dann würden wir über die Schwarze Lenke nach St. Oswald gehen. Da kommt man der Weißwand sehr nahe.«

»Wir sind schon über eine Woche auf dem Oswalder Höhenweg unterwegs. Die Weißwandhütte ist unsere letzte Station. Dann geht es wieder nach Haus«, erzählte Franz stolz. »Es waren herrliche Tage, so von Hütte zu Hütte durch die unberührte Natur der Berge.«

»Verdammt kalt.« Gernot warf den Zigarettenstummel weg und sie kehrten in die Hütte zurück.

»Vielleicht ein Abendessen, die Herrschaften. Kaiserschmarren, Erbsensuppe mit Würstel, Spaghetti oder Wienerschnitzel«, las Franz lachend mit Hilfe seiner Stirnlampe von der Tafel neben der geschlossenen Durchreiche zur Küche ab.

»Wäre nicht schlecht. Viel Proviant haben wir nicht mehr«, stellte Gernot fest.

»Ihr werdet nicht gleich verhungern.«

Doris deutete auf die durchaus sichtbaren Bäuche der beiden Männer.

»Ein Bier wäre auch nicht schlecht. Sicher ist eines in der Küche. Wenn man nur hinein könnte!«

Franz betrachtete die Durchreiche näher.

»Vielleicht lässt sie sich öffnen?«

Er wollte den Rahmen mit dem Milchglas hochschieben, aber dieser rührte sich keinen Millimeter.

»Lassen wir das«, wollte Gernot Franz davon abhalten, in die Küche einzudringen, »sonst machen wir noch etwas kaputt. Müssen wir eben Wasser trinken.«

Tatsächlich gab Franz es auf, die Durchreiche zu öffnen.

»Pack aus, was du noch zu essen hast!«, forderte Gertraud ihn auf und stellte ihre Proviantreste auf den Tisch. Auch Gernot und Doris holten hervor, was sie noch Essbares besaßen. Franz steuerte zwei Dosen Fisch und ein paar Scheiben Brot bei. Dann ging er auf das WC. Dort war es kalt, denn das Fenster war gekippt. Immer regnete es noch in Strömen. Er trat wieder auf den Gang und richtete den Schein seiner Stirnlampe auf die Tür mit dem Schild ›Privat, Eintritt verboten‹. Versuchen kann man es doch, dachte er, drückte die Türschnalle nach unten und war dann überrascht, dass sich die Tür öffnen ließ. Zuerst wollte er sofort zurück in die Gaststube, um seinen Erfolg zu melden. Wirkungsvoller war es aber, von der Küche aus die Durchreiche zu öffnen. Er freute sich schon auf die überraschten Gesichter. Durch die geöffnete Tür kam er in einen kleinen Vorraum, an dessen Wänden verschiedenste Lebensmittel und Getränke gestapelt waren.

Mit Freude sah er die blaue Farbe von Bierdosen. Die Tür links ging wahrscheinlich in einen Schlafraum. Hinter der Tür rechts musste die Küche liegen. Er trat ein. Ein großer quadratischer Raum lag vor ihm. Rechts erkannte er sogleich die Durchreiche ins Gastzimmer. Links um das Fenster waren Regale mit Geschirr und Lebensmittel. In der Mitte war der Herd, umgeben von einer großen Abstellfläche. Gleich neben der Durchreiche lag das Abwaschbecken. Leise näherte er sich ihr. Zwei Riegeln sicherten den Rahmen der Milchglasscheibe, das sah er von weitem. Bevor er diese öffnete, blickte er sich noch einmal um. Da sah er den jungen Mann hinter dem Herd auf dem Boden liegen. Er war erschossen worden, wie er unschwer erkennen konnte. Neben ihm, aus seiner rechten Hand entfallen, lag ein Funkgerät. Geschockt kehrte er zu den anderen zurück.

»Wo warst du denn so lange?«, empfing ihn Gertraud, ein Fischbrot essend. »Wenn du dich nicht beeilst, bleibt für dich nichts mehr übrig.«

»Der Hüttenwirt…«, begann Franz und verstummte wieder. Gertraud konnte seinen verstörten Blick gegen die blendende Stirnlampe nicht erkennen. Warum blieb er mitten im Raum stehen und kam nicht zu ihnen?

»Was ist denn los, Franz? Hast du irgendetwas?«, fragte sie.

»Der Hüttenwirt…«, wiederholte er ohne fortzusetzen.

»Was ist denn mit dem Hüttenwirt?«

Auch Gernot und Doris bemerkten, dass mit Franz etwas nicht stimmte, und drehten sich zu ihm um.

»Der Hüttenwirt liegt tot in der Küche. Jemand hat ihn erschossen«, presste Franz hervor und als keiner antwortete, fuhr er fort, »er muss schon den ganzen Tag hinter dem Tisch in der Küche auf dem Boden gelegen sein.«

»Du warst in der Küche?«, fragte Gertraud ungläubig.

»Ja, die Tür war nicht abgesperrt.«

Alle standen auf und folgten Franz in die Küche. Wortlos betrachteten sie die Leiche.

»Nichts angreifen, bevor die Polizei kommt«, sagte Gernot schließlich.

»Wahrscheinlich war er schon tot, als wir um 11 Uhr hier eingetroffen sind«, stellte Doris fest.

»In der Früh muss er noch gelebt haben. Schließlich haben die Furtmanns hier übernachtet«, überlegte Gertraud. »Danach muss es geschehen sein. Wir alle haben heute aber weit und breit niemanden gesehen.«

»Stimmt nicht«, verbesserte sie Franz. »Ich habe zwei Mal mit dem Feldstecher vom Kiensattel zur Weißwandhütte geschaut. Beim ersten Mal habe ich Gernot und Doris gesehen. Ich kann mir nicht vorstellen, dass noch weitere Personen auf diesem Wegabschnitt unterwegs waren. Danach habe ich dann eine Person gesehen, die sich von der Weißwand kommend der Hütte näherte. Vielleicht war sie der Mörder?«

»Davon hast du mir gar nichts erzählt«, wunderte sich Gertraud.

»War auch nicht wichtig.«

»Wir sollten die Polizei verständigen«, forderte Doris.

»Hier gibt es keinen Empfang«, stellte Gernot fest. »Und ich gehe jetzt bestimmt nicht irgendwo auf einen Berg hinauf, bis ich ein Netz finde.«

»Das Funkgerät neben der Leiche?«, fragte Gertraud.

»Für die Polizei ist es besser, wir fassen es nicht an. Außerdem weiß ich gar nicht, ob ich es bedienen könnte«, erwiderte Franz.

»Wir haben also neben einer Leiche geschnapst und jetzt werden wir auch noch neben ihr schlafen«, schauderte Doris.

Gernot nickte. Sie kehrten zurück in den Gastraum. Die Finsternis des Unwetters war nahtlos in die Dunkelheit der Nacht übergegangen. Die Tage Anfang September waren kurz.

»Glaubst du, dass der Mörder noch in der Nähe ist?«, fragte Gertraud plötzlich ängstlich.

»Warum sollte er?«, wollte Doris wissen.

»Vielleicht hat auch ihn das Unwetter überrascht und er kehrt zur Hütte zurück.«

»Jetzt denk dir nur keine Schauergeschichten aus«, meinte Franz barsch. »Der ist lang über alle Berge.«

»Hoffentlich.« Doris klang nicht sehr überzeugt.

»Wir sollten uns ablenken, bis wir schlafen gehen«, forderte Gernot. »Spielen wir noch ein paar Runden!«

»Neben einer Leiche?«, bezweifelte Gertraud diesen Vorschlag.

»Warum nicht. Besser als wir steigern uns in irgendwelche irrealen Ängste hinein«, stimmte Franz zu.

»So irreal ist diese Leiche nicht«, erwiderte Doris, nahm aber die Spielkarten in die Hand und begann sie zu mischen. Während sie schnapsten, wurden Blitz und Donner immer schwächer und seltener.

Doris blickte auf die Uhr.

»Neun Uhr. Ich bin schon ziemlich müde. Ich möchte schlafen gehen, doch allein traue ich mich nicht auf das Lager.«

»Wir bleiben beisammen«, beruhigte Franz.

Alle horchten auf. Jemand hatte die Eingangstür geöffnet, wieder geschlossen und klopfte jetzt mit seinen Schuhen auf den Boden, wie wenn er Schmutz abstreifen wollte. Stumm erwarteten sie den Ankömmling. Gernot löste den Pickel von seinem Rucksack. Die Tür öffnete sich und ein völlig mit Schnee bedeckter Giacomo Brondi trat ein und sagte »Guten Abend.«

»Mein Gott, ich dachte schon, es ist der Mörder«, flüsterte Doris zu Gertraud.

»Es schneit draußen«, hauchte Gertraud zurück.

»Wo ist denn der Hüttenwirt? Er soll sofort die Bergrettung alarmieren. Ich habe die Furtmanns nicht finden können, obwohl ich bei diesem Unwetter den halben Berg abgesucht habe. So ein Mist. Der Akku vom Handy war auch bald leer und Empfang gibt es auch nur an wenigen Stellen.«

Ärgerlich zog er es aus seiner Hosentasche und warf es auf den nächsten Tisch.

»Hat er euch das Licht abgedreht, weil er schon schlafen wollte?«.

Er deutete auf die finstere Durchreiche zur Küche.

»Nein, er...«.

Bevor Franz weitersprechen konnte, meinte Brondi barsch: »Dann werden wir ihn halt aufwecken.«

»Er ist tot«, sagte Gernot, noch bevor Brondi den Raum verlassen konnte.

»Wer ist tot?«, drehte Brondi sich um.

»Vermutlich der Hüttenwirt. Ein Mann liegt erschossen in der Küche. Jemand hat ihn ermordet.«

»Ermordet?«

Brondi eilte ihn die Küche und die anderen folgten ihm.

»Es ist Michael Pichler, der Hüttenwirt. Wie lange liegt er schon hier?«, wollte er wissen.

»Wahrscheinlich war er schon tot, als wir am späten Vormittag hier rasteten«, antwortete Gernot.

»Um sechs Uhr in der Früh sind wir aufgebrochen. Da hat er noch gelebt«, überlegte Brondi, bückte sich zum Toten und streckte seine Hände nach dem Funkgerät aus.

»Nicht angreifen, bevor die Polizei kommt«, forderte Franz, aber Brondi schnappte sich das Gerät, richtete sich auf und sagte: »Es geht um Menschenleben. Michael ist tot. Die Furtmanns leben hoffentlich noch.«

Er schaltete das Gerät ein und drehte an allen Knöpfen. Mehr als Krachen und Knistern konnte er jedoch nicht bewirken.

»Vielleicht wurde es beschädigt, als Michael zu Boden stürzte«, meinte Gernot und näherte sich dem Ermordeten. Da sah er die geöffnete Tischlade oberhalb des Toten und beugte sich vor, um hineinsehen zu können. Eine geöffnete Handkassa lag in der Lade. Sie war bis auf ein paar Cent leer.

»Es könnte ein Raubmord gewesen sein«, sagte er, sich wieder aufrichtend, zu den anderen. »Die Handkassa ist geöffnet und praktisch leer.«

»Der Hüttenwirt der Kienseehütte ist doch letzte Woche überfallen und beraubt worden«, erinnerte sich Doris.

»Davon haben wir auch gehört«, stimmte Franz zu. »Jetzt kann man sich auch in den Bergen nicht mehr sicher fühlen.«

»Wir werden Bergrettung und Polizei morgen früh verständigen müssen«, sagte Brondi und legte das Funkgerät wieder weg.

Sie beschlossen, schlafen zu gehen. Bevor Franz zu den anderen in das Lager hinaufging, schaute er noch einmal ins Freie. Es waren bereits gut zehn Zentimeter Schnee gefallen und es schneite und stürmte weiter wie im tiefen Winter. Es dauerte lange, bis der Letzte von ihnen eingeschlafen war.

Franz wachte als Erster auf. Es dämmerte gerade. Er schlich zum Fenster, das bis zur halben Höhe durch angewehten Schnee verdeckt war. Schneefall und Sturm hatten aufgehört. Alles war verschneit. Die grauen Wolken hingen tief. Die Sicht zur Santneralm jedoch war frei. Deutlich war die Schneefallgrenze zu sehen. Sie lag zwei, drei hundert Meter unterhalb der Hütte. Franz schlich hinunter und öffnete die Eingangstür. Er wollte sehen, wie hoch der Schnee lag. Deutlich lief die Spur im Schnee von der Hütte weg. Jemand hatte vor kurzem die Hütte verlassen. Franz schlüpfte in seine Bergschuhe und ging ohne die Spur zu zerstören, soweit vor die Hütte, dass er den Verlauf der Spur gut erkennen konnte. Sie führte geradeaus hinunter zur Schneefallgrenze, wo sie sich im Grün der Wiesen verlor. War Brondi bereits unterwegs um Hilfe zu holen? Er hatte ihn doch schlafen gesehen. Er kehrte ins Haus und auf das Lager zurück. Gernot, Doris, Gertraud und auch Brondi schliefen. Es hatte also noch jemand in der Hütte übernachtet. Das musste der Mörder gewesen sein. Hans nahm seinen Feldstecher und eilte wieder vor die Hütte. Er suchte die Umgebung der Stelle ab, wo sich die Spur im schneelosen Gelände verlor. Er konnte niemanden erkennen. Wieder im Lager, begrüßte ihn der aufgewachte Brondi mit ›Bon giorno‹.

»Wir haben nicht nur mit der Leiche, sondern auch mit dem

Mörder unter einem Dach geschlafen«, begann Franz. »Er hat vor kurzem die Hütte verlassen. Die Spur läuft im Schnee hinunter zur Santneralm.«

»Jemand ist die Nacht über in der Hütte gewesen«, sagte Brondi erschrocken und sprang auf. Er war am schnellsten angezogen. So liefen er und Franz entlang der Spur hinunter, während Gernot bei Doris und Gertraud blieb. Rasch hatten sie die letzten in nasser, dünner Schneeschicht sichtbaren Stapfen der Spur erreicht, doch im vom Regen aufgeweichten Erdboden konnten sie den deutlichen Abdrücken einer Profilsohle weiter folgen. Der Flüchtende hatte unmittelbar, nachdem er den Schnee verlassen hatte, die Richtung geändert und war nach rechts zu den steilen Hängen abgebogen, die von den Felswänden der Schwarzwand herabführten. Hier verlor sich die Spur zwischen Latschen und Almrausch. So sehr sie sich auch bemühten, sie konnten keine weiteren Abdrücke mehr finden. Beim deutlichsten Abdruck schlug Brondi seinen Pickel in die Erde.

»Für die Spurensuche der Polizei«, meinte er.

Franz probierte und hatte Erfolg. Hier in der Nähe der Schwarzen Wand hatte sein Handy Empfang. Sie verständigten Polizei und Bergrettung. Während die beiden wieder zur Hütte hinaufstiegen, begann es wieder zu regnen. Damit schwand auch die Hoffnung, dass die Polizei der Spur mit Hunden folgen könnte. Franz überlegte, warum der Täter nach dem Mord in der Hütte geblieben war. Angenommen, es war die Person gewesen, die er mit seinem Feldstecher vom Kiensattel aus gesehen hatte, dann betrat diese vermutlich kurze Zeit später die Hütte, erschoss Michael und beraubte ihn. Der Mörder konnte jedoch nicht mehr flüchten, weil sich das Ehepaar Patznik näherte. Kaum verließ diese die Hütte, kamen Gertraud und er an. Der Mörder musste sich also die ganze Zeit über in der Hütte versteckt gehalten haben. Ein beängstigendes Gefühl überkam Franz, wenn er daran dachte, dass er sorglos in der Sonne gelegen war, während sich Opfer und Mörder in der Hütte befanden.

Bald kehrten Franz und Brondi wieder zur Weißwandhütte zurück.

Der mit dem Regen eingefallene Nebel ließ zunächst keine Landung bei der Hütte zu. Der Hubschrauber musste unten auf der Santneralm landen. Bergrettung und Polizei kamen zu Fuß zur Hütte. Begleitet wurden sie von Lena Pichler, der Frau von Michael, und ihrem Vater Sepp Santner. Sie hatten durch die Polizei vom Mord erfahren, waren vom hochgelegenen Santnerhof zur Alm hinaufgefahren und hatten sich den Bergrettern angeschlossen. Ein furchtbarer Tag für die junge Frau und ihren Vater. Nach einer kurzen Befragung durch die Polizei konnten die Ehepaare Gatter und Patznik aufbrechen und absteigen.

Zu Mittag besserte sich das Wetter. Die Hubschrauber der Bergrettung konnten erste Flüge hinauf zur Weißwand wagen. Brondi schloss sich der Suche nach dem Ehepaar Furtmann an. Oben am Weißkees war rund ein halber Meter Neuschnee gefallen. Von den Vermissten fehlte jede Spur. Nach mehreren Tagen wurde die Suche nach ihnen eingestellt. Vermutlich hatten sie sich im Nebel verirrt und waren in eine der zahlreichen Gletscherspalten gefallen.

Die Spurensicherung fertigte einen genauen Abdruck vom Profil der Schuhe des vermutlichen Mörders an. Schon bald fiel der Verdacht der Polizei auf Kurt Sonnhofer aus St. Oswald. Er war sowohl am Vormittag des Mordes als auch am nächsten Tag in der Früh bei der Schwarzen Lenke gesehen worden. Es war allgemein bekannt, dass die Liftgesellschaft von St. Oswald, deren Mehrheitseigentümer die Familie Sonnhofer war, schon seit Jahren vergeblich versuchte, den Talschluss oberhalb der Weißwandhütte von der Familie Santner zu kaufen, um das Schigebiet auf einfache und billige Art bis auf das Weißkees hinauf zu erweitern. Der Konflikt zwischen den beiden Familien zog sich über Jahre. Man vermutete, dass ein Streit zwischen Michael und Kurt eskaliert war. Schnell kam Kurt in Untersuchungshaft, obwohl er beharrlich leugnete, den Mord begangen zu haben. Die Sohlen seiner Schuhe passten nicht zum sichergestellten Schuhprofil des Mörders. Keine Fingerabdrücke und auch kein genetisches Material, das mit Kurt übereinstimmte, konnte in der Hütte gefunden werden. Daher musste Kurt nach zwei Monaten wieder freigelassen werden. Der Polizei blieb nur die Theorie, dass Michael Opfer eines Raubmordes geworden war, Täter unbekannt.

Ankunft: 21. Juni des folgenden Jahres

Der Schnellzug blieb stehen. Der Bahnsteig war rechts. Stefan Etnom warf seinen Rucksack mit einer der beiden Tragschlaufen über seine Schulter und stieg aus. Die Mittagshitze eines Frühsommertages überraschte seinen von der Klimaanlage verwöhnten Körper. Während er sich umsah, auf welchem Bahnsteig sein Regionalzug ins Stomsertal abfahren würde, raste der Schnellzug bereits nach Italien davon. Die wenigen Personen, die mit ihm angekommen waren, gingen rasch ihrer Wege. Stefan war der letzte Reisende, der den Bahnsteig über die Treppe verließ, die in den Gang hinabführte, der Bahnsteige und Bahnhofsgebäude miteinander verband. Ohne jemand zu begegnen, gelangte er in die Kassenhalle. Im kleinen Restaurant saß nur eine alte Dame. Ein verwahrloster Mann mittleren Alters stand mit hochrotem Kopf an der Bar. Vor den Schaltern war niemand angestellt. Der Warteraum war leer. Ein Mann mit orangenem Anzug sammelte den Müll vom Boden auf. An der Anzeige sah Stefan, dass er bis zur Abfahrt des Zuges mehr als eine Stunde Zeit hatte. Er kaufte sich am Kiosk eine Zeitung, um so an das nötige Kleingeld für das öffentliche WC zu kommen. Die Wände der Toilette waren mit Zeichnungen weiblicher und männlicher Geschlechtsorgane, einschlägigen Sprüchen und Telefonnummern übersät.

Am Bahnsteig 1A fand er eine freie Bank und ließ sich nieder. Er war von einem Gefühl grenzenloser Freiheit erfüllt. Vor zwei Wochen hatte er die letzte Prüfung dieses Semesters an der Universität bestanden und bis in den September hinein würde er die Ferien genießen können. Einige schöne Tage in den Bergen lagen vor ihm. Den verschollenen Onkel Albert zu suchen, diesen Auftrag hatte er sich selbst erteilt.

»Begleitest du mich bitte zu Tante Susanne?«, hatte ihn seine Mutter vor einigen Wochen gebeten. »Ich reise nicht gerne alleine mit der Bahn. Wir beide werden für vier Wochen an die Ostsee fahren. Ich konnte Susanne dazu überreden. Ein Aufenthalt weit weg von zu Hause wird ihr sicher gut tun. Ich denke, sie benötigt dringend Gesellschaft. Sie hat sich von dem Schock immer noch nicht erholt.«

Stefan erinnerte sich an den zweiten September des Vorjahres. Er hatte seiner Mutter die Zeitung gebracht und sie hatte in der Chronik sofort die Schlagzeile »Ehepaar Furtmann im Schneesturm am Weißkees vermisst« entdeckt. Sie wussten nur zu gut, dass Tante Susanne nicht einmal einen Hügel erklimmen würde. »Direktor Furtmann mit Freundin in einer Gletscherspalte erfroren« war die Schlagzeile des nächsten Tages. Die Kränkung durch die Untreue von Onkel Albert, durch die Zeitung für jedermann öffentlich gemacht, hatte Tante Susanne schwer getroffen.

»Dir schadet ein Tapetenwechsel auch nicht«, hatte Stefan geantwortet. Es war ihm sehr willkommen, wenn seine Mutter im Sommer nicht allein in Wien saß, während er mit seinen Freunden durch Europa reiste oder die Gipfel der Alpen erklomm. So fuhren sie gemeinsam zu Tante Susanne nach Nürnberg.

»Es freut mich riesig, euch zu sehen. Danke, Stefan, dass du deine Mutter begleitet hast«, empfing Susanne die beiden, mit Tränen in den Augen. Stefan hatte sie schon mehrere Jahre nicht gesehen. Sie war alt geworden und wirkte unglücklich. Man verbrachte einen ruhigen Juninachmittag im Garten ihrer Villa, die sich am Rande der Stadt befand. Erst nach der Jause fragte seine Mutter: »Gibt es Neuigkeiten?«

»Nein«, antwortete Susanne, »nein, gar keine.«

»Wird die Suche heuer nicht noch einmal aufgenommen?«

»Nein, ich habe die zuständigen Stellen befragt. Die Bemühungen sind endgültig eingestellt. Nur durch einen Zufall könnte die Leiche von Albert gefunden werden.«

»Weiß man noch immer nicht, wer seine Begleiterin war?«

»Nein, es ist niemand als vermisst gemeldet, auf den ihre Beschreibung passt.«

»Wie konnte er seine Freundin nur als Ehefrau ausgeben?«, schüttelte Stefan den Kopf.

»Das machen viele. Es macht alles so einfach«, ergänzte seine Mutter, die im Allgemeinen nicht viel von der Treue der Männer hielt, wenn man einmal von seinem verstorbenen Vater absah.

»Das Schlimmste war für mich, dass Albert schon zwei Jahre lang eine Freundin hatte. Sie begleitete ihn auch auf den Bergtouren der letzten Jahre. Die Firmeninteressen in Italien und die Geschäftsreisen in den Süden waren vermutlich nur Vorwand gewesen. Ein solcher Vertrauensbruch nach dreißig Jahren Ehe ist kaum zu ertragen.«

Die Stimme von Susanne versagte.

»Hast du wegen der Todeserklärung von Albert etwas erreichen können?«, wollte seine Mutter wissen.

»Nein, mein Anwalt sagt, es gibt keine Möglichkeit, das Verfahren zu verkürzen. Frühestens ein Jahr nach dem Unglück kann Albert für tot erklärt werden. Dann werde ich die Firma verkaufen. Bis dahin leitet sie unser langjähriger Geschäftsführer.«

»In zwei Monaten ist ein Jahr vorbei«, wollte Stefan trösten.

»Das stimmt, aber solange die Leiche nicht gefunden wurde, bleibt die Möglichkeit, dass er noch lebt.«

»Wo soll er denn sonst sein, außer in einer Gletscherspalte?«, fragte seine Mutter neugierig.

»Falls er noch lebt, ist er bestimmt mit dieser Person durchgebrannt«, meinte Susanne hasserfüllt. »Ich habe ein Foto von ihr.«

Sie ging ins Haus und kehrte mit einem Brief zurück, aus dem sie ein kleines Foto zog. Es war abgegriffen, weil sie es sehr oft betrachtet hatte. Es zeigte eine Berghütte. Auf ihrer Terrasse saßen etwa zehn Leute an verschiedenen Tischen, ganz rechts an der Wand unverkennbar Onkel Albert. Den Kopf auf seine Schulter gelegt sonnte sich eine Blondine. Da die Aufnahme die gesamte Hütte zeigte und die Frau eine Sonnenbrille trug, konnte man ihre Gesichtszüge nicht erkennen. Sie war klein und schlank.

»Ehepaar Furtmann auf der Bruggerhütte«, beschrieb Tante Susanne das Bild mit einem Tonfall, der Stefan für einen Augenblick mit Furcht erfüllte.

»Woher hast du das Bild?«, wollte seine Mutter wissen.

»Gertraud Gatter hat meine Adresse ausfindig gemacht und mir einen Brief geschrieben, ob ich Interesse an einem Foto von Albert und seiner Freundin hätte. Natürlich war ich neugierig. Sie schickte mir die Aufnahme. Ihr Mann hat dieses Bild von der Bruggerhütte geschossen. Die beiden hatten am gleichen Tag wie Albert in dieser Hütte übernachtet. Sie hatten sogar mit Albert an einem Tisch das Nachtmahl eingenommen. Ich wollte Gertraud schon ein paar Mal anrufen, um mit ihr zu reden. Ich traue mich jedoch nicht. Vielleicht ist es besser, wenn ich nicht alles weiß. Ich habe mich schriftlich bedankt.«

In diesem Augenblick entschied Stefan, Onkel Albert zu suchen. Er nahm den Brief kurz in die Hand und prägte sich die Adresse der Familie Gatter ein. Am nächsten Tag brachte er Mutter und Tante zum Bahnhof. Während die beiden Richtung Ostsee fuhren, kehrte er nach Wien zurück. Von seinem Plan, Onkel Albert zu suchen, hatte er ihnen nichts erzählt.

Einige Buben und Mädchen bevölkerten unterdessen den Bahnsteig. Vermutlich fuhren sie von der Schule ins Stomsertal nach Hause. Stefan stand auf und ging ein paar Schritte auf und ab. Vorige Woche war er beim Ehepaar Gatter auf Besuch gewesen. Franz und Gertraud hatten ihm sehr ausführlich die Ereignisse des ersten und zweiten Septembers geschildert. Während der Bahnfahrt von Wien hierher war er den Ablauf der Ereignisse mehrmals durchgegangen. Auch die Wanderkarte der Umgebung der Weißwandhütte hatte er ausführlich studiert. Er hatte sich vorgenommen, den Gletscher genau abzusuchen.

Der Regionalzug wurde schon eine halbe Stunde vor Abfahrt bereitgestellt. Stefan stieg ein. Im Waggon war es unerträglich heiß. Er musste mit geschlossenen Fenstern in der Sonne gestanden sein. Er flüchtete wieder ins Freie. Zwei Schülerinnen hatten unterdessen seinen Platz auf der Bank eingenommen und beobachteten ihn sichtlich amüsiert. Stefan stellte seinen Rucksack wieder ab und las im Stehen in der Zeitung. Eine der beiden Schülerinnen stand auf, ging knapp an ihm vorbei, schwang sich in den Waggon hinein und öffnete alle Fenster. Dann kehrte sie zu ihrer Freundin zurück.

Kurz vor der Abfahrt waren dann alle eingestiegen. Die Schülerinnen und Schüler hatten den vorderen Waggon besetzt. Stefan teilte den hinteren nur mit einem alten Mann, der trotz der Hitze seinen Lodenmantel nicht auszog. Der Mann murmelte beständig vor sich hin, ohne von jemand eine Antwort zu erwarten. Bald hatten sie die Stadt verlassen und Stefan sah die Bergketten, über deren Gipfel die Grenze zu Italien verlief. Der Mann stellte seine halb ausgetrunkene Bierflasche vor sich auf den Boden und schlief ein. Kein Schaffner kam, um die Fahrscheine zu kontrollieren.

Der erste größere Ruck während der Fahrt warf die Bierflasche um. Es ging talaufwärts und so floss das Bier in Mäandern, die die Kurven der Strecke widerspiegelten, zwischen den Bänken langsam zu Stefan, der am anderen Ende des Waggons saß. Die Wiesen in der ebenen Talsohle des Trogtales wurden gerade gemäht, sodass der Fahrtwind den Biergeruch gegen den von trocknendem Gras tauschte.

In jedem Dorf hielt der Zug und Schüler stiegen aus. Die Balkone vor den Fremdenzimmern der großen Bauernhöfe waren üppig mit Blumen bestückt. Man war bereit, die Urlauber zu empfangen. Stefan stand auf und schaute beim Fenster hinaus. Die Strecke war eingleisig und führte einmal links, dann wieder rechts der Stoms talaufwärts. Wild rauschte das Wasser des Flusses. Die Schneeschmelze im Hochgebirge war heuer noch nicht abgeschlossen. Je länger sie in das Tal hineinfuhren, desto mehr Schneeflächen glitzerten auf den Nordhängen der Berge. Harmlose, kleine weiße Wölkchen zogen über den blauen Himmel. Manchmal wurden sie von einem spitzen Gipfel gekratzt. Das Warten auf den Gegenzug bescherte in Unterberg einen längeren Aufenthalt. Plötzlich trat der Schaffner ein, rüttelte den alten Mann an der Schulter wach und rief: »Aussteigen, Alois. Jetzt hast du schon wieder mit deinem Bier den Waggon versaut.«

Er nahm den schlaftrunkenen Mann am Arm, geleitete ihn hinaus und kam nicht wieder, die Fahrkarte zu verlangen. Hier fühlte sich Stefan zu Hause. Wenn man einschlief, kam der Schaffner und weckte einen, weil er wusste, wo man zu Hause war. Fahrscheine wurden nicht kontrolliert. Hier fuhr niemand ohne zu zahlen. Welch ein Verlust, sollte diese Strecke jemals wegen fehlenden Profits eingestellt werden.

Im letzten Streckenabschnitt blieb Stefan der einzige Fahrgast. Neben dem Bahnhof in Unterstoms wartete schon der Postbus, dessen Ziel das Stomserjoch war. Zugführer, Schaffner und Postbusfahrer plauderten ein Weilchen gemütlich miteinander. Dann ging es sehr viel schneller als erlaubt in vielen Kurven nach Oberstoms hinauf. Stefan stieg beim Gemeindeamt aus. Die Kirchturmuhr schlug gerade drei viertel drei. Die Hitze des Tages hatte ihren Höhepunkt erreicht. Ein Schild an der Friedhofsmauer wies den Weg zur Weißwandhütte. In viereinhalb Stunden sollte man sein Ziel erreichen. Langsam mühte er sich durch die engen, steilen Gassen zwischen den Bauernhöfen zum Ortsrand hinauf. An den Wänden der alten Häuser war das Holz in perfekter Ordnung geschlichtet. Ein schmaler Pfad führte über die steilen, fast ein Meter hoch gewachsenen, in voller Blüte stehenden Wiesen zum Waldrand. Als Stefan ihn erreicht hatte, rann ihm der Schweiß in Strömen über das Gesicht. Mit der Zunge konnte er das Salz um den Mund schlecken. Vielleicht hätte er doch im Ort übernachten und morgen aufsteigen sollen. Bis hierher hatte er über eine halbe Stunde benötigt. Unterhalb von ihm drängten sich die grauen Dächer der Häuser eng um den Kirchturm zusammen.

Gleich am ersten Baumstamm des Waldes hing ein altes, etwas verbogenes Schild. »Weißwandhütte - 5 Stunden« stand da zu lesen. Waren nicht im Ort viereinhalb Stunden angeschrieben? Wenn man den beiden Angaben Glauben schenkte, musste man annehmen, in entgegengesetzte Richtung zu gehen. Stefan wusste, dass er richtig unterwegs war, und lächelte über den Widerspruch. Im Schatten des Waldes kam er schneller voran. In vielen kleinen Windungen stieg der Weg den steilen Hang empor. Der mit Nadeln übersäte Boden war weich wie ein Teppich. Riesige Ameisenhaufen standen vereinzelt zwischen den Bäumen.

Er mochte gut zwei Stunden im Wald unterwegs gewesen sein, da hörte er den Klang von Kuhglocken. Der Weg wurde flacher und schließlich gelangte er über ein Viehgatter aus dem Wald hinaus. Nachdem er ein paar Schritte, den frischen Kuhfladen ausweichend, bergauf gegangen war, öffnete sich der Blick auf eine große Wiese. Unmittelbar an ihrem Ende erhob sich dunkel die Schwarzwand, dahinter leuchtete der Gletscher der Weißwand strahlend vor dunkelblauem Himmel.

Fasziniert blieb er stehen. Einige Kühe grasten in seiner Nähe. Mit einem Mal bemerkte er den alten Bauernhof, der am Ende der Weiden im Schatten der Schwarzen Wand unterhalb eines Bannwaldes lag. Der Weg ging an einer Viehtränke vorbei zu einer schmalen Straße, die direkt zum Hof führte. Wo der Weg in die Straße mündete, stand eine kleine Kapelle. Stefan trat ein. Vor dem Altarbild, einer schlichten Darstellung der Mutter Gottes, stand nur eine schmale Bank. Er verweilte kurz und setzte dann seinen Weg fort.

Bald erreichte er den Hof. Neben dem Gemüsegarten spielte ein etwa dreijähriger Bub in der Sandkiste. Als er Stefan sah, lief er sofort ins Haus. Über dem Eingang stand ›Santnerhof 1721‹. Der Name Santner erinnerte Stefan sofort an die Erzählungen von Gertraud und Franz Gatter. Vielleicht bewohnte dieses Haus die Familie, die die Weißwandhütte bewirtschaftete. Mit seiner Mutter an der Hand kehrte das Kind wieder zurück. Sie war eine junge, große und schlanke Frau. Die blonden Haare trug sie in einem langen Zopf, der über die rechte Schulter gelegt war. Ihre schwarze Kleidung, Jeans und T-Shirt, waren ein hübscher Gegensatz zur hellen Haarpracht.

»Guten Abend«, grüßte Stefan und hob die Hand.

»Grüß Gott«, erwiderte sie. Stefan wollte nicht stören und beeilte sich beim Vorbeigehen, doch Mutter und Kind traten an ihn heran. So konnte er die blauen Augen in ihrem hübschen Gesicht bewundern.

»Wollen Sie auf die Weißwandhütte?«, fragte sie, und er meinte, für einen Augenblick ein Lächeln um ihren Mund gesehen zu haben.

»Ja. Wie weit ist es noch?«

Er wischte sich den Schweiß aus der Stirn.

»Drei Stunden«, antwortete sie.

Es ging bereits gegen sechs Uhr. Aber an den langen Frühsommertagen war es bis weit nach neun Uhr Licht. Das müsste sich ausgehen.

»Ich werde mich beeilen«, meinte er zuversichtlich.

Sie widersprach: »Vermutlich schaffen Sie den Aufstieg nicht vor der Dunkelheit. Oberhalb der Santneralm liegt noch eine geschlossene Schneedecke. Da ist der Aufstieg sehr mühsam. Die Hütte ist erst seit gestern offen.«

Stefan war enttäuscht. Umkehren und ins Dorf absteigen wollte er wirklich nicht. Während er überlegte, was er tun sollte, schlug die junge Mutter vor: »Sie könnten bei uns übernachten.«

Warum nicht? Er hatte keine Eile. Möglicherweise wusste man hier etwas über seinen Onkel.

»Ich verlange den gleichen Preis wie auf der Hütte«, fügte sie hinzu. Der Bub hatte sich von ihrer Hand losgerissen und war wieder zur Sandkiste gelaufen.

»Ich nehme ihr Angebot an«, entschloss sich Stefan.

»Gerne. Lena Pichler, geborene Santner«, stellte sie sich vor.

»Stefan Etnom«, erwiderte er, während es ihm durch den Kopf schoss, dass er vor der Witwe des ermordeten Hüttenwirtes Michael Pichler stand.

Er folgte ihr ins Gebäude. Sie führte ihn über eine enge, steile Stiege aus Stein in den 1. Stock und dann über eine hölzerne Treppe ins Dachgeschoß. Dort öffnete sie die Tür zu einem kleinen Zimmer.

»WC und Dusche sind einen Stock tiefer. Wollen Sie mit uns zu Abend essen? Es gibt geröstete Leber.«

»Bitte, wenn es keine Umstände macht.«

»Um sieben Uhr unten in der Stube.«

Lena verließ ihn.

Das Zimmer gewährte Zutritt zu einem kleinen Balkon, auf den auch die Türe des Nachbarzimmers führte. Er genoss die Aussicht hinunter auf die große Weide. Die Kühe hatten sich um den Hof versammelt. Letzte kleine, weiße Wölkchen über den Gipfeln hatten sich aufgelöst und einen klaren, hellblauen Himmel zurückgelassen.

Stefan aß gemeinsam mit der Familie in der Küche. Lenas Vater Sepp Santner saß links, Lena rechts von ihm, ihr kleiner Sohn Giovanni gegenüber. Sepp Santner sprach das Tischgebet. Schweigend nahmen sie die Mahlzeit ein. Auch der kleine Giovanni sagte nichts. Unter dem Kreuz im Herrgottswinkel standen drei Fotografien. Ein Bild musste wohl die Mutter oder Großmutter von Lena sein. Die beiden anderen zeigten jeweils einen jungen Mann.

»Danke, war ausgezeichnet«, unterbrach Stefan lobend die Stille.

»Freut mich, wenn es geschmeckt hat.«

Lena stand auf und servierte ab. Sepp Santner zündete sich eine Pfeife an. Giovanni spielte mit einem kleinen Auto auf der Bank des großen, grünen Kachelofens. Stefan wollte sich in sein Zimmer zurückziehen, da fragte Sepp Santner: »Wohin geht die Wanderung?«

»Zunächst zur Weißwandhütte. Ich möchte meinen Onkel finden. Er ist voriges Jahr auf der Weißwand verschollen.«

»War das Anfang Juni beim Lawinenabgang oberhalb des Refugio Bernadetto?«

»Nein, Anfang September am Gletscher.«

Sepp Santner schwieg. Lena, die gerade das Geschirr in einen Kasten schlichtete, brach ihre Tätigkeit abrupt ab, ging zu ihrem Sohn und hob ihn auf. Mit den Worten: »Komm, Giovanni, du bist schon müde« trug sie ihn aus der Küche hinaus. Da wurde Stefan bewusst, ihr Gespräch war der Ermordung von Michael Pichler zu nahe gekommen.

»Dr. Furtmann und seine Frau. Ich erinnere mich«, sagte Sepp Santner, nachdem Lena mit Giovanni das Zimmer verlassen hatte.

»Es war seine Freundin«, stellte Stefan richtig.

»Das Weißkees gibt keinen zurück. Da suchen Sie umsonst«, meinte Sepp Santner ernst. »Jeder Gletscher ist gefährlich. Sie sollten dort nicht allein unterwegs sein.«

»Ich bin im Bergsteigen geübt«, erwiderte Stefan.

»Das war mein Sohn auch.«

Sepp Santner zeigte auf eine der Fotografien.

»Er hat sogar den K2 bestiegen. Trotzdem ist er auf der Schwarzwand abgestürzt.«

Der Sohn verunglückt, der Schwiegersohn ermordet. So viel Unglück raubte Stefan die Worte.

»Wollen Sie noch etwas trinken?«, fragte Lena, die zurückgekommen war.

»Nein, danke.«

»Ich glaube nicht, dass Sie eine Möglichkeit haben, ihren Onkel zu finden, wenn es die Bergrettung nicht geschafft hat«, sagte Lena, die ihre Arbeit wieder aufgenommen hatte.

»Ich möchte es meiner Tante zuliebe probieren.«

»Dann wünschen wir Ihnen viel Glück. Seien Sie vorsichtig! Die Spalten am Kees sind gefährlich. Die meisten sind noch zugeschneit.«

»Danke. Ich werde aufpassen«, erwiderte Stefan, wünschte eine gute Nacht und stieg zu seinem Zimmer hinauf.

Langsam ging die Dämmerung in die Nacht über. Der helle Himmel im Nordwesten zeigte noch lange die Bahn der untergegangenen Sonne an. Eine Weile lag er noch wach, betrachtete den Sternenhimmel durch die offene Balkontür und hörte in immer größer werdenden Abständen das Läuten der Kuhglocken.

Aufstieg zur Weißwandhütte: 22. Juni

Als er aufwachte, stellte er fest, dass er sehr lange geschlafen hatte. Die Sonne stand bereits hoch am Himmel. Mitten am Vormittag verabschiedete er sich vom Santnerhof. Lena gab ihm noch einen Gruß für ihren Onkel Hans und für ihre Schwester Giulia mit. Hans betreute das Jungvieh auf der Santneralm und Giulia hatte für den heurigen Sommer die Bewirtschaftung der Weißwandhütte übernommen.

In der Talsohle zwischen Schwarzwand und Santnerhorn zog sich der Weg leicht ansteigend neben einem kleinen Bach zwischen großen Steinblöcken und durch Gruppen von Lärchen hinauf zur Alm. Gegen Mittag erreichte Stefan den weiten Almboden. Eine kleine Hütte lag hinter einem großen Steinblock, der sie vor Lawinen schützte. Die Sicht auf die Weißwand war verloren gegangen. Dafür stand man so nahe an der Schwarzwand, dass man den Kopf weit nach hinten strecken musste, um den Gipfel zu sehen. Stefan rastete auf der Bank vor der Hütte. Von Lenas Onkel war nichts zu sehen. Vielleicht war er irgendwo auf der weitläufigen Alm unterwegs. Stefan schloss die Augen und genoss die wärmende Sonnenstrahlung. Erschrocken blickte er auf, denn plötzlich waren Wärme und Licht verschwunden. Ein Mann weit über sechzig Jahre alt stand vor ihm. Lautlos wie ein Indianer war er an ihn herangetreten. Ähnlichkeiten mit Sepp Santner waren nicht zu übersehen. Zu den Jeans trug er ein kariertes Flanellhemd, in der Rechten einen knorrigen Stab und den Kopf bedeckte ein grauer Filzhut. Die Füße steckten in alten Bergschuhen aus Rindsleder. Aus seinen Gesichtszügen konnte Stefan nicht entnehmen, ob er sich darüber freute, ihn aufgeschreckt zu haben. Stefan grüßte freundlich, bekam aber keine Antwort.

»Lena schickt Ihnen einen Gruß. Ich habe bei ihr übernachtet.«

Hans nickte mit dem Kopf, lehnte seinen Stab an die Tür und setzte sich zu ihm.

»Ich habe ihn heute früh wieder gesehen«, sagte er langsam und wartete, ob er gefragt werden würde, wen er gesehen hätte, doch Stefan schwieg.

»Den Kobold, den Kobold von der Schwarzwand, gleich nach Sonnenaufgang«, fuhr er fort. Stefan wusste nicht, was er sagen sollte.

»Sie glauben nicht an Kobolde?«

»Doch, doch.«

Stefan wollte dem seltsamen Mann nicht widersprechen.

»Diesmal trug der Kobold einen Strohhut, einen großen Strohhut.«

»Warum nicht?«, fragte Stefan freundlich.

»Nein, niemals tragen sie Strohhüte, niemals«, sagte er ernst. »Er ist so klein.« Er zeigte mit den Händen die Größe einer Puppe.

»Alle Kobolde sind klein«, stellte Stefan fest.

»Es gibt keine Kobolde«, meinte Hans plötzlich und lachte Stefan an. »Sie glauben an Kobolde?«

Stefan wusste nicht, was er sagen sollte. Es war wohl besser, wenn er wieder aufbrach.

»Immer, wenn man den Kobold sieht, muss ein Mensch sterben«, fuhr Hans fort. »Einmal habe ich drei Kobolde gesehen, einen blauen und einen roten und einen mit schwarzen Haaren. Drei Menschen ließen an diesem Tag ihr Leben. Man darf den Berg nicht stören. Man darf ihn nicht verletzen. Hinter dem Schwarzsee haben sie Eisenspeere in den Berg gebohrt. Jetzt jammert der Berg vor Schmerzen. Man kann es hören, wenn der Wind von oben herabkommt.«

Stefan setzte seinen Weg fort. Die Gesellschaft dieses Mannes war ihm unheimlich. War er nur seltsam, beschränkt oder verrückt? Gleich, nachdem er die Alm verlassen hatte, ging es steil bergauf. Mehrmals drehte er sich um. Immer noch saß der Mann vor seiner Almhütte. Zuerst waren es nur wenige kleine Schneeflecken in Mulden und im Schatten von Felsblöcken, bald aber wurden sie immer mehr und nach dem Erreichen einer kleinen Anhöhe erstreckte sich vor ihm eine geschlossene Schneedecke. Nur einzelne Felsbrocken ragten wie Inseln heraus. Kein Weg, keine Markierung und keine Hütte waren zu sehen. Die Spur, die Giulia vorgestern bei ihrem Aufstieg gelegt hatte, war in der Sommersonne vollständig abgeschmolzen. Er suchte das Gelände mit dem Feldstecher ab. Schließlich entdeckte er an einem Felsen eine Markierung und weiter oben einen Steinmann, auf den er geradeaus zuging. Die vom Schnee zurückgeworfene Strahlung verwandelte die windstille Luft in einen Backofen. Nur langsam und mühsam kam er in der aufgeweichten Schneedecke voran. Immer wieder brach er bis über die Knie ein.

Erschöpft erreichte er den mannshohen, steinernen Wegweiser. Die Alm lag schon tief unter ihm. Vor ihm gab es ein kleineres und ein größeres Joch, getrennt von einem kleinen Gipfel. Welches der beiden führte zur Hütte? Trotz Landkarte konnte er das nicht entscheiden. Von Wegmarkierungen war nichts zu sehen. Während er noch überlegte, trat Hans Santner hinter einem nahe gelegenen Felsblock hervor. Er musste ihn auf einem Schleichweg überholt haben.

»Dort rechts geht es zur Hütte.«

Er zeigte mit seinem Stab den Weg, und bevor sich Stefan noch bedanken konnte, fuhr er die steile Schneefläche, die Stefan in einer halben Stunde heraufgestapft war, die Schuhe wie Schi verwendend, in wenigen Minuten hinunter. Seinen Hirtenstab benutzte er wie ein Seilakrobat, um das Gleichgewicht zu halten. So verwirrt ist er gar nicht, dachte Stefan.

Bald darauf erreichte er das Joch. Wenige hundert Meter entfernt stand die Weißwandhütte und dahinter erhob sich die Weißwand. Eine einzige kleine weiße Wolke bewegte sich in der Nähe des Gipfels. Die österreichische Fahne flatterte im Wind. Niemand war in der Nähe der Hütte zu sehen.

Kurz nachdem sich Stefan im Freien niedergesetzt hatte, trat eine junge Frau aus dem Haus und begrüßte ihn. Sie musste wohl

Giulia sein.

»Du kommst von Oberstoms? Es liegt heuer noch viel Schnee. War es anstrengend?«, fragte sie.

»Es geht. Ich komme vom Santnerhof. Ich habe am Hof übernachtet. Ich soll Grüße von Lena überbringen.«

»Danke, sehr nett.«

»Auf der Santneralm habe ich den Senner, deinen Onkel, getroffen. Er hat mir erzählt, dass er heute den Kobold der Schwarzwand gesehen hat.«

»Er ist manchmal ein bisschen seltsam, ich weiß«, lachte Giulia ihn an. »Manche Leute haben Angst vor ihm, doch im Grunde ist er ein netter Kerl. Willst du etwas trinken?«

»Einen Apfelsaft gespritzt, bitte.«

Fasziniert betrachtete er die Bewegungen ihres Körpers, als sie wieder in die Hütte hineinging. Er wurde das Gefühl nicht los, Giulia schon einmal gesehen zu haben, obwohl er sie vorher sicher nie getroffen hatte. Sie hatte schulterlange, schwarze, gelockte Haare. Links und rechts von der langen, schmalen Nase funkelten die dunklen Augen im gleißenden Licht des frühen Nachmittages aus dem gebräunten Gesicht. Die roten Lippen waren auffallend geschwungen. Sie erinnerte ihn auch an das Foto der Frau, das er am Santnerhof gesehen hatte. Es war vermutlich ein Bild ihrer Mutter. Ihrer Schwester Lena sah Giulia jedoch nicht ähnlich. Sie kehrte mit dem Getränk und zwei Stamperln Schnaps zurück. Auf ihrem weißen T-Shirt stand in schwarzer Schrift ›Scuola Opera Verona‹. Wieder fiel ihm ihr Gang auf, die Füße geschmeidig wie eine Katze setzend, den Oberkörper wie Gräser im Wind wiegend.

»Für den ersten Gast des Jahres. Zum Wohl! Ich heiße Giulia.«

Sie reichte ihm einen Schnaps und trank den anderen in einem Zug aus. Er tat es ihr nach, bevor er sich vorstellte.

»Würstelsuppe oder Kaiserschmarren?«, bot sie ihm an.

»Würstelsuppe, bitte!«

Wenig später brachte Giulia das Essen und setzte sich zu ihm.

Obwohl die Bank keine Lehne hatte, saß sie mit kerzengeradem Rücken. Dies verlieh ihr eine ganz besondere Anmut.

»Gehst du heute noch weiter?«

»Ich bleibe über Nacht.«

»Alle Lager frei, kein Problem.«

»Einsam hier oben«, meinte Stefan, während er darüber nachdachte, ob Giulia sich nicht fürchtete, hier oben alleine zu schlafen.

»Ende Juni ist nicht viel los. Im Juli sind um diese Zeit die Lager schon oft belegt. Ich habe keine Angst, wenn ich hier oben alleine bin«, erriet sie seine Gedanken. »Ich bin hier wie zu Hause. Meine Mutter war zwanzig Jahre lang Wirtin der Weißwandhütte. Ich war als Kind oft wochenlang hier oben.«

»Deine Mutter kommt nicht mehr herauf?«, fragte Stefan.

»Nein, sie ist vor drei Jahren gestorben. Zwei Jahre blieb die Hütte geschlossen, dann hat sie mein Schwager übernommen.«

»Michael Pichler, der voriges Jahr hier ermordet wurde?«, fragte Stefan.

»Du hast davon in der Zeitung gelesen?«, wollte Giulia wissen. Stefan erkannte sofort die Ablehnung in ihrem Blick. Sie hasste wohl die Schaulustigen, die wegen des Mordes die Hütte besuchten.

»Nein, mein Onkel ist an dem Tag, an dem Michael Pichler ermordet wurde, von hier zur Weißwand aufgebrochen und seitdem am Weißkees verschollen.«

»Ich erinnere mich. Tut mir Leid. Man glaubte zunächst, er wäre in Begleitung seiner Frau gewesen.«

»Es war seine Freundin«, ergänzte Stefan. »Er soll dem Rat seines Bergführers, die Besteigung abzubrechen, nicht gefolgt sein.«

»Leider gibt es Menschen, die gegen jede Vernunft einen Gipfel erzwingen wollen«, erwiderte Giulia nachdenklich.

»Dieses Verhalten passt nicht zu meinem Onkel.«

»Zu der Freundin, die er als Frau ausgab, schon?«

Damit hatte Giulia natürlich Recht, aber auch eine Freundin

hätte er dem Onkel nicht zugetraut. Stefan gab keine Antwort, sondern blickte in ihre schwarzen Augen, die er wie ein Kunstwerk im Louvre bewunderte. Sekundenlang hielt sie seinem Blick stand. Dann ordnete sie mit der rechten Hand ihre Haare, die Augen noch immer auf ihn gerichtet, und sagte: »Wenn Blicke töten könnten! Ich wollte deinen Onkel nicht beleidigen.«

Sie deutete seine Bewunderung als Bedrohung. Er schaute an ihr vorbei und sagte: »Natürlich nicht, habe ich auch nicht angenommen.«

»Du möchtest sehen, wo er verschollen ist?«

»Nein, ich möchte ihn finden.«

Ihre Verwunderung über sein Vorhaben war nicht zu übersehen. War da nicht ein Lächeln um ihren Mund gewesen, während sie zur Weißwand hinaufdeutete und fragte: »Dort oben am Weißkees?«

»Es ist doch nicht seltsam, dass meine Tante wissen möchte, wo die Leiche ihres Mannes liegt?«, erwiderte Stefan leicht beleidigt.

»Nein, überhaupt nicht. Das verstehe ich gut. Ich möchte auch aufdecken, wer meinen Schwager ermordet hat, doch deinen Onkel zu finden, ist aussichtslos.«

Die Sicherheit, mit der Giulia dies sagte, störte Stefan.

»Warum?«, fragte er.

»Weil die Bergrettung im September tagelang gesucht und keine Spur von ihm gefunden hat. Dreißig, vierzig erfahrene Leute sind den Gletscher abgegangen.«

»Jeder kann etwas übersehen.«

»Wenn du vorhast, morgen alleine am Gletscher deinen Onkel aufzuspüren, bist du mindestens so unvernünftig wie er. Weißkees und Weißwand sind keine Touren, die man im Alleingang durchführt«, meinte sie warnend.

»Das habe ich gar nicht vor. Ich möchte den Bergführer finden, der meinen Onkel begleitet hat. Er heißt Giacomo Brondi. Mit ihm zusammen möchte ich die Suche durchführen. Weißt du, wo ich ihn finden kann?«

»Ich kenne ihn. Wo er genau zu Hause ist, weiß ich nicht. Er lebt in Italien, in der Gegend südlich der Weißwand. Seit einigen Jahren arbeitet er für das Hotel Sonnhofer in St. Oswald. Er führt Gäste auf die Weißwand. Manchmal macht er mit ihnen auch die Überschreitung nach Italien. Am besten erkundigst du dich im Hotel. Brondi wird deinen Onkel auch nicht finden können.«

»Wir werden sehen.«

Die Zuversicht, mit der Stefan sein Vorhaben begonnen hatte, schmolz dahin. Giulia hatte Recht. Die Chancen, das Verbleiben von Onkel Albert zu klären, waren nicht groß. Einen Mörder zu überführen, war jedoch noch schwieriger.

»Wie willst du den Mörder deines Schwagers finden, wenn es der Polizei bisher nicht gelungen ist?«, interessierte sich Stefan.

»Es gibt einen Schuhabdruck des Mörders. Ein befreundeter Polizist hat uns eine Fotografie davon zukommen lassen. Eine Profilsohle mit einem Fehler, ein Stollen ist zur Hälfte abgebrochen.«

Sie brachte das Bild aus der Hütte und sang: »Zeigt her eure Füße, zeigt her eure Schuh!«

»Du warst es nicht«, sagte sie und nur ihre Augen verrieten, dass sie darüber belustigt war, dass er ihr seine Schuhe entgegenstreckte.

»Angeblich kommt der Mörder immer an den Tatort zurück«, meinte Stefan.

»Wir werden sehen.«

Sie zuckte mit den Schultern.

»Hast du keine Angst, dass er kommt, wenn du hier oben alleine bist?«

»Nein, wirklich nicht«, schüttelte sie überzeugend ihren Kopf. »Die Polizei geht jetzt von einem Raubmord aus. Das Geld aus der Kassa unserer Hütte fehlte und drei Tage davor ist der Wirt der Kienseehütte von zwei Männern überfallen worden, die ihn mit Waffengewalt zwangen, sein Geld herauszugeben.«

»Zahlt sich ein Überfall auf eine Schutzhütte überhaupt aus?«, wollte Stefan wissen.

»Doch, doch. Wenn viel Betrieb ist, sammelt sich einiges an. Man kann nicht jeden Tag auf die Bank gehen.«

»Es könnte doch sein, dass die Räuber wiederkommen. Manchmal wird eine Bank mehrmals vom gleichen Täter überfallen. Ich wäre mir an deiner Stelle nicht so sicher.«

»Ich fühle mich total…«, begann Giulia und für einen Augenblick hatte Stefan den Eindruck, Giulia würde alle Gefahren für ihre Person abstreiten, doch dann zögerte sie einen Augenblick und fuhr fort: »Vielleicht sollte ich doch besser ein bisschen aufpassen.«

Dabei musterte sie ihn forschend, fast ängstlich. Was hatte Giulia bewogen, ihre Meinung zu ändern. Er wusste es nicht.

»Ursprünglich hatte die Polizei aber Kurt Sonnhofer verhaftet«, berichtete er, was ihm das Ehepaar Gatter erzählt hatte.

»Kurt war der Hauptverdächtige. Seine Familie besitzt mehrheitlich die Liftgesellschaft von St. Oswald. Sie wollten seit Jahren das Gebiet oberhalb der Hütte bis zur Schwarzen Lenke von uns erwerben. Wir wollen nicht verkaufen, denn das ganze Tal gehört seit Jahrhunderten uns«, sagte Giulia stolz und deutete zur Alm hinunter. »Die Sonnhofers wollen das Schigebiet bis zur Weißwandhütte erweitern. Der Schwarzsee ist die beste Ausgangsposition für eine Seilbahn hinauf auf das Weißkees, wo sie ein Gletscherschigebiet erschließen wollen. In dem Jahr, in dem meine Mutter starb, ist mein Bruder in der Schwarzwand abgestürzt. Zwei Jahre lang konnten wir die Hütte nicht bewirtschaften. Mein Vater musste den Hof führen. Lena studierte noch und ich hatte eine Ausbildung zur Opernsängerin begonnen. Das Geld wurde uns knapp. Trotzdem haben wir nicht verkauft.«

»Es wäre aber kein Verbrechen, es zu tun«, warf Stefan ein.

»Hans liebt dieses Tal. Das Leben hat ihm nicht viel gegeben. Man soll ihm das Tal nicht nehmen. Er leidet genug, wenn er die Liftstützen sieht, die von St. Oswald heraufführen.«

Stefan erinnerte sich an die Worte, die Hans gesagt hatte: »Hinter dem Schwarzsee haben sie Eisenspeere in den Berg gebohrt. Jetzt jammert er vor Schmerzen.«

»Dann heirateten Lena und Michael«, fuhr Giulia fort. »Alles wurde wieder einfacher. Michael übernahm den Hof und eröffnete die Hütte wieder. Damit waren die Hoffnungen der Sonnhofers, die Armut könnte uns in die Knie zwingen, gestorben. Wir standen ihren Plänen im Weg. Kurt Sonnhofer soll in einem Gasthaus in St. Oswald gesagt haben, dass er Michael umbringen werde, wenn er den Talschluss nicht verkaufen sollte. Zwei Wanderer haben Kurt am Morgen des Mordes getroffen, wie er von der Bergstation der Hochkogelbahn Richtung Schwarze Lenke ging, und am Tag nach dem Mord wurde er gesehen, wie er von dort nach St. Oswald abstieg.«

»Wo war er die ganze Nacht über?«, unterbrach Stefan.

»Er behauptete, wegen des Schlechtwetters in einem Notraum der Bergstation der Seilbahn geschlafen zu haben.«

»Die Polizei glaubte ihm nicht?«

Sie schüttelte den Kopf und fuhr fort: »Kurt behauptete, mit Michael auf der Schwarzen Lenke verabredet gewesen zu sein, um den Verkauf des Tales zu fixieren. Eine glatte Lüge. Michael soll beim Treffpunkt nicht erschienen sein. Daher wäre Kurt wieder zur Seilbahn abgestiegen und hätte dort vor dem Unwetter Zuflucht gesucht.«

»Was hat die Polizei vermutet?«, wollte Stefan wissen.

»Sie war überzeugt, dass Kurt zur Weißwandhütte gegangen ist, um Michael zum Verkauf zu überreden. Dieser hätte sich vermutlich geweigert. Es soll zum Streit gekommen sein, bei dem Kurt Michael erschossen hätte. Das Geld hätte er genommen, um einen Raub vorzutäuschen. Unmittelbar nach dem Mord sollen sich Bergsteiger genähert haben. Kurt hätte nicht mehr flüchten können und wäre über Nacht in der Hütte geblieben.«

»Die Polizei konnte ihm aber nichts beweisen«, stellte Stefan fest.

»Nein. Schuhe mit entsprechender Sohle wurden bei ihm nicht gefunden. Auch sonst gab es in der Hütte keine Spuren, die auf Kurt hinwiesen. Zwei Monate nachdem ihn die Polizei auf freien Fuß gesetzt hatte, ist er nach Südafrika gegangen.«

»Du glaubst, dass es Kurt gewesen ist«, fragte Stefan.

»Nein, ich weiß nicht, wer es war.«

»Ist es nicht verdächtig, dass er nach Südafrika gegangen ist?«

»Ja und nein. In St. Oswald gibt es einige Leute, die nicht gut auf die Familie Sonnhofer zu sprechen sind. Es ist nicht leicht, in einem Ort zu wohnen, wo man von vielen ›Mörder‹ genannt wird.«

»Aber er könnte es gewesen sein«, ließ Stefan nicht locker.

»So wie viele andere auch.«

Stefan konnte sich nicht vorstellen, dass Giulia Kurt nicht verdächtigte.

»Wer soll es sonst gewesen sein?«, bohrte er weiter.

»Nicht nur Kurt hatte an diesem Vormittag die Möglichkeit, die Hütte zu betreten. Ich werde niemanden beschuldigen, solange ich keine Beweise habe«, war alles, was er ihr entlocken konnte. Trotzdem hätte Stefan seine Hand dafür ins Feuer gelegt, dass Giulia Kurt für den Mörder hielt. Räuber, die den Hüttenwirt erschlagen? Nein, auch Stefan hielt Kurt für verdächtig.

»Vielleicht war es mein Onkel?«, setzte er ihre letzten Überlegungen fort, um ihr zu zeigen, dass er sie nicht für zielführend hielt.

»Er könnte es gewesen sein«, antwortete sie.

Er konnte ihren Gesichtszügen beim besten Willen nicht entnehmen, ob sie das ernst meinte oder ihn nur ärgern wollte. Sie stand auf und servierte ab. Stefan sah ihr nach, bis sie im Haus verschwand. Er wartete, aber sie kam nicht mehr zurück. Eine Zeit lang genoss er die Sonne. Dann brachte er seinen Rucksack ins Lager hinauf und beschloss, die Umgebung, vor allem hinauf Richtung Weißwand, zu erkunden. Er hatte das Lager gewählt, dessen Fenster auf der Rückseite der Hütte lag. Nachdem er seinen Rucksack bei dem Stockbett abgestellt hatte, wo er schlafen wollte, trat er zu dem kleinen, halb geöffneten Fenster und blickte hinaus. Ein Bergsteiger kam den Weg von der Schwarzen Lenke herab. Er war einige hundert Meter von der Hütte entfernt. Der große Strohhut, den er trug, war nicht zu übersehen. In weiten, eleganten Schritten eilte er zwischen den Latschen bergab.

Plötzlich hörte Stefan Stimmen. Weitere Wanderer mussten vor der Hütte eingetroffen sein. Er traute seinen Augen nicht. Der Mann mit dem Strohhut war stehen geblieben, machte kehrt und rannte den Weg wieder zurück, den er gekommen war. Der Kobold mit dem Strohhut fiel Stefan ein. Er rannte hinunter, zog seine Schuhe an. Mit einem kurzen Gruß eilte er an den Menschen, die vor der Hütte standen, vorbei. Diesen Mann wollte er kennenlernen.

So schnell er konnte, lief er die Anhöhe hinter der Hütte hinauf. Oben zog sich der Weg über weite, leicht hügelige Wiesen langsam, aber stetig ansteigend zur Schwarzen Lenke hin. Rechts in einer Senke lag der halb zugefrorene Schwarzsee. Ungefähr einen Kilometer vor ihm eilte der Fremde bergauf. Hier hatten die Winterstürme den Schnee verblasen. Nur noch wenige Schneeflecken waren zurückgeblieben. Fest entschlossen rannte Stefan weiter. Bald war er außer Atem und die Muskeln schmerzten, doch er hatte den Abstand auf die Hälfte verringern können. Mit einem Mal drehte sich der Fremde um, sah ihn und begann zu laufen.

So sehr sich Stefan auch abmühte, der Mann entfernte sich immer mehr und erreichte schließlich die Stelle, wo der Weg zur Weißwand abzweigte. Zur Verwunderung von Stefan wählte er diesen Weg. Wollte er auf die Weißwand flüchten? Rasch aber sah Stefan, warum der Fremde diesen Weg gewählt hatte, denn er verschwand hinter einer Kuppe in das Tal, das zum Weißkees hinaufführte.

Immer langsamer werdend, erreichte Stefan die Anhöhe. Er suchte die ganze Gegend ab. Nirgendwo war der Mann zu sehen. Stefan stieg das Tal weiter empor. Auf keinem der Schneeflecke war eine Spur zu erkennen. Zahlreiche riesige Felsblöcke lagen verstreut umher. Hinter jedem von ihnen konnte sich der Fremde versteckt haben.

Stefan stieg hinauf, bis er wieder eine geschlossene Schneedecke erreicht hatte, doch keine Spur war zu erkennen. Hinauf bis zum Weißkees und hinunter bis zur Weißwandhütte war niemand zu sehen. Er beschloss, die Suche aufzugeben, und kehrte um. Auf halbem Weg zurück sah er auf einem Schneefeld neben seiner Spur zwei weitere Spuren, die bergab führten und beim Aufstieg sicher noch nicht vorhanden gewesen waren. Er blickte sich um. Hinter einem dieser großen Steinblöcke musste der Fremde sich versteckt haben. Während Stefan weiter hinaufstieg, hatte er sein Versteck verlassen und war auf und davon.

Von wem aber stammte die zweite Spur? Auf dem ganzen Rückweg sah und begegnete er keinem Menschen. Stefan war sich sicher. Der Fremde wollte zur Weißwandhütte, wahrscheinlich zu Giulia. Jemand anderem wollte er nicht begegnen. Der Nachmittag ging schon zu Ende, als er nur noch wenige Schritte von der Hütte entfernt Gesang hörte. Er blieb stehen und lauschte.

Kein Zweifel, es war die Arie »Pace, Pace« der Leonore aus der Oper La Forza del Destino von Giuseppe Verdi, begleitet auf einer Gitarre, gesungen von Giulia. Ihre Stimme erkannte er sofort. Er blieb stehen und wartete das Ende der Arie ab. Er fürchtete, sie würde abbrechen, wenn sie ihn kommen sähe. Diese Musik in dieser Landschaft berührte ihn tief. Weiterhin geheim lauschen wollte er nicht. Während er seinen Weg fortsetzte, begann sie die Arie zu wiederholen. Sie saß auf einem der Tische und blickte ins Tal hinunter, als er den Platz vor der Hütte betrat. Sogleich bemerkte sie ihn, doch sie unterbrach ihren Gesang nicht. Sie stand lediglich auf und wandte sich zu ihm.

»Einfach wunderbar«, lobte Stefan, als Giulia geendet hatte.

»Ich muss üben. Im Herbst geht meine Ausbildung weiter. Hoffentlich habe ich Verdi nicht beleidigt.«

»Sicher nicht. Es war schön.«

»Gott sei Dank«, lachte sie ihn an und zog kurz die Schultern empor.

»Wie kommt man vom Santnerhof zur Oper«, wollte Stefan wissen.

»Meine Mutter war Italienerin. Sie war Opernsängerin, bevor sie meinen Vater heiratete.«

Sie legte die Gitarre nieder und fragte: »Willst du etwas trinken?«

Stefan überlegte, ob er sich wünschen durfte, was er wollte.

»Bier, Wein, Fruchtsaft. Wir haben alles«, versuchte sie, ihn bei der Entscheidung zu unterstützen.

»Folie, Folie. Delirio vano e questo. Bitte!«, wagte er dann doch zu verlangen.

Erstaunt blickte sie ihn an und er hatte Sorge, unverschämt gewesen zu sein.

»Ich weiß, es steht nicht auf der Getränkekarte«, versuchte er seinen Wunsch zu entschärfen.

»Wir haben es dennoch auf Lager.«

Sie ergriff die Gitarre und reichte sie Stefan.

»Kannst du begleiten?«

Er schüttelte den Kopf. Sie zog den rechten Mundwinkel ein wenig nach unten und legte die Gitarre neben ihn. Schade, dachte Stefan. Zu gern hätte er die Arie gehört. Jedoch, er war umsonst enttäuscht. Wie eine kleine Raubkatze sprang sie auf eine Bank, von dort hinauf auf einen der Tische und sang die Arie aus »La Traviata«. Es war ein einmaliger Anblick: Giulia singend und tanzend vor der Kulisse der Schwarzwand. Außer Atem trat sie wieder zu ihm.

»Violetta Santner«, begrüßte Stefan Giulia lachend.

»Danke, sehr nett von dir.«

»Wohin bist du vorhin eigentlich gerannt?«, wollte sie plötzlich wissen. »Du hast uns kaum wahrgenommen. Die Oberhofers hätten gern mit dir geplaudert.«

»Ich kann doch noch den ganzen Abend mit ihnen sprechen«,

beruhigte Stefan.

»Geht nicht. Sie sind schon wieder nach Oberstoms abgestiegen. Sie wollten mich nur besuchen. Er ist Bergretter und half bei der Suche nach deinem Onkel.«

»Wirklich schade. Da hätte ich gern mit ihm gesprochen. Wir sind wieder allein?«

Sie nickte.

»Ich musste dem Mann einfach nachlaufen«.

»Was für einem Mann?«, fragte Giulia.

»Gerade als die Oberhofers ankamen, habe ich gesehen, wie ein Mann den Weg von der Schwarzen Lenke herunterkam. Als er die Stimmen hörte, ist er umgekehrt und weggelaufen. Er trug einen riesigen Strohhut.«

»Komisch«, stellte Giulia fest und wirkte sehr nachdenklich.

»Das fand ich auch«, fuhr Stefan fort. »Daher habe ich versucht ihn einzuholen.«

»Und?«

»Ich habe es nicht geschafft. Er war zu schnell. Schließlich hat er den Weg zur Weißwand gewählt und ist aus meinem Blickfeld entschwunden. Er muss sich dort, wo die großen Felsen umherliegen, versteckt haben. Ich bin noch viel weiter aufgestiegen. Unterdessen ist er geflohen. Bei der Rückkehr habe ich seine Spur im Schnee gesehen.«

»Eigenartig.«

Giulias Blick wurde immer ernster.

»Genau genommen waren es sogar zwei Spuren. Vielleicht sind die Räuber vom Vorjahr wieder unterwegs«, vermutete Stefan

»Es ist noch kein Geld in der Kassa«, entgegnete Giulia. »Trotzdem machst du mir Angst.«

»Du solltest hier oben nicht allein sein.«

»Heute Nacht bist du hier.«

»Und morgen?«

»Für Morgen haben sich schon die ersten Wanderer angemeldet.«

»Übrigens«, erinnerte sich Stefan, »dein Onkel Hans muss diesen Mann schon heute früh gesehen haben. Er sprach von einem Kobold mit Strohhut.«

»Menschen, die ihm unheimlich sind, nennt er so«, erwiderte Giulia. »Mag schon sein, dass er ihn gesehen hat. Er vermischt gerne die Wirklichkeit mit seinen Phantasien. Manchmal denke ich, es freut ihn, die Leute mit seinen Geschichten zu verwirren.«

Sie verließ ihn wieder. Stefan blieb noch im Freien, bis die Nacht hereinbrach. Im Gastraum brannte ein schwaches Licht. Er bestellte einen Kaiserschmarren und sie redeten über ihre Opernausbildung und sein Studium. Dann zog sich Stefan auf sein Lager zurück. Allein in der Stille liegend, kreisten seine Gedanken um den Mann mit dem Strohhut. War er in die Nähe der Hütte zurückgekehrt? Je länger er im Finstern lag, umso unheimlicher wurde ihm. Hatte Giulia die Eingangstür abgesperrt? Leise schlich er die Treppe hinunter. Die Tür war nicht verschlossen. Er trat zwei, drei Meter vor die Hütte. In der sternenklaren Nacht hoben sich die Konturen der Berge deutlich vom Himmel ab. Beim Schließen der Türe konnte er einen Lärm nicht vermeiden. Die Tür mit der Aufschrift ›Privat, Eintritt verboten‹ öffnete sich, Giulia blickte heraus und sagte: »Ach, du bist es.«

Sie war offensichtlich noch nicht zu Bett gegangen.

»Die Tür ist nicht abgesperrt«, sagte Stefan.

»Eine Hüttentüre wird nicht abgesperrt. Die Leute kommen und gehen auch während der Nacht. Manche brechen schon um zwei Uhr in der Früh auf, wenn sie die Weißwand überschreiten.«

»Heute aber nicht.«

»Ich sperre die Türe zu den Privaträumen zu«, meinte sie beruhigend.

Beinahe hätte er gesagt: »Und was ist mit mir?«

Männer sollten keine Angst haben. So sagte er nur »OK« und ging wieder auf sein Lager hinauf. War es die Höhenlage der Hütte, die sein Körper noch nicht gewohnt war, oder waren es die Ereignisse des Tages? Er konnte nicht einschlafen. Nachdem er über eine Stunde vergeblich auf den Schlaf gewartet hatte, stand er auf, ging zum Fenster und blickte hinaus. Einige der nahen Schneefelder leuchteten im Sternenlicht. Er ging in eines der beiden anderen Lager hinüber und blickte ins Tal hinunter. Ganz unten in der Ferne konnte man die Lichter von Oberstoms erkennen. Es gab keinen Zweifel. Eine Gestalt stand vor der Hütte. Sie war ihm zuerst nicht aufgefallen. Jetzt sah er sie ganz deutlich. War der Mann mit dem Strohhut zurückgekehrt?

Eine Weile bewegte sich die Gestalt nicht. Dann näherte sie sich. Mit pochendem Herzen schlich Stefan zur Stiege. Dort angekommen hörte er, wie die Eingangstüre fast lautlos geöffnet wurde. Stefan beugte sich vor und konnte den Schein einer Taschenlampe erkennen. Der Mann trug sie in seiner linken Hand. In der anderen hatte er einen Stock? Nein, es war ein Gewehr. Der Schreck lähmte seine Glieder. Wenn Stefan wenigstens seinen Pickel in der Hand gehabt hätte! Der jedoch war noch am Rucksack befestigt, der neben seinem Lager stand. Den Kopf und das Gesicht der Gestalt konnte Stefan gegen den Schein der Taschenlampe nicht ausnehmen. Der Fremde ging geradeaus auf die Tür zu, hinter der Giulia schlief. Schon konnte ihn Stefan nicht mehr sehen. Die Treppe und der Holzboden am Lager würden sicher laut knarren, wenn er darüber ginge. Sollte er trotzdem wagen, den Pickel zu holen? Ein Pickel gegen ein Gewehr, ein ungleicher Kampf. Was sollte er tun? Er hörte das Klopfen an eine Tür. Diese wurde aufgeschlossen, geöffnet und Giulia sagte: »Danke, dass du gekommen bist.«

»Gerne«, antwortete die Stimme von Onkel Hans. »Es ist ganz ruhig draußen. Alle Kobolde schlafen.«

»Und, du hast ihn wirklich nicht erkannt? Du hast keine Ahnung, wer es sein könnte«, fragte Giulia.

»Nein, mehr als Strohhut und Sonnenbrille war nicht zu erkennen.«

»Ich habe Angst.«

»Ich bleibe über Nacht.«

Die Tür wurde geschlossen und Stefan stand wieder im Stockdunklen. Giulia hatte also Onkel Hans per Funk zur Hilfe geholt. So furchtlos, wie sie sich gab, war sie gar nicht. Die Anwesenheit von Stefan bot ihr offensichtlich zu wenig Schutz vor dem Unbekannten, den er am Nachmittag verfolgt hatte. Einerseits kränkte ihn das, andererseits war ein Onkel mit Gewehr sicher wirkungsvoller als ein junger Student mit Pickel. Vielleicht wollten die Sonnhofer noch immer das Schigebiet erwerben. War ihnen diesmal Giulia im Weg? Wenn auch sie starb, würde die Hütte wohl geschlossen bleiben. Oder war es ein Räuber? Ganz langsam und vorsichtig schlich Stefan zu seinem Lager zurück, dennoch krachte und ächzte der Boden. Weder Onkel Hans noch Giulia nahmen davon Notiz. Letztlich ging ihm dieser Kampf zwischen Santners und Sonnhofers eigentlich nichts an. Er war gekommen, um Onkel Albert zu finden. Mit diesem Gedanken schlief er ein.

Nach St. Oswald: 23. Juni

Der folgende Tag begann so strahlend, wie der alte geendet hatte. Stefan nahm das Frühstück im Freien ein. Die Luft war noch kühl, die Sonne wärmte angenehm. Von Hans war nichts zu sehen. War er im Morgengrauen wieder abgestiegen?

»Wohin gehst du heute?«, fragte ihn Giulia.

»Ich werde über die Schwarze Lenke nach St. Oswald wandern und mich im Hotel Sonnhofer nach Giacomo Brondi erkundigen. Sobald er Zeit hat, komme ich mit ihm zurück und wir werden das Weißkees nach meinem Onkel absuchen. In der Nacht habe ich noch einmal über den Fremden nachgedacht. Es könnte jemand aus der Familie Sonnhofer sein.«

»Ich glaube nicht. Seit dem Mord hatten wir keinen Kontakt mehr mit ihr.«

»Dann könnte es einer der Räuber aus dem Vorjahr sein. Du solltest nichts riskieren.«

»Onkel Hans ist in der Nacht gekommen und hat bei mir in der Hütte geschlafen.«

Stefan hatte nicht erwartet, dass Giulia ihm das erzählen würde.

»Michael ist untertags erschossen worden.«

»Untertags habe ich keine Angst.«

»Trotzdem könnte es gefährlich sein.«

»Ich passe schon auf mich auf, keine Sorge«, beendete sie das Gespräch. Sie wollte nicht weiter darüber sprechen und ging wieder in die Hütte.

Als Stefan zahlen wollte, war zwar die Durchreiche in die Küche offen, Giulia aber nicht anwesend. Er steckte seinen Kopf hindurch und blickte sich um. Giulia war nicht zu sehen. Auf einem Tisch links neben dem Fenster lag eine Pistole, gleich daneben ein Funkgerät. Stefan traf Giulia im Freien. Sie kehrte den Platz vor der Hütte. Wenige Minuten später brach er auf.

Den ersten Abschnitt des Weges kannte er von gestern. Ab der Abzweigung zur Weißwand ging es nur noch leicht, aber stetig bergauf. Mitten am Vormittag hatte er die Schwarze Lenke erreicht. Ein wolkenloser Himmel spannte sich über die Landschaft. Wie eine weiße Wand ragte das Weißkees zum Gipfel empor. Stefan konnte das Gipfelkreuz deutlich erkennen. Der davor liegende Hochkogel fiel gar nicht auf. Die vielen Spalten am unteren Ende des Gletschers beeindruckten mit ihrer Größe. Wo hatte der Bergführer Onkel Albert verlassen? Wo hatte dieser im Nebel die Orientierung verloren? Gefährlicher als das Ende des Gletschers waren aber die weiter oben liegenden V-Spalten. Nach einer kurzen Pause setzte Stefan seinen Weg fort. Bald verschwand die Weißwand hinter dem Hochkogel. Dafür öffnete sich der Blick hinunter in den Talkessel, wo St. Oswald lag. Auf den weiten Almflächen zwischen den Stützen mehrerer Schlepplifte führte der Weg talwärts. Neben der Talstation eines Liftes stand eine Pistenraupe. In der grünen Wiese wirkte sie wie ein gestrandeter Wal. Viele Wegspuren durchzogen die Weideflächen. Nicht auf die Markierungen achtend, sondern den ausgetretenen Wegen folgend, gelangte er direkt zur Mittelstation der Hochkogelbahn. Vermutlich starteten viele Wanderer ihre Tour zur Schwarzen Lenke hier, sodass der ursprüngliche Weg nur selten begangen wurde. Dieser führte laut Wanderkarte abseits der Seilbahnstation ins Tal. Mit einem Schlag war die Bergeinsamkeit beendet. Neben der Mittelstation wurde eine große Bühne aufgebaut. »Oswalder summer opening« war auf großen Transparenten zu lesen. In zwei Tagen sollte das Fest stattfinden. Ein Kunststoffband mit der Aufschrift »Sonnhofer Eventmanagement« umzäunte das Gelände. Radio und Fernsehen waren vertreten. Coca Cola, Apple und McDonald‘s fehlten als Sponsoren nicht. Die riesige Lautsprecheranlage spielte Hits der kommerziellen Volksmusik in einer Lautstärke, die die Schmerzgrenze weit überschritt. Alle Mitarbeiter trugen T-Shirts mit der Aufschrift »Sonnhofer Eventmanagement«. Kistenweise wurden Getränke zu kleinen Verkaufsbuden aus Holz getragen. Plötzlich versagten die Lautsprecher und Stefan konnte die Stimmen der Arbeitenden hören. Die neu geschenkte Ruhe lud zur Rast auf der Bank vor der Bergstation ein. Er stellte seinen Rucksack ab und beobachtete das Geschehen am Festgelände. Eine Gondel schwebte vom Tal herauf. Als sie sich näherte, sah er eine einzige Person in ihr stehen. Wenig später trat eine junge Frau aus dem Gebäude. Sie hatte blonde Haare, in denen eine Sonnenbrille steckte, und trug eine braune Leinenhose mit einer weißen Bluse. Ihr Lippenstift hatte ein kräftiges Rot. Mit einem Blick stellte Stefan eine Ähnlichkeit mit Grace Kelly im Film »Das Fenster zum Hof« fest.

»Gut, dass Chefin kommen«, rief ein herbeilaufender Arbeiter, »Plastikbecher zu wenig.«

»Im Hotel unten sind genug«, meinte sie beruhigend und zu Stefan sagte sie: »Guten Morgen. Sind Sie der Manager der ›Oberthaler‹?«

»Leider nein«, Stefan zeigte auf seinen Rucksack. »Ich bin Wanderer. Sie gehören zum Hotel Sonnhofer?«

»Die Tochter des Hauses.«

»Ich möchte mit Giacomo Brondi Kontakt aufnehmen.«

»Unser Bergführer. Kein Problem. Fragen Sie im Hotel an der Rezeption. Die geben Ihnen bestimmt seine Adresse. Haben Sie jemand gesehen, der auf mich wartet? Ich habe einen Termin und bin zu spät.«

»Ich bin erst seit zehn Minuten hier. In dieser Zeit ist mir niemand aufgefallen.«

Sie ging einmal um das Gebäude und zeigte bei der Rückkehr mit nach oben gedrehten Handflächen, dass sie niemanden gefunden hatte. Sie war schön und sie war sich dessen bewusst. Sie nahm ihr Smartphone und fingerte auf seiner Oberfläche herum.

»Auch er ist zu spät. Er kommt in ein paar Minuten mit dem Hubschrauber«, erklärte sie und, um nicht sprachlos vor ihm auf und ab gehen zu müssen, fragte sie: »Sie sind bei uns im Hotel auf Urlaub?«

»Nein, nein. Ich komme von der Weißwandhütte.«

»Ich dachte, sie wird heuer nicht bewirtschaftet?«, fragte sie verwundert.

»Doch, seit zwei Tagen. Warum sollte sie nicht in Betrieb sein?«

»Der Hüttenwirt ist letztes Jahr ermordet worden. Die Hütte gehört nicht dem Alpenverein. Sie ist Privatbesitz. Wer führt denn jetzt die Hütte? Doch nicht der alte Santner oder sein Bruder?«

»Giulia heißt die Hüttenwirtin.«

»Giulia?«, meinte sie ungläubig und begann sich zu entfernen.

»Der Mord am Hüttenwirt ist noch immer nicht geklärt«, sagte Stefan, um im Gespräch zu bleiben.

»Leider. Die Polizei ist total unfähig.«

Sie blieb stehen und gab vor, den Himmel nach dem Hubschrauber abzusuchen.

»Ursprünglich war Kurt Sonnhofer verhaftet worden«, meinte Stefan.

»Mein Bruder. Das hat Ihnen sicher Giulia erzählt. Überall verbreitet die Familie Santner, dass Kurt den Hüttenwirt ermordet hat. Doch das ist eine Lüge, Kurt war es nicht. Die Polizei musste ihn wieder freilassen.«

»Nicht Giulia hat mir das erzählt. Mein Onkel ist voriges Jahr am Tag des Mordes am Weißkees verschollen. Deshalb weiß ich über diese Geschehnisse Bescheid.«

Sie sah ihn scharf an.

»Direktor Albert Furtmann. Eine Tragödie. Ein langjähriger Gast unseres Hotels. Ein nettes Ehepaar…« ,sie stockte und fuhr dann fort. »Wir dachten immer, es wäre seine Frau.«

»Es war seine Freundin und ich würde gerne mehr über diese Frau wissen«, packte Stefan die Gelegenheit beim Schopf. Der Lärm brach los, als ein Hubschrauber plötzlich hinter dem Kienkogel hervorflog.

»Kommen Sie heute Abend um acht Uhr an die Almbar unseres Hotels. Da kann ich Ihnen ein bisschen etwas erzählen«, rief sie, während sie zum Hubschrauberlandeplatz lief.

Eine Übernachtung im Hotel Sonnhofer passte nicht ins Reisebudget von Stefan. Bei der Witwe Oberlugger in der Pension Waldfrieden am Rande des Ortes gab es ein günstiges Zimmer. Frisch geduscht spazierte Stefan zwischen den Hotels durch St. Oswald. Der Winter konnte diese gewaltigen Klötze hoffentlich durch ein dickes Schneehäubchen entschärfen. Im Sommer wirkten die Gebäude gnadenlos unpassend. Im Zentrum reihte sich ein namhaftes Geschäft an das andere. Einkaufszentrum auf Sommerurlaub, dachte Stefan. Die Kirche stand verlassen abseits an einem Berghang. Tatsächlich konnte man vom Hotel Weißwandblick den Gipfel des Berges bewundern. Das Fünfsternhotel Sonnhofer am Ortsende war nicht zu übersehen. Wellnesszone mit Hallenbad und geheiztem Freibecken, Tennisplätze, Golfplatz und eine Reithalle sprangen sofort ins Auge. Stefan betrat zögernd die Eingangshalle. Durch die Kleidung disqualifiziert, lockte er sofort einen Angestellten an, dessen Aufgabe es offensichtlich war, Menschen, die das Ambiente störten, höflich, aber bestimmt zu entfernen.

»Darf ich behilflich sein?«, war die Frage der uniformierten Person.

»Ich suche die Almbar. Ich bin dort mit Frau Sonnhofer verabredet.«

»Folgen Sie mir bitte«, forderte der Mann Stefan mit überraschter Miene auf. »Der Empfang für die Künstler des summer openings ist dann um 22 Uhr im Grand Salon.«

Stefan nickte nur und folgte. Die Bar aus alten Holzbrettern, ein alter Heuwagen mit Stroh, eine Milchkanne und eine ausgestopfte Kuh sollten ›Almfeeling‹ vermitteln.

»Ich werde Frau Sonnhofer verständigen, dass Herr…«

»Etnom«, ergänzte Stefan und schwang sich auf einen Barhocker.

Es war nicht viel Betrieb. Am anderen Ende der Theke waren zwei Männer ins Gespräch vertieft. Er hatte noch nicht bestellt, da betrat seine Bekanntschaft vom Vormittag in einem blauen, eng anliegenden Kleid, eine weiße Perlenkette um den Hals, den Raum. Lächelnd setzte sie sich neben ihn, blickte in die Spiegelwand der Bar und streifte mit der Hand eine Haarsträhne hinter ihr Ohr.

»Die Vorbereitungen für das summer opening sind immer stressig. Für heuer habe ich es wieder geschafft. Ute Sonnhofer«, stellte sie sich vor.

»Stefan Etnom.«

»Wir können per Du sein?«

Stefan nickte.

»Hast du schon bestellt?«

Er schüttelte nur den Kopf. So nahe an so viel Schönheit fühlte er sich nicht wohl, fast sprachlos.

»Bedienung«, rief Ute eine Kellnerin herbei, die sich bei ihrem Anblick beeilte, die gewünschten Getränke zu servieren.

»Hier die Visitenkarte von Brondi. Du musst dich aber beeilen. Er ist durch unsere Gäste im Sommer fast immer ausgebucht.«

Ein Edelweiß und ein Pickel rahmten Namen und Adresse ein.

»Danke. Werde ich.«

»Übrigens dein Onkel wollte nur Brondi als Bergführer. Er war begeistert von ihm.«

»Diese Freundin, war sie all die Jahre mit meinem Onkel hier?«, fragte Stefan.

»Nein, im ersten Jahr kam dein Onkel allein zum Bergsteigen. Vor zwei, nein, ich glaube vor drei Jahren brachte er dann seine Freundin mit, die er als seine Frau ausgab.«

»Wie sah sie denn aus?«

»Blond, hübsch, zierlich. Sie war immer gut gelaunt.«

»Wie hat mein Onkel sie denn genannt?«

»Lisa…ja ganz sicher Lisa. Dein Onkel und Lisa machten einen sehr harmonischen, glücklichen Eindruck.«

»Es passt gar nicht zu meinem Onkel, unbedingt einen Gipfel besteigen zu müssen«, zweifelte Stefan.

»Das wurde bei ihm zur fixen Idee. Jahr für Jahr kam etwas dazwischen. Einmal war zu viel Neuschnee gefallen, einmal hatte er eine Verkühlung, dann war wieder sein Knöchel verstaucht. Voriges Jahr musste es sein. Brondi hat schon vor dem Aufbruch zu mir gesagt: ›Hoffentlich passt heuer alles‹.«

Sie berührte mit ihrem Fuß seine Beine. Stefan streckte seine Beine zur Seite und mutmaßte: »Sie müssen wohl in eine Spalte gefallen sein.«

»Vielleicht. Der Gletscher wurde sehr genau abgesucht. Möglicherweise haben sie auch den Gletscher verlassen und sind im weglosen Gelände abgestürzt. Vor Jahren ist einmal ein Mann am Gletscher vermisst worden. Jahre später hat man seine Leiche zufällig in einer Felsspalte auf der italienischen Seite der Weißwand gefunden.«

»Dann werde ich zusammen mit Brondi dem Zufall etwas nachhelfen.«

»Viel Glück.«

Seine linke Hand lag auf der Theke und sie legte ihre rechte darauf. Vor Überraschung ließ er seine Hand unter ihrer liegen. Vielleicht hat das nichts zu bedeuten, redete er sich ein.

»Eigenartig ist, dass Lisa nirgends vermisst wird«, fuhr er fort.

»Ohne Namen, ohne Leiche ist es schwierig, eine Person zuzuordnen. Die Polizei hat mir ein paar Fotos von vermissten Frauen gezeigt. Keines hat so recht auf Lisa gepasst. Sie sprach perfekt Englisch, Spanisch und Italienisch. Theoretisch könnte sie aus der halben Welt stammen.«

Sie streckte sich und brachte ihre Kurven so noch besser zur Geltung.

»Mein Onkel war wegen seiner Firma viel unterwegs. Er könnte sie, weiß Gott wo, kennengelernt haben. Zuletzt war er häufiger geschäftlich in Italien. Ich glaube, dass sie eine Italienerin war oder sich dort zuletzt aufgehalten hat.«

»Blaue Augen und blondes Haar. Eine rassige Südländerin war sie sicher nicht.«

Ute streckte ihr Bein aus und brachte einen ihrer Unterschenkel längs seinem zu liegen. Sein Bein hatte, den Fuß des Barhockers hinter sich, keine Bewegungsfreiheit, doch Ute schien kein Interesse zu haben, die Berührung zu beenden. Nachdem er unwillkürlich nach unten geschaut hatte, suchte er das Blau ihrer Augen. Mit großer Gelassenheit hielt sie seinem Blick stand, nahm aber die Hand von der seinen, hob ihren Drink und sagte: »Auf eine gelungene Suche.«

Auch er griff nach seinem Glas, brachte durch die Körperdrehung seinem Bein Freiheit und erwiderte: »Auf ein erfolgreiches Opening. Für meine Tante wäre es eine große Beruhigung, wenn ich meinen Onkel finden könnte. Ich werde mit oder ohne Brondi noch eine Zeit in der Umgebung der Weißwandhütte verbringen. Manchmal braucht man einfach Glück im Leben.«

»Und manchmal bringt ein einziger Satz Unglück.«

Ute stützte ihren Kopf nachdenklich auf ihre rechte Hand, zögerte einen Moment und sagte: »Ich weiß nicht, wie ich es sagen soll.«

»Was denn?«

»Viele Leute glauben noch immer, dass mein Bruder Kurt Michael Pichler ermordet hat. Hätte Kurt nur niemals im Gasthaus gesagt: ›Den Pichler bring ich um, wenn er nicht verkauft‹. Sicher war es ärgerlich, dass die Familie Santner nicht verkaufen wollte, aber deshalb bringt man doch niemand um.«

Stefan schwieg und blickte an ihr vorbei.

»Kurt war es nicht. Wir werden die Seilbahn auf den Gletscher direkt von St. Oswald bauen. Sollen die Santners mit ihrem Tal machen, was sie wollen. Kurt hat mir an dem Tag, an dem er zur Schwarzen Lenke aufgestiegen ist, erzählt, dass er sich dort mit Michael Pichler trifft. Er war ganz euphorisch gewesen. Michael hatte ihm zugesagt, verkaufen zu wollen. Er hatte schließlich Haus und Hof übernommen. Der alte Santner hatte nichts mehr zu bestimmen.«

Sie beugte ihren Kopf so nahe zu seinem, dass er einige ihrer Haare im Gesicht spürte.

»Der alte Santner oder sein Bruder Hans haben Michael umgebracht. Denen trau ich einen Mord zu, wenn sie ihr Tal nur behalten können.«

»Einen Mord am Schwiegersohn?«

Ute nickte und sagte: »Hans ist verrückt. Bist du ihm begegnet?«

»Ja. Ein wenig unheimlich ist er schon. Und wer hat sich nach dem Mord in der Hütte versteckt, hat dort übernachtet und ist erst in der Früh geflohen?«

»Vielleicht auch der alte Santner oder Hans. So haben sie den Mord Kurt in die Schuhe schieben wollen. Wenn du bei deinem Aufenthalt auf der Weißwandhütte etwas bemerkst, was den wirklichen Mörder überführen könnte, dann lass es mich bitte wissen. Kurts Ruf ist dahin. Deshalb ist er auch nach Südafrika gegangen. Er hat den Tratsch über seine Person nicht mehr ausgehalten. Wenn die Polizei weiterhin bei den Ermittlungen schläft, werde ich einen Privatdetektiv beauftragen. Erst wenn der Mörder gefunden ist, kann Kurt wieder in Ruhe leben. Haltest du für mich ein wenig die Augen offen?«

Sie sah ihn bittend an und wieder legte sie ihre Hand auf die seine. Er nickte und erzählte ihr von der Begegnung mit dem Mann mit dem Strohhut. Sie zog ihre Hand zurück. Ihr Lächeln verschwand. Ernst und aufmerksam hörte sie zu.

»Das war sicher auch Hans«, meinte sie am Ende seines Berichtes. »Wer weiß, was die Santners für ein Spiel treiben. Gewiss wollen sie, dass man Kurt weiter als Mörder verdächtigt.«

An diese Möglichkeit hatte Stefan nicht gedacht. Mit einem Mal kam es ihm gar nicht so unwahrscheinlich vor, dass Hans selbst der Fremde gewesen sein könnte. Wer sollte sich sonst so seltsam verhalten?

»Vielleicht hast du Recht. Könnten nicht Räuber den Mord begangen haben?«

Sie schüttelte den Kopf und wiederholte: »Schaust du dich um für mich?«

»Natürlich, kein Problem«, sagte er zu und dachte dabei, warum auch nicht.

»Ich muss jetzt zum Empfang der Künstler.« Sie stand auf. »Übernachtest du bei uns?«

»Nein, ich schlafe in der Pension Waldfrieden.«

»Dann alles Gute.«

Sie küsste ihn auf die Wange, drückte seine Hand fest und entzog die ihre nur langsam.

In der Pension Waldfrieden angekommen, versuchte Stefan sofort, mit Giacomo Brondi Kontakt aufzunehmen. Er hatte Glück, er konnte ihn erreichen. Tatsächlich war dessen Terminkalender fast voll. In dieser Woche hatte er jedoch noch drei Tage zur Verfügung. Stefan wollte ihm am Telefon nicht verraten, warum es ging, und buchte für zwei Touren: Weißwand und Schwarzwand. Sie verabredeten, sich auf der Weißwandhütte zu treffen. Bis dahin hatte Stefan noch zwei Tage Zeit. Er beschloss, die Bruggerhütte zu besuchen. Schließlich war das Foto von Onkel Albert und Lisa, das ihm seine Tante gezeigt hatte, dort geschossen worden. Vielleicht konnte der Hüttenwirt etwas über Lisa berichten.

Aufstieg zur Bruggerhütte: 24. Juni

Bald nach dem Frühstück verabschiedete sich Stefan von der Pension Waldfrieden und brach auf. Die Bruggerhütte lag genau zwischen Kammspitzen und Kienkogel und konnte vom Tal aus deutlich gesehen werden. Von der Endstation der Kienkogelbahn ging es fast eben zur Hütte hinüber. Daher war sie ein begehrtes Ausflugsziel für ältere Personen oder Familien mit Kindern. Stefan ging zu Fuß. Kondition für die Touren mit Brondi zu tanken, war sicher kein Fehler. Der Südhang, an dessen Ende die Bruggerhütte lag, war bis weit hinauf besiedelt. Die Sonne brannte kräftig auf die in vielen Serpentinen zwischen kleinen Villen und Pensionen bergauf führende, schmale Straße herunter. Bei dieser Hitze bereute es Stefan bald, nicht die Seilbahn benützt zu haben. Immer wieder wurde er von Radfahrern überholt. Am Ende der Straße, bevor der Fußweg zur Hütte begann, auf einem malerischen Plätzchen mit herrlicher Aussicht auf Tal und Berge lag die Jausenstation Alpenrose. Stefan kehrte ein. Die Hauptsaison hatte noch nicht begonnen und so war er mitten am Vormittag, abgesehen von einer Gruppe Radfahrer, der einzige Gast. Er saß im Halbschatten eines bunten Sonnenschirmes und genoss den Zitronengeschmack des Eisbechers mit dem klingenden Namen »Weißwand«. Sogar ein kleines Gipfelkreuz steckte an der höchsten Stelle des Eisberges. Er dachte an Ute Sonnhofer. Er glaubte wieder zu spüren, wie sie ihre Hand auf die seine legte, und er erinnerte sich, dass Ute beim Abschied seine Hand nicht auslassen wollte. Er freute sich, denn er nahm an, dass sie damit zeigen wollte, dass er ihr sympathisch war. Konnte es aber nicht auch einfach ihre Art sein, Gespräche zu führen und zu beenden? Vielleicht hatte es aber auch nur den Zweck, ihn dafür zu gewinnen, Entlastung für ihren Bruder Kurt zu suchen.

Von der Jausenstation führte ein Pfad in blühenden Wiesen, die noch nicht gemäht worden waren, zum nahen Wald empor.

Kaum mehr begangen, würde dieser Weg in wenigen Jahren verwachsen sein. Fast alle Wanderer verwendeten die Seilbahn, um die Bruggerhütte zu erreichen. Steil durch den hohen Bergwald aufgestiegen, erreichte er den Weg, der von der Bergstation der Seilbahn zur Hütte führte. Dort geriet er in eine kleine Gruppe von Wanderern, die, eben von einer Gondel nach oben gebracht, dasselbe Ziel wie er hatte. Zwei ältere Damen in Kostümen und Halbschuhen überholend, kam er sich mit Rucksack, Pickel und steigeisenfesten Bergschuhen »overdressed« vor.

Auf der Terrasse der Hütte herrschte reger Betrieb und so legte sich Stefan abseits neben einem kleinen Bergsee in die Wiese, aß seinen Proviant und schlief sich aus. Aufgewacht stellte er fest, dass die meisten Gäste die Hütte bereits wieder verließen. Nachdem er seinen Rucksack auf das Lager gebracht hatte, fand er auf der Terrasse leicht Platz und gegen fünf Uhr, als die letzte Gondel zu Tal fuhr, war er bereits der einzige Gast.

Gerhard Unterberger, der Wirt, trat aus der Hütte, lehnte sich an das Geländer und blickte, eine Zigarette rauchend, ins Tal hinunter. Klein, stämmig mit einem gewaltigen Vollbart stand er breitbeinig da. Nachdem er zu Ende geraucht hatte, trat er zu Stefan und fragte: »Gehst du den Oswalder Höhenweg?«

»Nein, ich bin von Oberstoms über die Weißwandhütte nach St. Oswald gewandert und heute von dort aufgestiegen.«

»Wohin gehst du morgen?«

»Über den Kiensattel zurück zur Weißwandhütte.«

»Heuer liegt unterhalb des Kiensattels noch sehr viel Schnee. Vom Kienkogel ist im Winter eine gewaltige Lawine abgegangen. Stellenweise liegt der Schnee zehn Meter hoch. Er wird bis September nicht wegtauen. Wer führt denn heuer die Weißwandhütte? Der alte Sepp oder gar Hans Santner?«, lächelte er.

»Giulia Santner.«

»Giulia«, erstaunt zwirbelte Unterberger seinen Bart. »Man soll diese Weibsbilder nicht unterschätzen. Niemals hätte ich ihr das zugetraut. Diese Santners geben nicht auf, unglaublich.«

Dem Tonfall seiner Stimme war durchaus Bewunderung zu entnehmen.

»Inwiefern?«, wollte Stefan wissen.

»Das ist eine längere Geschichte«, begann Unterberger und setzte sich neben Stefan nieder. »Eigentlich begann alles mit dem alten Santner. Er hatte die erste Weißwandhütte errichtet. Einst war er der mächtigste und reichste Bauer in Oberstoms, doch er verprasste viele seine Besitzungen und hinterließ seinen beiden Söhnen Sepp und Hans nur den Hof, das Tal, das sie heute noch besitzen, und die Ruine der durch Blitzschlag abgebrannten Schutzhütte. Hans wurde ein sonderbarer Einzelgänger. Sein Bruder Sepp heiratete eine Opernsängerin, die aus Sizilien stammte. Francesca, so hieß sie, schenkte ihm zwei Töchter, Lena und Giulia, und einen Sohn Christian. Lena sieht ihrem Vater sehr ähnlich, Giulia ihrer Mutter. Francescas Idee war es, die Weißwandhütte wieder aufzubauen. Sie führte die Hütte sehr erfolgreich. Tausende Bergsteiger haben die Weißwand erklommen. Sie alle haben bei Francesca Santner übernachtet. Die Musikertreffen auf ihrer Hütte waren legendär. Sie starb überraschend mit fünfundfünfzig Jahren an einem Herzinfarkt. Sie hat den Tod ihres Sohnes nicht verkraftet. Christian war in der Schwarzwand abgestürzt. Durch die Besteigung mehrerer Achttausender hatte er sich unter Spitzenbergsteigern einen Namen gemacht. Die beiden Töchter waren noch zu jung und in Ausbildung. Sie konnten ihre Mutter nicht ersetzen. Ohne die Einnahmen aus der Hütte konnte die Familie nicht überleben. Es schien nur eine Frage der Zeit zu sein, bis die Familie Santner die Hütte und ihre Umgebung an die Familie Sonnhofer verkaufen würde. Du hast das Hotel Sonnhofer in St. Oswald gesehen?«

Stefan nickte und Unterberger fuhr fort: »Die Familie Sonnhofer besitzt nicht nur dieses Hotel, sondern sie ist auch mehrheitlich an der Liftgesellschaft beteiligt. Das Gebiet rund um die Schwarze Lenke bis zur Weißwandhütte wäre ein ideales Schigebiet. Schneesicher liegt es über 2000 m Seehöhe. Dort muss kein teurer Kunstschnee erzeugt werden. Als dann Lena heiratete und ihr Mann Michael die Hütte übernahm, waren alle Hoffnungen der Familie Sonnhofer auf Eis gelegt. Sie hatten schon geplant, von der Schwarzen Lenke eine Seilbahn auf das Weißkees zu bauen und ein Gletscherschigebiet zu eröffnen.«

Unterberger zeigt mit der Hand von der Schwarzen Lenke zum Weißkees hinauf.

»Eine Bahn auf das Weißkees kann man aber auch von St. Oswald aus errichten«, warf Stefan ein.

»Sicher. Nur die Kosten sind bestimmt dreimal so hoch. Da brauchst du dir nur den Unterschied in den Streckenlängen ansehen. Von St. Oswald zum Weißkees hinauf, das ist ein weiter Weg.«

»Warum wollen die Santners die Umgebung der Hütte nicht verkaufen?«, wollte Stefan wissen. »Sie könnten doch die Weißwandhütte im Winter als Schihütte betreiben und zusätzlich Geld verdienen.«

»Wenn das Schigebiet kommt, kommt auch die Gletschererschließung. Wenn einmal eine Seilbahn zur höchsten Stelle des Gletschers führt, dann wird kein Bergsteiger mehr zwischen den Sommerschifahrern zum Weißwandgipfel hinaufsteigen«, erklärte Unterberger.

»Das Geschäft im Winter könnte das ausgleichen«, meinte Stefan.

»Vielleicht. Ob eine Schihütte am letzten Ende eines Schigebietes wirklich ein Geschäft ist, weiß niemand, doch das ist in diesem Fall gar nicht entscheidend.«

»Wieso nicht?«

»Die Familie Santner will kein Schigebiet und schon gar kein Gletscherschigebiet. Sie will die Natur oberhalb der Hütte so erhalten, wie sie ist.«

»Die Santners sind Grüne?«

»Nein, keine Ahnung. Man kann auch nicht sagen, dass sie rückständig sind. Als sie die Weißwandhütte errichteten, gab es hier weit und breit kein Schutzhaus und nur einen einzigen kleinen Schlepplift in St. Oswald. Die Weißwand konnte nur von Italien erklommen werden.«

»Ein Kampf zweier Familien, ein Kampf Bergsteiger gegen Schifahrer, ein Kampf der Interessen einer Familie gegen die Interessen einer Liftgesellschaft«, zog Stefan Bilanz. »Was sagt die Politik?«

Unterberger schaute Stefan mit einem prüfenden Blick an und antwortete dann: »Das Land will sich offiziell nicht einmischen. Sicher wäre man froh, wenn der Gletscher erschlossen wird. In St. Oswald sind die Leute mehrheitlich für das neue Schigebiet.«

»Und in Oberstoms dagegen«, ergänzte Stefan.

»Nicht alle. Manche träumen vom Anschluss des kleinen Schigebietes östlich der Schwarzwand an das von St. Oswald. Geld stinkt nicht«, lachte Unterberger.

»Und dann wird Michael Pichler in seiner Hütte erschossen. Kurt Sonnhofer ist zur Tatzeit in der Nähe. Er hatte gedroht, Michael umzubringen«, sagte Stefan und beobachtete die Reaktion von Unterberger.

»Du bist bestens informiert. Wozu erzähle ich dir das alles überhaupt?«

»Ich habe mit Giulia Santner geplaudert und auch mit Ute Sonnhofer.«

»Nicht schon wieder ein Journalist und ein Zeitungsbericht über den Mord«, sagte Unterberger verärgert und trat einen Schritt zurück.

»Ich bin kein Journalist«, beruhigte Stefan.

»Das hat der Letzte auch behauptet.«

»Ich bin wegen einer ganz anderen Sache hier. Ich suche meinen Onkel. An dem Tag, an dem Michael ermordet wurde, ist er am Weißkees verschollen.«

»Direktor Furtmann?«, fragte Unterberger sofort.

Stefan nickte.

»Der liegt sicher samt seiner Freundin tief unten in einer Spalte. Den findest du nie. So ein Narr, du verzeihst. Kurz vor einem Wettersturz wollte er ohne Bergführer die Weißwand bezwingen.«

Unterberger schüttelte seinen Kopf.

»Vielleicht finde ich meinen Onkel doch. Ich treffe mich übermorgen mit Giacomo Brondi. Er wird mir bei der Suche helfen«, meinte Stefan zuversichtlich.

»Brondi macht für Geld wohl alles. Junger Mann, wirf deine Ersparnisse nicht beim Fenster hinaus! Wen die Bergrettung nicht findet, den werden Brondi und du auch nicht aufspüren.«

»Mein Onkel könnte den Gletscher verlassen haben und irgendwo im weglosen Gelände abgestürzt sein. Meine Tante möchte einfach Sicherheit über seinen Verbleib haben.«

»Möglich wäre auch das«, stimmte Unterberger zu. »Ohne Bergführer war dein Onkel wie ein Auto ohne Lenkrad. Schau hinüber! Ich möchte die Anzahl der Schluchten und Abgründe rund um die Weißwand nicht zählen müssen. Dort kannst du deinen Onkel nur durch Zufall finden.«

»Kannst du mir die Freundin meines Onkels ein wenig beschreiben«, wechselte Stefan das Thema.

»Lisa, eine nette Frau. Blondine. Schlank und zierlich. Immer gut geschminkt. Sie hatte wunderschöne blaue Augen. Er gab sie immer als seine Frau aus.«

»Ich weiß. War sie Österreicherin?«

»Schwer zu sagen. Sie sprach weder Dialekt noch mit einem besonderen Akzent.«

»Konnte sie noch andere Sprachen? Vielleicht Italienisch?«, wollte Stefan die Aussagen von Ute überprüfen.

»Italienisch…«, Unterberger dachte kurz nach. »Doch, ich denke, sie sprach manchmal zum Spaß mit Brondi Italienisch. Spanisch konnte sie auch. Einmal half sie mir die Anliegen eines spanischen Wanderers zu übersetzen. Sie war eine nette Person. Kaum zu glauben, dass ein Mensch verunglückt und niemand vermisst ihn. Man hat mir einige Bilder von vermissten Frauen gezeigt. Es gab nur ein einziges mit etwas Ähnlichkeit zu Lisa.«

»Gibt es noch immer viele Menschen, die glauben, dass Kurt

Sonnhofer Michael Pichler erschossen hat?«, wollte Stefan wissen.

»Nicht wenige. Schließlich denken die Leute so: Dass man ihm den Mord nicht nachweisen kann, heißt noch lange nicht, dass er ihn nicht begangen hat. Und dann ist er auch noch bald nach seiner Freilassung nach Südafrika gegangen.«

»Was denkst du persönlich?«, wollte Stefan wissen.

»Ich? Ich war ursprünglich sicher, dass Kurt geschossen hat, nicht kaltblütig geplant, sondern aus einem Streit heraus.«

»Und jetzt?«, ließ Stefan nicht locker.

»Ich habe lange darüber nachgedacht. Es könnte noch andere Täter und Motive geben.«

Stefan war überrascht. Glaubte Unterberger vielleicht auch, dass Sepp oder Hans Santner Michael umgebracht hatten.

»Und die wären?«, bohrte Stefan weiter.

»Wenige Tage vor der Tat ist der Wirt der Kienseehütte überfallen und beraubt worden. Michael könnte von den gleichen Räubern heimgesucht worden sein, sich widersetzt haben und erschossen worden sein. Dieser Spur geht die Polizei neuerdings nach.«

»Und sonst?«, konnte Stefan seine Neugier nach weiteren Verdächtigen nicht verbergen. Unterberger zögerte einen Augenblick, dann sagte er: »Ich erzähle jetzt etwas, was allgemein bekannt ist, und du machst dir dann selbst einen Reim darauf. Als Francesca starb und die Weißwandhütte geschlossen blieb, endete der Oswalder Höhenweg bei mir. Die Wanderer kamen nicht mehr bis Oberstoms. Da nicht abzusehen war, ob die Weißwandhütte jemals wieder öffnen würde, entschloss sich Martin Leitner, ein Bergführer aus Unterstoms, beim Kiensee eine Hütte zu bauen und den Oswalder Höhenweg nach Unterstoms umzuleiten. Der Plan ging auf. Er machte mit seiner neuen Hütte viel Geschäft, denn nicht nur die Weitwanderer, sondern auch viele Bergsteiger, die in dieser Zeit die Weißwand besteigen wollten, übernachteten nun bei ihm oder bei mir, bevor sie den Gipfel stürmten. Dann eröffnete Michael die Weißwandhütte wieder und mit einem Mal saß Franz Leitner im Trockenen. Die meisten Weitwanderer entschieden sich für die schöner liegende Weißwandhütte und die, die zum Gipfel wollten, übernachteten natürlich gleich bei Michael. Die Kienseehütte blieb fast leer, die Kredite aber, die Leitner für den Bau aufgenommen hatte, die müssen zurückgezahlt werden.«

Nachdem Unterberger geendet hatte, zuckte er mit den Schultern, drehte sich um und ging schweigend in die Bruggerhütte hinein.

Von der Bruggerhütte zur Kienseehütte: 25. Juni

Stefan war erst für übermorgen mit Brondi verabredet. So beschloss er, nicht sofort zur Weißwandhütte zu gehen, sondern der Kienseehütte einen Besuch abzustatten. Er wollte erfahren, was Martin Leitner über die Ereignisse des Vorjahres zu erzählen hatte. Tatsächlich lagen westlich des Kiensattels gewaltige Schneemassen. Weg und Markierungen waren völlig verschüttet. Zur Orientierung hatte Gerhard Unterberger in großen Abständen Holzpfähle in den Schnee gerammt. Auch an diesem Tag herrschte wolkenloses Wetter. Während Stefan die letzten Höhenmeter zum Sattel emporstapfte, erinnerte er sich an die Erzählungen von Franz und Gertraud Gatter. Nach einer kurzen Rast am Sattel erreichte Stefan die Stelle, wo sich die Wege zur Kienseehütte und zur Weißwandhütte trennten. Tatsächlich konnte man die Weißwandhütte in der Ferne gut erkennen, während der Weg zu ihr auf Grund der vielen Biegungen entlang des Hanges nur zum Teil zu sehen war. Unterhalb der beiden Wegweiser »Weißwandhütte 1 Stunde« »Kienseehütte 2 Stunden« befand sich ein großes zusätzliches Schild: »Neue Kienseehütte – Lager – Zimmer mit Dusche – Menü+Getränk 6 Euro«. Im unteren Bereich dieses Schildes hatte jemand mit Filzstift »Vorsicht, Weißwandhütte vielleicht nicht bewirtschaftet« dazugeschrieben. Stefan strich diesen Zusatz mit einem Kugelschreiber deutlich durch.

Zunächst führte der Weg zur Kienseehütte rund dreihundert Höhenmeter in die Tiefe. Danach zog er durch Latschen in vielen kleinen Kehren die Hänge des Santnerhorns hinauf. Hier begegnete er drei jungen Burschen und einem Mädchen. Ihr Ziel war die Bruggerhütte. Letztlich erreichte der Weg eine Höhe, von der man sogar auf den Kiensattel hinabsah. Außerdem öffnete sich ein schmaler Blick hinaus in das Stomsertal. Nun ging es weglos über große Geröllfelder langsam bergab. Nur die Markierungen verrieten in dem Wirrwarr an Blöcken die Richtung. Es bedurfte einiger

Geschicklichkeit, um von Fels zu Fels zu steigen, manchmal zu springen und nicht in die Tiefen, die dazwischen lagen, hineinzufallen. Zwei Stunden war Stefan schon unterwegs, als er waldiges Gelände erreichte. Von der Hütte war noch keine Spur zu sehen. Auf angegebene Gehzeiten war leider nicht immer Verlass. Fast eine Stunde führte der Weg noch durch einen lichten Bergwald, bevor er eine kleine Alm erreichte. Auf ihr lagen der Kiensee und die Hütte. Das Erdgeschoss weiß verputzt und der 1. Stock aus frischem, hellem Lärchenholz gebaut, machte das Haus einen sehr freundlichen Eindruck. Stefan fühlte sich vom klaren, glitzernden Wasser des Bergsees angezogen und entschied, zunächst einmal Erfrischung und Ruhe an seinem Ufer zu suchen. Er zog Schuhe und Socken aus und watete im seichten Uferbereich im eiskalten Wasser hin und her. Dabei bückte er sich immer wieder und kühlte seine Hände, Gesicht und Nacken mit dem erfrischenden Nass. Die vor Kälte schmerzenden Füße trieben ihn schließlich wieder ans Land. Dort kletterte er auf einen großen Felsblock, streckte sich in der Sonne aus und blickte hinauf zu den Gipfeln. Von hier aus wurde das Santnerhorn seinem Namen gerecht. Gekrümmt und spitz ragte es zum Himmel empor.

Er musste eingenickt sein. Der Motorlärm eines Autos weckte ihn. Er richtete sich auf. Ein geländegängiges Fahrzeug wurde neben der Hütte geparkt. Schon der Sonnenstand verriet, dass er ausgiebig geschlafen hatte. Die Uhr brachte die Bestätigung. Es war vier Uhr vorbei. Stefan nahm seine Wanderkarte zur Hand. Er wollte morgen nicht auf demselben Weg gehen, auf dem er heute gekommen war. Es gab aber nur einen markierten Weg zur Weißwandhütte. So suchte er nach einer Route im freien Gelände. Theoretisch konnte man auch über das namenlose Joch, das zwischen Stomser Spitz und Santnerhorn liegt, zur Weißwandhütte gelangen. Steigspuren waren eingezeichnet. Stefan schnappte seinen Rucksack und ging zur Hütte. Durch den Eingang gelangte er in eine große, hölzerne Veranda, deren Fensterfront bei Schönwetter ganz geöffnet werden konnte. Zwei ältere Ehepaare saßen an einem Tisch und spielten Karten.

»Kommen Sie von Unterstoms?«, wollte eine der beiden Frauen wissen.

»Nein, von der Bruggerhütte.«

»Da wollen wir morgen hin. Liegt noch viel Schnee?«

»Beim Abstieg vom Kiensattel gibt es noch eine geschlossene Schneedecke«, gab Stefan Auskunft.

»Wie lange waren Sie unterwegs?«

»Fast sechs Stunden.«

»Und wohin geht es morgen?«

»Zur Weißwandhütte.«

»Die Weißwandhütte ist bewirtschaftet?«, fragte der eintretende Hüttenwirt ungläubig. Martin Leitner war ein fast zwei Meter großer Mann mit kurzem Haarschnitt. Er war bestimmt noch keine vierzig Jahre alt. Sein Körper war sportlich und durchtrainiert. Seine kleinen, stechenden Augen fixierten keinen Gegenstand länger als eine Sekunde.

»Ich habe vor zwei Tagen auf ihr übernachtet«, sagte Stefan. »Alles in Betrieb. Ich habe bei der Abzweigung zur Weißwandhütte die Warnung, dass sie nicht bewirtschaftet sein könnte, durchgestrichen.«

Stefan wollte noch sagen: »Ich hoffe, das war richtig so.«

Er schwieg aber, denn er sah nur zu deutlich die Verärgerung in der Miene von Martin.

»Wer ist denn heuer Wirt auf der Weißwandhütte, vielleicht der Hans?«, fragte er Stefan forsch.

»Nein, Giulia Santner ist Hüttenwirtin.«

»Giulia…unglaublich.«

Nachdenklich trat Martin vor das Haus und rauchte eine Zigarette.

»Wenn die Weißwandhütte offen ist, dann möchte ich unbedingt in ihr übernachten. Schließlich ist dort ein Mord geschehen«, sagte die andere Frau.

»Aber Gerda…«, warf einer der beiden Männer ein.

»Keine Widerrede. Wir gehen morgen zur Weißwandhütte. Wir könnten uns dem jungen Herrn anschließen«, drang die schlechte Nachricht zu Stefan.

»Ich gehe nicht auf dem markierten Weg«, erwiderte Stefan erschrocken. Keinesfalls wollte er morgen in Gesellschaft wandern.

»Es gibt keinen anderen Weg«, stellte der wieder eingetretene Hüttenwirt fest.

»Es gibt doch Steigspuren über das Joch zwischen Stomser Spitz und Santnerhorn«, widersprach Stefan.

An der Wand hing eine große Karte der Hüttenumgebung. Er trat hin und zeigte auf das Joch.

»Da musst du ganz schön krabbeln. Außerdem gibt es heuer viel Steinschlag vom Santnerhorn herab. Kann ich dir nur abraten«, sagte Martin ernst.

»Was heißt krabbeln?«, wollte einer der beiden Männer wissen.

»Klettern«, erläuterte Martin.

»Das ist nichts für uns«, lachte der Mann. »Das überlassen wir Jüngeren.«

Dabei blickte er auf Stefan.

»Ich möchte es morgen probieren«, sagte dieser.

»Ich habe dich gewarnt. Das ist keine Tour für kleine Kinder. Bleib lieber am markierten Weg«, drohte Martin überraschend scharf.

Obwohl er sich über »die kleinen Kinder« ärgerte, antwortete Stefan nichts.

Die beiden Ehepaare zogen sich auf ihre Zimmer zurück. Stefan blieb, um den Sommerabend auf der Veranda zu verbringen. Zunächst machte er einen Blick ins Hüttenbuch und blätterte ins Vorjahr zurück. Tatsächlich waren an dem Tag, an dem sein Onkel verschwunden war, nur Doris und Gernot Patznik von der Kienseehütte aufgebrochen. Stefan notierte sich ihre Adresse. Vielleicht konnte er auch noch bei ihnen Informationen sammeln. Danach gab es keinen Eintrag mehr. Die Patzniks waren die letzten Gäste des Jahres gewesen. Dann studierte er auf der Wanderkarte an der Wand den Weg über das Joch. Nach den Höhenlinien zu schließen, lag es nur unwesentlich tiefer als die beiden benachbarten Gipfel.

»Es gibt einfachere Möglichkeiten, ohne Begleitung zur Weißwandhütte zu gehen. Das Joch ist gefährlich, mühsam und bringt nicht viel«, sagte Martin, der hinter Stefan getreten war. »Geh doch früher weg! Die anderen haben das Frühstück erst für sieben Uhr bestellt.«

So leicht ließ sich Stefan von seinem Vorhaben nicht abbringen. Unbeirrt fragte er: »Ist es schwierig, vom Joch zu den benachbarten Gipfeln zu gelangen?«

»Stomser Spitz und Santnerhorn sind Schwierigkeitsgrad drei plus. Warum gehst du überhaupt wieder zur Weißwandhütte zurück?«, war Martin neugierig geworden.

Stefan setzte sich wieder nieder und erklärte: »Mein Onkel ist vergangenes Jahr am Weißkees verschollen, an dem Tag, als der Hüttenwirt der Weißwandhütte ermordet wurde. Ich möchte mit dem Bergführer Giacomo Brondi nach der Leiche suchen.«

»Hat dir Brondi Hoffnungen gemacht, sie zu finden?«

Martin nahm gegenüber von Stefan Platz.

»Nein, überhaupt nicht. Ich weiß, dass die Chancen gering sind. Vielleicht haben wir Glück.«

»Verschwende deine Zeit nicht! Die Bergrettung hat tagelang gesucht.«

»Hast du eine Ahnung, wer den Hüttenwirt getötet haben könnte?«, stellte Stefan die Frage, wegen der er zur Kienseehütte gewandert war.

Martin zögerte einen Augenblick mit der Antwort, dann wollte er wissen:

»Du kennst die ganze Geschichte?«

Stefan nickte.

»Giulia hat dir gesagt, dass sie Kurt Sonnhofer für den Mörder hält?«

»Nein, hat sie nicht«, widersprach Stefan.

»Die Polizei konnte Kurt nichts beweisen«, sagte Martin und zuckte mit den Schultern.

»Er soll ausgesagt haben, dass Michael Santner die Gegend oberhalb der Hütte an die Sonnhofers verkaufen wollte«, erwähnte Stefan.

Martin schüttelte den Kopf und sagte: »Dieser Unsinn hat ihn nur noch verdächtiger gemacht. Niemals werden die Santners verkaufen. Bevor ich die Kienseehütte gebaut habe, versuchte ich ein Jahr lang vergeblich, die Weißwandhütte von ihnen zu pachten.«

Er begann aus Bierdeckeln ein Haus zu bauen.

»Was glaubst du, wer der Mörder sein könnte?«, kehrte Stefan zu seiner Frage zurück. »Es könnten doch auch die Räuber gewesen sein, die dich überfallen haben?«

»Du hast davon gehört?«

Stefan nickte und Martin fuhr fort.

»Als ich von der Ermordung von Michael erfahren habe, dachte ich sofort an die Räuber. Das waren zwei üble Burschen. Es war mitten am Vormittag. Alle Bergsteiger hatten die Hütte verlassen. Plötzlich betraten sie die Küche. Ich habe sie gar nicht kommen gehört. Ich wusste sofort, dass etwas nicht stimmte. Als sie sahen, dass ich allein war, drohten sie mir mit einer Pistole. Ich musste die Kasse herausgeben. Es waren immerhin fast dreitausend Euro. Nachdem sie mir Handy und Funkgerät abgenommen hatten, ließen sie mich an einen Sessel gefesselt zurück. Zum Glück konnte ich mich nach einiger Zeit befreien. Nach ihrer Aussprache zu schließen, stammten sie bestimmt aus dem ehemaligen Ostblock.«

»Waren die Räuber die Mörder?«, bohrte Stefan weiter.

»Zuerst dachte ich so. Dann glaubte auch ich, dass es Kurt war. Schließlich hatte Kurt gedroht, Michael umzubringen.«

»Und jetzt?«

»Jetzt? Ehrlich gesagt, ich weiß es nicht. Vielleicht war es Kurt, vielleicht waren es die Räuber.«

»Sonst kommt niemand in Frage?«, ließ Stefan nicht locker.

Martin blickte ihn scharf an und diesmal blieben seine Augen auf die von Stefan fixiert.

»Was hat dir der Wirt der Bruggerhütte für Lügen über mich erzählt?«, fragte er empört und brachte das Kartenhaus zum Einsturz. Ohne auf eine Antwort von Stefan zu warten, fuhr er zornig fort: »Unterberger war einer von denen, die mir am meisten zugeredet haben, die neue Hütte zu bauen. Als nämlich der Oswalder Höhenweg bei der Bruggerhütte endete, übernachteten die Wanderer nicht dort, sondern fuhren gleich mit der Seilbahn ins Tal. Das war für ihn ein großer finanzieller Verlust. Jetzt, wo ich seine Hilfe benötigen könnte, hat er taube Ohren. Er ist nicht einmal bereit, den Wanderern zu empfehlen, zur Kienseehütte zu gehen.«

»Er hat lediglich erzählt, dass nicht mehr so viele Wanderer hier übernachten, seit die Weißwandhütte wieder eröffnet hat«, beruhigte Stefan

Martin warf einen forschenden Blick auf ihn und sagte dann: »Besser wäre es natürlich, die Weißwandhütte bliebe geschlossen.«

»Die Gemeinde Unterstoms kann dich nicht unterstützen?«

»Wir gehören zu Oberstoms. Solange die Weißwandhütte geschlossen war, gab es massive Unterstützung. Aber jetzt? Den Leuten ist es egal, ob die Wanderer von der Weißwandhütte oder von mir kommen. Geh morgen nicht über das Joch!«

Er klopfte Stefan auf die Schulter und ließ ihn allein auf der Veranda zurück. Vielleicht sollte er auf die Worte des Wirtes hören und den Normalweg wählen? Müde geworden ging Stefan auf das Lager. Laute Stimmen und Lachen weckten ihn. Es war beinahe dunkel draußen. Eine Gruppe von acht Jugendlichen war eingetroffen und ließ sich bei ihm am Lager nieder. Einmal aufgewacht, war der Schlaf dahin. So kam es, dass die Jugendlichen schon schliefen, während Stefan sich munter auf seinem Lager hin und her wälzte. Er stand auf und ging auf das WC. Wind wehte frische Nachtluft durch das Fenster herein. Es war beinahe Vollmond und die Umgebung der Hütte war deutlich zu sehen, auch der Mann, der von der Hütte wegging. Es war Martin Leitner, kein Zweifel. Er ging direkt hinauf zum Joch zwischen Stomser Spitz und Santnerhorn. Was wollte er dort mitten in der Nacht? Mit dem Gedanken, jetzt erst recht das Joch zu besteigen, kehrte Stefan ins Lager zurück und schlief ein.

Von der Kienseehütte zur Weißwandhütte: 26. Juni

Schon im Morgengrauen, bevor die anderen Gäste aufstanden, verließ Stefan die Hütte. Zunächst ging er denselben Weg zurück, auf den er am Vortag gekommen war. Nach rund einer halben Stunde verließ er ihn und stieg durch wegloses Gelände zwischen Latschen und Felsblöcken Richtung Joch hinauf. Auf die Latschen folgte ein mit langen Gräsern bewachsener Hang. Dieser war so steil, dass Stefan oft auf allen Vieren gehen musste. Hin und wieder hörte er die Steine, die in einer nahen Rinne vom Santnerhorn herabgesprungen kamen. Wo die Felsen begannen, rastete Stefan auf einem großen Felsbrocken. Tief unter ihm lag die Kienseehütte. Durch den Feldstecher schaute er ins Tal. Zunächst konnte er niemand erkennen, dann tauchten die beiden Ehepaare im Blickfeld auf. Sie wanderten durch den lichten Bergwald nicht weit vom Kiensee entfernt. Offensichtlich waren sie spät aufgebrochen. Er schwenkte zur Hütte zurück und sah Martin Leitner vor dem Haus stehen und zu ihm hinaufblicken. Kein Zweifel, dass Martin ihn entdeckt hatte. Stefan brach auf. Es fehlten nur noch wenige Höhenmeter. Zwei-, dreimal mit den Händen zugegriffen und er hatte das Joch erreicht. Unmittelbar gegenüber von ihm lagen Schwarzwand und Weißwand, fast senkrecht unter ihm der Santnerhof, die Santneralm und rechts die Weißwandhütte. Auf der Südseite fiel das Joch wesentlich steiler ab. Deutlich sah er weiter unten auf steilen Wiesen die Steigspuren, die zur Alm hinab führten. Musste er wirklich bis zur Alm absteigen, um zur Weißwandhütte gehen zu können? Die Felsabbrüche des Santnerhorns schienen den direkten Weg zu versperren. Genau unter sich hörte er Steine kollern. Er stellte seinen Rucksack ab, kniete nieder und beugte sich vor, um die Felswand hinabsehen zu können, möglichst lautlos, um die Gämsen nicht zu erschrecken, die er dort unten vermutete. Er sah nur den großen Strohhut eines Mannes, der den Blick zu Boden gerichtet mit langsamen Schritten am Fuß der Felswand entlangging. Kein Zweifel, es war derselbe Strohhut, den der flüchtende Mann bei der Weißwandhütte getragen hatte. Stefan rief: »Berg Heil. Ein schöner Tag ist heute.« Der Unbekannte blickte nicht zu ihm hinauf, sondern floh hinüber zu den Felsabstürzen des Santnerhorns und verschwand hinter einer Biegung aus dem Blickfeld. Wild entschlossen wollte Stefan ihm nach, aber der Abstieg bis zu der Stelle, wo der Fremde gestanden war, hatte Schwierigkeitsgrad eins und gab diesem einen beachtlichen Vorsprung. Sofort, nachdem Stefan unten angekommen war, lief er Richtung Santnerhorn, wo der Mann verschwunden war. Erst aus nächster Nähe erkannte er einen schmalen Pfad, der in den Fels gehauen war. Stacheldrahtreste und Patronenhülsen erinnerten an den Ersten Weltkrieg. Offensichtlich waren hier oben Stellungen gewesen. Rasch schritt er um die erste Bergschulter herum. Die nächste folgte und gab keinen Blick auf den Rest des Weges oder den Fremden frei. Stefan hielt einen Augenblick an. Im Aufwind der warmen Luftmassen, die vom Talboden emporstiegen, schwebte der Strohhut wie ein Gleitschirmflieger auf und nieder. Der Unbekannte hatte seinen Hut verloren. Nachdem Stefan auf dem Steig die nächste Bergschulter umgangen hatte, gelangte er auf ein langes, stark abwärts geneigtes Grasband, das die Südwand des Santnerhorns in halber Höhe durchlief und hinüber zur Weißwandhütte führte. Keine Spur von dem Unbekannten war zu sehen. War er in der Eile abgestürzt? Hatte er sich irgendwo versteckt? Stefan beschloss, zu seinem Rucksack zurückzukehren. Unterwegs blickte er immer wieder die Felsen hinunter, um den möglicherweise Verunglückten nicht zu übersehen. Er konnte jedoch niemanden entdecken. Dann erinnerte er sich wieder, warum er das Joch erklommen hatte. Er wollte sehen, warum Martin Leitner in der Nacht hinaufgestiegen war. Stefan suchte den Übergang gewissenhaft ab, konnte aber nichts Auffälliges erkennen. Enttäuscht wollte er Richtung Weißwandhütte weiterwandern, da fiel ihm ein, dass auch der Unbekannte etwas gesucht haben könnte. Langsam ging Stefan noch einmal den Fuß der Felswand entlang. Er beobachtete den Boden mit höchster Aufmerksamkeit. Gleich beim Ausstieg aus der Wand, wo man vom Joch herabkam, bemerkte er dann doch einen größeren Stein, der so dalag, dass seine erdige Unterseite nach oben zeigte. Hatte jemand den Stein gewendet? Stefan rollte ihn in seine ursprüngliche Stellung. Ein roter, aufgemalter Pfeil erschien und zeigte dorthin, wo der in den Felsen gehauene Frontpfad begann. Stefan drehte den Stein wieder in seine unnatürliche Lage zurück. Auf halber Strecke zum Frontpfad fand Stefan noch einen Stein, der so umgedreht worden war, dass sich ein auf ihn gemalter Pfeil nun auf der Unterseite befand. Schließlich entdeckte er am Anfang des Frontpfades auf dem Boden einen roten Punkt, der mit frischer Erde verdeckt worden war. Stefan setzte sich auf einen Stein nieder und versuchte die Erkenntnisse der letzten Stunde zu ordnen und zu bewerten. Wer hatte den Zugang zum alten Frontpfad markiert? Martin Leitner oder der Fremde? Warum hatte man den Einstieg so deutlich gekennzeichnet? Sollten ihn Ortsunkundige nicht verfehlen? Warum hatte man die Markierungen wieder versteckt? Wer hatte das getan? Martin Leitner heute Nacht oder der Fremde eben jetzt? Hatte der Unbekannte den Frontpfad gekannt oder hatte er ihn erst heute entdeckt? Es gab viele Fragen und wenige Antworten. Stefan war sicher, dass der Unbekannte nicht Hans Santner war. Der Fremde war größer und schlanker. Stefan beschloss, nicht über den Frontpfad zur Weißwandhütte zu gelangen, sondern stieg die vielen kleinen Kehren über die steilen Wiesen hinunter zur Santneralm. Die Sonne brannte auf den Südhang herab und Stefan kam, obwohl es bergab ging, ganz anständig ins Schwitzen. Zum zweiten Mal erreichte er die Santneralm. Stefan rastete kurz. Von Hans Santner war nichts zu sehen. Hatte tatsächlich er Michael ermordet, wie Ute vermutete? Stefan wurde das Gefühl nicht los, dass Hans in der Nähe war. Da trat dieser plötzlich aus der Hütte und grüßte stumm, nur kurz den grauen Filzhut hebend. Er nahm einen Flachmann aus seiner Jackentasche und machte einen tüchtigen Schluck. Er wischte die Flaschenöffnung in seinem Hemd ab, hielt die Flasche Stefan hin und sagte: »Willst du auch einen Schluck?«

Obwohl Stefan grauste, tat er einen kurzen Zug, denn er fürchtete, dass Hans es nicht verstehen würde, wenn er das Trinken verweigerte.

»Wird nichts aus der Suche nach deinem Onkel?«, fragte Hans. Offensichtlich hatte Giulia mit ihm darüber gesprochen.

»Doch, ich treffe mich heute mit dem Bergführer Giacomo Brondi auf der Weißwandhütte. Morgen kann es losgehen.«

»Warum bist du über das Joch gegangen? Der markierte Weg von der Kienseehütte zur Weißwandhütte ist doch viel einfacher«, fragte Hans.

»Hast du mich dort oben gesehen?«, wollte Stefan wissen.

»Hans sieht alles«, dabei zeigte er mit der rechten Hand auf sich selbst.

»Auch den Kobold mit dem Strohhut«, konnte Stefan es nicht lassen zu fragen. Hans blickte hinauf zum Joch und dann auf Stefan. Er wollte etwas sagen, aber er brachte nichts über seine Lippen.

»Ich habe den Kobold mit dem Strohhut gesehen, direkt unterhalb des Joches«, fuhr Stefan fort.

Hans holte aus seinem Rucksack einen Strohhut hervor. Es war der Strohhut des Unbekannten.

»Er kam vom Himmel«, lächelte er.

»Er gehört dem Kobold«, erklärte Stefan.

»Dort gibt es keine Kobolde.«

Hans blickte hinauf zu den steilen Felswänden des Santnerhorns.

»Doch«, widersprach Stefan. »Der Kobold ist durch diese Felswände hinüber zur Weißwandhütte marschiert.«

»Geklettert?«, meinte Hans ungläubig.

»Nein, gegangen. Ein alter Frontpfad verläuft quer durch die Wand zu dem Wiesenband hinüber.«

Stefan zeigte hinauf und war sich sicher, dass Hans bei seinen

Worten erschrak. Dieser nahm seinen Filzhut ab und wischte sich den Schweiß von der Stirn.

»Ich muss …«, aber er stockte, als fiele ihm nicht ein, was er müsste.

»Ich … die Schafe, sie brauchen ihr Salz«, sagte er schließlich, schulterte seinen Sack, nahm seinen Stock in die rechte Hand und eilte direkt den Weg hinauf, den Stefan gekommen war. Wenn Hans den Frontpfad nicht kannte, dann wussten vermutlich nicht viele Leute davon.

Während Stefan langsam zur Weißwandhütte hinaufstieg, beobachtete er immer wieder, wie sich Hans dem Joch näherte, verlor ihn dann aber aus den Augen. Die vier heißen Tage, die vergangen waren, seit Stefan hier zum ersten Mal hinaufgewandert war, hatten dem Schnee stark zugesetzt. Aus einer geschlossenen Schneedecke war ein Fleckerlteppich aus Schnee- und Wiesenflächen entstanden. Diesmal lag die Weißwandhütte nicht einsam vor ihm. Einige Wanderer saßen vor der Hütte. Stefan setzte sich an einem freien Tisch nieder, nahm seinen Feldstecher und blickte hinüber zum Santnerhorn. Hans Santner war nicht zu sehen und der Frontpfad nur zu erahnen, wenn man wusste, wo er sich befand.

»Hallo, da bist du ja endlich«, sagte Giulia lachend, die unbemerkt neben ihn getreten war, und fragte: »Gibt es etwas Besonderes am Santnerhorn?«

Heute hatte sie ihre gelockte, schwarze Haarpracht in einem Rossschwanz zusammengebunden.

»Nein, nein. Die Besteigung dürfte schwierig sein«, lenkte Stefan ab.

»Das kann man wohl sagen. Eine nette, kleine Kletterei.«

Ihre dunklen Augen leuchteten auf, als wollte sie den Gipfel sofort bezwingen.

»Du bist ziemlich braun geworden in diesen paar Tagen«, meinte sie lobend.

»Bei mir geht das schnell.«

Stefan legte den Feldstecher zur Seite.

»Brondi wartet schon auf dich. Ich schicke ihn dir.«

»Danke. Er soll für mich einen »Apfelsaft gespritzt« mitbringen und für sich, was er gerne trinkt.«

»Bitte, kommt gleich«.

Sie wendete elegant auf einem Bein und ging wieder in die Hütte hinein. Bewundernd blickte er ihr nach.

Brondi war ein großer, drahtiger Mann mit kurzen, leicht gewellten, schwarzen Haaren und einem kleinen Schnurrbart. Ein Bier in der einen, den Apfelsaft in der anderen Hand haltend, stand er für einen Augenblick suchend zwischen den Gästen, dann ging er auf Stefan zu, noch bevor dieser sich bemerkbar machen konnte.

Er stellte den Apfelsaft vor Stefan hin, hob sein Bier, sagte »Danke«, trank einen kräftigen Schluck und setzte sich zu Stefan. Seine braunen Augen musterten diesen dabei scharf.

»Warum hast du mir nicht am Telefon gesagt, dass du nach deinem Onkel suchen willst?«, fragte er unvermittelt. Giulia hatte also bereits mit ihm gesprochen und es war nicht schwer zu erraten, dass Brondi von der Suche nicht viel hielt.

»Ich bin Bergführer und keine Suchmannschaft«, fügte er hinzu, ohne auf eine Antwort von Stefan zu warten. Stefan war die Angelegenheit unangenehm. Er hätte doch von Anfang an sagen sollen, was er vorhatte.

»Wenn wir beide den Gletscher gründlich absuchen, brauchen wir Wochen, vielleicht Monate. Jetzt liegt noch eine dicke Schneedecke. Die meisten Spalten sind zugeschneit. Im Spätsommer würde man viel mehr sehen und, ehrlich gesagt, wenn er in eine Spalte gefallen ist, finden wir ihn nie.«

Brondi trank sein Bier aus. Stefan wusste noch immer nicht, was er sagen sollte.

»Ich verstehe jedoch, dass du sehen willst, wo dein Onkel verunglückt ist«, meinte Brondi mit einem Mal väterlich. »Ich mache dir einen Vorschlag. Wir besteigen morgen die Weißwand. Ich zeige dir, wo ich deinen Onkel und seine Freundin verlassen habe, und du kannst dich beim Abstieg am Gletscher ein bisschen umschauen.«

Freundlich blickte er Stefan an.

»Einverstanden. So ähnlich habe ich mir das ohnehin vorgestellt«, stimmte Stefan erleichtert zu, da er befürchtet hatte, dass Brondi ablehnen könnte.

»Sehr gut«, erwiderte dieser zufrieden. »Dann werde ich jetzt zum Gletscher hinaufsteigen und mir die Lage aus der Nähe anschauen. Wir beide sind heuer die Ersten, die die Weißwand meistern wollen. Da kann man sich auf keine Spur verlassen. Es ist eine Tour wie in den Westalpen. Aufbruch ist daher morgen um drei Uhr in der Früh. Wir sehen einander dann noch am Abend.«

Brondi stand auf und wenig später marschierte er Richtung Weißwand. Als sich Stefan ein sonniges Plätzchen zum Ausstrecken auf einem Wiesenstück in der Nähe suchte, sah er Hans Santner vom Santnerhorn her eintreffen. Er hatte also den Frontpfad gefunden und war zur Hütte herübergestiegen, um Giulia gleich davon zu erzählen. Stefan legte sich auf die Wiese nieder und beschloss, ein wenig zu schlafen. Die Nacht würde kurz sein und die Besteigung der Weißwand anstrengend. Er schloss die Augen und dachte an Hans und Giulias Vater. Er konnte sich nicht vorstellen, dass sie Michael ermordet haben könnten. Auch Ute vertraute er und daher konnte auch ihr Bruder, Kurt Sonnhofer, nicht der Täter sein. Da blieben nur die Räuber oder der Wirt der Kienseehütte.

»Wie kann man an einem so schönen Tag nur schlafen«, hörte Stefan eine Stimme aus dem Schlaf heraus. Aufwachend setzte er sich auf. Giulia saß ganz in der Nähe auf einem Felsen und lachte ihn an.

»Guten Morgen. Bist du mit Brondi zurechtgekommen?«, fragte sie neugierig.

»Danke. Wir besteigen morgen die Weißwand und er zeigt mir, wo er meinen Onkel verlassen hat«, meinte Stefan noch verschlafen. »Aufspüren will er ihn nicht.«

»Du musst dich bei mir bedanken«, befahl sie spöttisch. »Als

Brondi hörte, dass du ihn zum Suchen engagiert hast, wollte er gleich wieder gehen. Ich habe ihn überredet zu bleiben, bis du kommst.«

»Danke. Müsste es ihm nicht egal sein, ob er bei einer Suche oder beim Erklimmen eines Gipfels sein Geld verdient«, wandte Stefan ein.

»Bergführer haben ihren eigenen Stolz. Außerdem glaube auch ich, wie gesagt, nicht daran, dass man innerhalb von zwei Tagen deinen Onkel finden kann.«

»Wir werden sehen«, erwiderte Stefan, der sein Vorhaben nicht aufgeben wollte.

»Ich wünsche dir viel Glück. Eine tolle Bergtour ist es auf jeden Fall. An klaren Tagen kann man von der Weißwand die Adria sehen.«

Stefan lächelte ungläubig und fragte: »Hast du das Meer vom Gipfel aus gesehen?«

»Nein, aber ich war erst dreimal auf der Weißwand.«

»Nicht oft für die Hüttenwirtin.«

»Wir klettern lieber auf die Schwarzwand. Sie ist schwieriger zu erklimmen, aber interessanter und auf ihrem Gipfel bist du fast immer allein. Auf der Weißwand sind immer viele Leute unterwegs. Für die meisten Bergsteiger zählt nur die Höhe eines Gipfels und die Weißwand ist eben höher.«

»Und ich dachte, das Santnerhorn ist euer Hausberg?«

»Nein. Der Lehrer von Oberstoms hat vor Jahren einmal Forschungen über die Namen der umliegenden Berge betrieben. Er konnte nicht ergründen, ob der Berg seinen Namen von unserer Familie hat oder umgekehrt oder die Namensgleichheit zufällig ist.«

»Und ich dachte, einer aus eurer Familie war der Erstbesteiger.«

Kurz blickten die beiden einander in die Augen. Giulia legte ihre Haare über die linke Schulter nach vorne und spielte mit den Fingern ihrer Hände mit den Haarenden.

»Du hast den Fremden mit dem Strohhut heute gesehen?«, fragte sie nach einer kurzen Pause.

»Ja, oben am Joch. Wieder ist er vor mir geflohen und verlor dabei seinen Hut. Onkel Hans hat ihn gefunden.«

»Kannst du beschreiben, wie der Unbekannte aussah.«

»Ich war nur rund dreißig Meter von ihm entfernt, ich oben am Joch, er direkt unter mir beim Ausstieg aus der kleinen Felswand, die vom Joch hinabführt. Sein Gesicht konnte ich trotzdem nicht erkennen. Der Hut hat alles verdeckt. Er ist groß, schlank und kann sehr gut klettern. So wie er sich bewegt hat, denke ich, dass er jung ist.«

»Er will nicht gesehen werden und schleicht hier in der Gegend umher«, fasste Giulia zusammen und blickte Stefan wieder forschend an. »Vielleicht ein Privatdetektiv der Familie Sonnhofer? Onkel Hans wird seine Augen offen halten. Er kennt hier jedes Plätzchen.«

»Bis auf den alten Frontpfad«, widersprach Stefan.

»Ja, bis auf diesen. Diese Entdeckung wirft auf die Ereignisse des Vorjahres tatsächlich ein neues Licht.«

»Wieso?«, fragte Stefan, ein wenig den Unwissenden spielend.

Giulia stand auf und ging auf ihn zu. Auch Stefan erhob sich. Als sie direkt vor ihm stand, sagte sie: »Damit gab es eine Möglichkeit, schnell und von den markierten Wanderwegen ungesehen von der Kienseehütte zur Weißwandhütte zu gelangen.«

»Und was soll das mit dem Mord zu tun haben?«, stellte sich Stefan unwissend.

»Die Kienseehütte wurde gebaut, um die geschlossene Weißwandhütte zu ersetzen«, erklärte Giulia. »Wenn die Weißwandhütte offen ist, braucht man keine Kienseehütte. Ihr Wirt Martin Leitner steckt in Schulden und macht kein Geschäft. Er hat ein mindestens so gutes Mordmotiv wie Kurt Sonnhofer.«

»Kurt hatte vermutlich gar kein Motiv«, entfuhr es Stefan.

»Wieso?«, wollte Giulia überrascht wissen.

»Weil Michael am Tag seiner Ermordung ohnehin an Kurt verkaufen wollte«, erzählte Stefan, was er von Ute erfahren hatte.

Giulia blickte ihn erschrocken an, trat einen Schritt zurück und fragte: »Woher weißt du das?«

»Von Ute, ich habe mit ihr gesprochen.«

»Ach, von Ute.«

Stefan hatte das Gefühl, dass Giulia das mit Erleichterung sagte.

»Sie will doch nur ihren Bruder schützen«, fuhr sie fort.

»Es klang sehr vertrauenswürdig«, entgegnete Stefan.

»Du hast wohl der schönen Blonden zu tief in die Augen geblickt«, meinte Giulia böse. »Ich weiß, Ute denkt, Onkel Hans ist der Mörder. Das erzählt sie überall. Sie ist gemein. Ich habe niemals gesagt, dass Kurt der Mörder ist.«

»Doch du glaubst es«, sagte Stefan, der sich kränkte, weil Giulia dachte, er hätte sich von Utes weiblichen Reizen verführen lassen. Wenn es so war, ging es Giulia auch nichts an.

»Ich habe auch dir nicht zu tief in die Augen geschaut«, fuhr Stefan verärgert fort. »Der Mörder muss nicht Kurt Sonnhofer gewesen sein, auch nicht Martin Leitner und auch nicht die Räuber. Wenn Michael verkaufen wollte, dann kann es natürlich auch jemand der Familie Santner gewesen sein.«

»Auch ich…«, pfauchte sie und trat wieder so nahe an ihn heran, dass er ihren Atem spüren konnte. Wie ein schwarzer Panther vor dem Angriff stand sie vor ihm, doch mit einem Mal verlor Giulia ihre aggressive Haltung.

»Du kannst natürlich denken, was du willst«, sagte sie und es klang fast wie eine Entschuldigung. Sie ging ein paar Meter von ihm weg, dann drehte sie sich um und sagte: »Ich war es nicht.« Ohne eine Antwort abzuwarten, kehrte sie zur Hütte zurück. Warum hatte sie das gesagt? Stefan wusste es nicht. Auf jeden Fall hielt er es für das Beste, von den versteckten Markierungen des Frontpfades vorerst niemand mehr etwas zu erzählen. Er setzte sich dorthin, wo Giulia gesessen war. Nach einiger Zeit kehrten seine Gedanken von Ute und Giulia zurück zu Martin Leitner. War er der Mörder von Michael? Während das Ehepaar Patznik auf dem markierten Weg von der Kienseehütte zur Weißwandhütte gewandert war, hätte er ungesehen über das Joch eilen, Michael erschießen und wieder zurückkehren können. Daher hatte Martin nun kein Alibi mehr. Warum sollte er den Einstieg zum Frontpfad markieren? Warum sollte er die Markierung verstecken? Oder hatte dies der Unbekannte mit dem Strohhut gemacht? War der Mann tatsächlich ein Detektiv?

Nach dem Abendessen war noch reger Betrieb in der Gaststube. Stefan saß allein an einem kleinen Tisch und war froh, dass er von Giulia nicht mehr sah, als die Durchreiche zur Küche freigab. Das nachmittägliche Zusammentreffen hatte ihm die Unbefangenheit im Umgang mit ihr genommen. Es dämmerte, als Brondi von seiner Erkundung zurückkam und sich mit einer Portion Spaghetti zu Stefan setzte.

»Der morgigen Besteigung steht nichts im Wege. Wir können den Gletscher auf der Normalroute begehen und der Wetterbericht ist prächtig, lediglich am Nachmittag steigt die Gewittergefahr. Da sollten wir aber schon zurück sein. Ich hoffe, deine Kondition stimmt«, meinte er fröhlich.

»Es wird passen«, erwiderte Stefan zuversichtlich. »Ich freue mich schon.«

Brondi aß, Stefan schwieg kurz und schließlich sagte er: »Ich möchte nicht lästig fallen, aber ich würde gerne etwas über Lisa, die Freundin meines Onkels, erfahren.«

»Kein Problem. Gerne. Ich habe immer gedacht, dass sie seine Frau ist. Die beiden haben gut zueinander gepasst. Ihr Zusammenleben war harmonisch. Nein, ehrlich, ich dachte niemals daran, dass es seine Freundin sein könnte.«

Bestens gelaunt schaufelte Brondi die Nudeln in sich hinein.

»Wie sah sie aus?«, wollte Stefan wissen.

»Hübsch, klein und zierlich, mit schwarzen Haaren«, er hielt kurz inne. »Blödsinn, ich bin auch schon ganz durcheinander. Sie hatte natürlich blonde Haare und blaue Augen. Sie war sehr sportlich. Sie hat alle Touren mitgemacht.«

»Früher ist Onkel Albert allein mit dir unterwegs gewesen.«

»Stimmt. Erst vor drei Jahren ist seine Freundin das erste Mal mitgegangen. Sie war übrigens ein Sprachentalent. Sie konnte sehr gut Italienisch. Es war schön für mich, mit ihr in meiner Muttersprache zu plaudern.«

»Was hat sie beruflich gemacht?«

»Sie gab sich als Lehrerin für Italienisch und Spanisch aus. Muss aber nicht stimmen. Schließlich war sie ja auch nicht seine Frau.«

»Verwunderlich ist nur, dass Lisa bis zum heutigen Tag keiner vermisst hat«, meinte Stefan nachdenklich. »Hat sie nie über Freundinnen oder Verwandte gesprochen?«

»Ich kann mich nicht erinnern, dass Lisa jemals über Verwandte gesprochen hat. Auch ich habe mir schon den Kopf darüber zerbrochen, warum sie niemandem abgeht. Dein Onkel ist geschäftlich viel in der Welt herumgekommen. Vielleicht hat er sie in Südamerika kennen gelernt. Vielleicht stammte sie aus Russland oder der Ukraine und war illegal in der EU.«

Brondi trank seinen »Radler« aus.

»Seit wie vielen Jahren wollte mein Onkel die Weißwand bezwingen?«

»Das Vorhaben geht noch in die Zeit zurück, als ich mit ihm allein unterwegs war. Damals war seine Kondition zu schlecht. Mehr als zwei Stunden bergauf waren früher für ihn nicht möglich.«

Brondi lächelte.

»Ich weiß, er war kein großer Sportler«, meinte Stefan.

Brondi holte sich einen weiteren »Radler« und sagte an den Tisch zurückgekehrt: »Er hat sich dann von Jahr zu Jahr enorm verbessert. Er muss während des Jahres fleißig trainiert haben.«

»Meine Tante hat mir erzählt, dass er ein Fitnessstudio besucht hat. Sie war sehr froh darüber, denn er hatte früher viel zu wenig Bewegung gemacht.«

»Vor drei Jahren verhinderte dann Schlechtwetter den Aufstieg. Vor zwei Jahren drehten wir wegen eines aufziehenden Gewitters um. Das Unwetter aber nahm eine andere Bahn. Die Enttäuschung war groß, umsonst abgebrochen zu haben. Letztes Jahr wollte er dann unbedingt hinauf. ›Es muss sein, bevor ich zu alt und schwach bin‹, hat er gesagt. Ich denke, die Freundin und die Weißwand waren sein letztes Aufbäumen gegen das Alter«, sinnierte Brondi.

»Im Grunde war mein Onkel kein risikofreudiger Mensch. Er hat seine Firma sicher und konservativ durch die Krisen der Weltwirtschaft gelenkt. Entschuldige, ich kann mir einfach nicht vorstellen, dass er gegen deine Empfehlung weitergegangen ist«, zweifelte Stefan.

»Das glaube ich dir schon«, beruhigte Brondi, »doch Albert war an diesem Tag wie besessen. Die Wetteraussichten für eine solche Tour waren denkbar schlecht. Daher weckte ich die beiden gar nicht um vier Uhr auf. In der Früh jedoch schien die Sonne von einem wolkenlosen Himmel. Eigentlich war es trotz der fortgeschrittenen Jahreszeit schon etwas zu spät, mit dieser Tour zu beginnen. Ich versuchte gar nicht, ihnen die Tour auszureden. Ich war mir sicher, das Wetter würde sich so schnell verschlechtern, dass wir ohnehin umdrehen müssten. Ich war hundertprozentig überzeugt, dass wir den Gipfel nicht erreichen würden. Tatsächlich zog schon gegen Mittag ein Gewitter auf, das wir abwarteten. Beinahe hatte ich ihn schon zum Umkehren überredet, da riss die Wolkendecke erneut auf. Wir waren nur noch etwa eine Stunde vom Ziel entfernt. Bei Sonne und blauem Himmel war er nicht mehr bereit, die Tour abzubrechen. Ich glaube, er konnte es nicht ertragen, den Gipfel wieder nicht zu erreichen. Ich habe extra für dich etwas mitgebracht.«

Er zog seine Geldbörse hervor und entnahm ihr ein zusammengefaltetes Stück Papier. Er öffnete es und legte es vor Stefan auf den Tisch.

»Ich habe mir damals, als sich unsere Wege am Gletscher trennten, von ihm schriftlich bestätigen lassen, dass er gegen meinen Ratschlag weiterginge und auf meine Dienste verzichte. Als

Bergführer hat man sehr viel Verantwortung. Du stehst schnell vor Gericht, wenn ein Unglück passiert. Alle wissen dann sofort, was du hättest besser machen können.«

Stefan las das Schriftstück. Es war tatsächlich die Handschrift seines Onkels.

Hiermit bestätige ich, dass ich trotz der Warnung meines Bergführers Giacomo Brondi vor einem Schlechtwettereinbruch die Tour auf die Weißwand fortsetze und auf seine weitere Begleitung verzichte.

Direktor Albert Furtmann

»Die Polizei hat einem Graphologen die Echtheit dieser Zeilen überprüfen lassen. Sie stammen von deinem Onkel.«

»Und seine Freundin? Hat sie ihn nicht zur Vernunft gebracht?«

»Im Gegenteil. Sie hat ihn aufgestachelt, sich die Tour nicht schon wieder von mir vermasseln zu lassen. Ich habe wirklich alles versucht, die beiden abzuhalten. Umsonst. Sie waren erwachsene Menschen mit freiem Willen, also habe ich sie ziehen lassen.«

Die letzten Gäste verließen den Raum. Stefan blieb mit Brondi allein.

»Und dann haben dich die beiden angerufen und um Hilfe gebeten?«, fragte er Brondi.

»Ich hatte gerade den Weg erreicht, der von der Weißwandhütte zur Schwarzen Lenke führt, und das Ehepaar Patznik getroffen, da kam ihr Anruf. Oben war Nebel eingefallen und die beiden hatten die Orientierung verloren. Mein einziger Fehler war, dass ich nicht sofort die Bergrettung verständigt habe. Ich war mir zu sicher, dass ich sie bald finden würde. Ein Hubschraubereinsatz kam bei den schlechten Sichtverhältnissen ohnehin nicht in Frage. Wir blieben in kurzen Abständen über die Handys in Kontakt. Ich schärfte ihnen ein, auf keinen Fall weiterzugehen. Dann aber war mein Akku leer. Als ich die Stelle erreicht hatte, wo wir uns voneinander getrennt hatten, waren rund drei Stunden vergangen. Aus den Angaben, die sie gemacht hatten, konnte ich nicht entnehmen, ob sie sich noch oberhalb oder schon unterhalb dieser Stelle befanden. Bald danach brach das Unwetter los und es begann zu hageln und später zu schneien. Ich zog noch mehrere Kreise über den Gletscher, konnte aber keine Spuren finden. So stieg ich zur Weißwandhütte ab. Wir haben am nächsten Tag, als sich das Wetter gebessert hat, zusammen mit zwei Hubschraubern das Gebiet abgesucht, doch nichts gefunden. Es war im oberen Bereich mehr als ein halber Meter Neuschnee gefallen. Genug, um zwei Leichen vollständig zu verdecken und dieser Schnee ist im nachfolgenden kalten Herbst auch nicht mehr abgetaut.«

»Darf ich daran erinnern, dass euer Frühstück für drei Uhr bestellt ist«, meinte Giulia von der Durchreiche her.

»Wir gehen schon. Warum diese Wirtinnen immer so streng sein müssen?«, lachte Brondi und erhob sich.

»Weil die Bergsteiger sonst die ganze Nacht bechern und in der Früh nicht einmal den Aufstieg ins Lager schaffen«, kam prompt die Antwort, während das Fenster der Durchreiche geschlossen wurde. Zwei Lager neben Stefan schlummerte ein »Bierbauch« unter den grauen Hüttendecken. Der Mann schnarchte unglaublich laut und ließ sich auch durch mehrere Stöße, die ihm Stefan versetzte, nur zu kurzen Pausen hinreißen. So dauerte es lange, bis Stefan endlich Schlaf fand.

Besteigung der Weißwand: 27. Juni

Als Stefan um drei Uhr, mit seiner Stirnlampe bewaffnet, in die Gaststube trat, saß Brondi schon beim Frühstück. Eine Viertelstunde später verließen sie, mit guten Wünschen von Giulia versehen, die Weißwandhütte. In der sternenklaren Nacht war es angenehm kühl. Beim Licht der Stirnlampen eilten sie Richtung Weißkees bergauf. Obwohl Stefan diesen Abschnitt des Weges schon einmal gegangen war, konnte er sich in der Dunkelheit kaum an ihn erinnern. Brondi marschierte so sicher bergwärts, als würde er hier jeden Tag gehen. Stefan fiel es nicht leicht, mit ihm Schritt zu halten. Für Brondi schien der Anstieg nur ein Spaziergang zu sein. Die Konturen der Berge hoben sich deutlich gegen den Nachthimmel ab. Ganz weit unten konnte Stefan die Lichter von Oberstoms erkennen. Als sie den Gletscher betraten, war es noch stockdunkel. Sie befestigten die Steigeisen und seilten sich an. Bald danach begann das Morgengrauen und die wunderbare Bergkulisse wurde sichtbar. Zunächst erreichten die Sonnenstrahlen nur die höchsten Gipfel, erst später den Gletscher und zuletzt die Täler. Immer steiler ging es bergauf. Dann mussten sie einige große Spalten auf schmalen Eisbrücken überqueren, wobei sie einander sicherten. Mit einem Mal hielt Brondi an.

»Ungefähr hier habe ich Albert und Lisa verlassen. Was danach geschah, ist schwer zu klären. Wenn sie sich zu weit rechts gehalten haben, könnten sie in die Abbrüche geraten sein, die weit nach St. Oswald hinunterreichen. Wenn sie sich zu weit nach links verirrt haben, könnten sie an die Grenze zwischen Österreich und Italien gelangt sein. Dort endet der Gletscher abrupt und es geht hunderte Meter senkrecht in die Tiefe. Beim Abstieg zeige ich dir beides.«

Brondi ging wieder weiter, ohne auf eine Antwort von Stefan zu warten. Gegen neun Uhr hatten sie das Gipfelkreuz erreicht und genossen den Ausblick, der hunderte Kilometer weit reichte und zahllose Gipfel präsentierte. Auf der Südseite fiel die Weißwand über tausend Meter steil ab. Dahinter reihten sich die Bergketten wie Kulissen aus Karton, eine hinter der anderen. Im fernen Dunst der norditalienischen Ebenen blieb die Adria den Blicken jedoch verborgen. Etwa zweihundert Meter unter ihnen kletterte von Italien her eine Zweierseilschaft zum Gipfel empor. Darunter konnte Stefan das Refugio Bernadetto erkennen. Nach Osten zog sich das lange, breite Weißkees hinunter. Auf seiner großen Eisfläche konnte man sich sicher leicht verirren. Weit unten waren nachkommende Bergsteiger als kleine bunte Punkte zu erkennen. Rechts dahinter erhoben sich die imposanten Wände der Schwarzwand. Im Norden lag direkt gegenüber der Hochkogel, dessen Gipfel in einer kleinen, weißen Wolke verhüllt war, und im Westen sah man tief unten St. Oswald. Es gab keine Luftbewegung und trotz der großen Höhe war es richtig heiß.

»Wer könnte Michael Pichler ermordet haben?«, fragte Stefan, nachdem sie einige Zeit gerastet hatten. Brondi schaute Stefan schweigend an. Die Gletscherbrille ließ keine Interpretation seines Blickes zu.

»Zuerst dachte ich, es könnte Kurt Sonnhofer gewesen sein. Schließlich war es wirklich unverständlich, warum die Santners ihr Gebiet nicht an die Liftgesellschaft verkaufen wollten. Kurt und Michael waren beide sehr hitzige junge Männer. Ich kann mir gut vorstellen, dass ein Streit zwischen den beiden eskalierte. Kurt Sonnhofer, Michael Pichler und Christian Santner waren die drei besten jungen Bergsteiger weit und breit, alle drei richtige Draufgänger. Keine Gefahr war ihnen zu groß. Bei einer Expedition in den Himalaya kam es zu einem Streit. Kurt hörte danach mit den extremen Touren auf. Nur noch Michael und Christian kletterten zusammen, bis dieser auf der Schwarzwand abstürzte. Ein Stück Fels, an das er sich angehalten hatte, stürzte mit ihm in die Tiefe. Michael ist vor zwei Jahren nur knapp dem Tod entronnen. Er unternahm mit Felix Hammer, einem Studenten, der am Santnerhof Winterurlaub machte, eine Schitour auf den Stomser

Spitz. Eine Lawine verschüttete die beiden, nur Michael konnte lebend geborgen werden.«

Brondi nahm seine Brille ab und blickte mit zusammengekniffenen Augen über den Gletscher hinunter.

»Das Weißkees wäre ein ideales Schigebiet und die Gegend um den Schwarzsee auch. Vielleicht hat Michael auch vermutet, dass er mit der Weißwandhütte viel mehr verdienen könnte, wenn sie zusätzlich im Winter als Schihütte geführt würde. Man munkelt, dass der Vater von Giulia die Hütte und ihre Umgebung an Lena und Michael überschrieben hätte. Es wäre daher durchaus möglich, dass Michael mindestens seinen Anteil verkaufen wollte. Ute erzählte mir das immer und wenn es stimmt«, Brondi blickte Stefan in die Augen, »dann traue ich dem behinderten Hans zu, dass er Michael umgebracht hat. Ich denke, er würde für sein Tal jederzeit einen Mord begehen. Es gibt aber keine Fakten, die für Kurt oder Hans als Mörder sprechen würden.«

»Also könnte es auch ein Räuber gewesen sein«, meinte Stefan.

»So denkt die Polizei zurzeit.«

Brondi setzte seine Brille wieder auf.

»Auch der Wirt der Kienseehütte hat ein Motiv«, fuhr Stefan fort.

»Sicher, doch wie soll er von seiner Hütte ungesehen zur Weißwandhütte und zurückgekommen sein«, erwiderte Brondi.

Stefan beschloss, ihm nichts von den gestrigen Entdeckungen zu erzählen.

»Die beste Möglichkeit für den Mord hatten natürlich die beiden Ehepaare, die fast den ganzen Tag in der Nähe der Hütte weilten«, meinte Brondi lächelnd, »aber sie hatten kein Motiv.«

Plötzlich hörten sie Stimmen und wenige Augenblicke später entstieg der Südwand einer der beiden Kletterer, grüßte kurz mit »Salve« und sicherte die letzten Aufstiegsmeter seines Kameraden. Man schüttelte einander die Hände. Brondi wechselte mit den beiden auf Italienisch einige Worte über ihren Aufstieg, während sich Stefan ins Gipfelbuch eintrug. Er hatte einmal in der Schule

Italienisch als Freifach besucht und verstand mehr vom Gespräch der drei, als er für möglich gehalten hätte. Nicht alles Schulwissen war vergessen. Über der Schwarzwand, dem Stomser Spitz und dem Santnerhorn hatten sich unterdessen Wolken gebildet und quollen mächtig in die Höhe. Auch von Süden her stiegen Wolkentürme auf. Brondi und Stefan begannen mit dem Abstieg. Dabei führte Brondi Stefan zum südlichen Rand des Gletschers an die Grenze zwischen Österreich und Italien auf einen kleinen Felsen, der aus dem Eis ragte. Von dort konnte man gut erkennen, wie das gesamte lange südliche Ende der Eisfläche eine hunderte Meter tief abstürzende Felswand leicht überragte.

»Vielleicht sind Albert und Lisa im dichten Nebel hier ausgerutscht oder mit einem Stück Schnee und Eis zusammen abgebrochen. Wenn sie dort unten in irgendeiner Felsspalte liegen, wird sie vermutlich niemand finden.« Brondi zeigte in den Schwindel erregenden Abgrund hinunter. Dann querten sie den riesigen Gletscher und gelangten zu den gewaltigen Abbrüchen, die von St. Oswald oft bestaunt wurden. Ein Wirrwarr von Spalten und Eisklötzen tat sich vor ihnen auf.

»Vielleicht sind sie auch in eine dieser Spalten gefallen. Irgendwann in vielen Jahren wird der Gletscher die Toten an seinem Ende freigeben. Es ist aussichtlos zu suchen. Ich denke, du siehst das ein.«

Brondi wischte sich den Schweiß von der Stirn und Stefan nickte. Müde von der anstrengenden Tour war ihm klar geworden, was es bedeuten würde, dieses Gebiet wirklich gründlich zu durchsuchen. Durch die reflektierte Sonnenstrahlung war es am Gletscher unglaublich heiß geworden. Mehr und größere Wolken entstanden. Ihre Farbe veränderte sich von Weiß auf Dunkelgrau. Immer öfter versteckte sich die Sonne hinter ihnen. Gegen zwei Uhr erreichten sie das Ende des Gletschers. Über der Schwarzwand stand bereits eine bedrohlich schwarze Wolkenwand. Während sie zur Hütte abstiegen, donnerte es von Italien her.

Bei der Hütte waren noch mehr Bergsteiger versammelt als am Vortag. Im Freien sitzend löschten Stefan und Brondi ihren Durst, während sie beobachteten, wie das Gewitter zum Stomserjoch weiterzog und an Heftigkeit verlor. Giulia kam vor lauter Arbeit nur einmal kurz aus der Küche heraus und fragte die beiden, ob sie Spuren von Albert oder Lisa entdeckt hätten. Stefan hatte Brondi für zwei Tage gebucht. Nach der heutigen Gletscherbegehung war ihm klar, dass er Brondi nicht mehr benötigte, um seinen Onkel zu suchen. Stefan war jedoch keineswegs unzufrieden, denn er hatte viel gehört und gesehen, was er seiner Tante berichten konnte. Außerdem freute er sich, Ute über die Verdachtsmomente gegen den Wirt der Kienseehütte informieren zu können. Während er überlegte, was er mit Brondi morgen unternehmen sollte, sagte dieser: »Wenn du genug gesehen hast, musst du es sagen. Mich stört es nicht, wenn wir morgen keinen Gipfel mehr besteigen. Ich habe zu Hause eine Menge Dinge zu tun und Bergführer sind nicht billig.«

Während Brondi sprach, hatte Stefan eine Entscheidung getroffen und antwortete: »Jetzt, wo ich hier bin, möchte ich die Gelegenheit ausnützen und morgen die Schwarzwand besteigen.«

»Einverstanden. Dann erklimmen wir morgen die Schwarzwand über den neuen Klettersteig«, stimmte Brondi zu. Unterdessen war hinter der Weißwand ein weiteres Gewitter aufgezogen. Auch dieses tobte sich jenseits der Grenze aus. Den restlichen Nachmittag und Abend verbrachte Stefan allein, denn Brondi suchte die Gesellschaft von zwei anderen Bergführern, die mit ihren Gästen eingetroffen waren. Diesmal war das Lager voll besetzt.

Besteigung der Schwarzwand: 28. Juni

Da gleich drei Gruppen von Bergsteigern um drei Uhr aufstanden, um die Weißwand zu bezwingen, war die Nachtruhe nur von kurzer Dauer. Brondi und Stefan brachen im Morgengrauen auf, verfolgten zunächst den Weg zur Weißwand, verließen diesen dann nach Süden und erreichten über wegloses Gelände bei Sonnenaufgang den Sattel zwischen Schwarzwand und Weißwand. Dieser war vollständig mit Gras bewachsen. Sie legten eine kurze Pause ein. Stefan ging vom Sattel ein paar Meter in südlicher Richtung bergab, um besser ins Tarinotal nach Italien hinuntersehen zu können. Die Bergwiese wurde immer steiler und endete an einer Felswand, die rund dreißig Meter fast senkrecht abfiel. Unten im Tal war eine Alm. Stefan konnte das Vieh gut erkennen. Der kleine Bach und die blechernen Dächer der Almhütte und Viehunterstände rechts am Hang glitzerten im Sonnenlicht. Diese Dächer waren so gebaut, dass der Hang direkt in das Dach überging, sodass Lawinen im Winter über die Dächer zu Tal rauschten, ohne die Gebäude zu beschädigen.

Stefan kehrte zu Brondi zurück und fragte: »Dieses Tal wirkt sehr idyllisch. Gibt es einen Weg, der vom Sattel hinunterführt?«

»Nein, die Felswand wird von keinem Weg durchquert. Ich war einmal vor Jahren dort unten. Die Tarinoalm ist sehr abgeschieden. Weiter unten im Tal liegt die kleine Ortschaft Tarino. Die Alten sind gestorben, die Jungen sahen dort keine Zukunft. So verfallen die unbewohnten Häuser langsam.«

»Die Alm ist auch nicht bewirtschaftet?«, fragte Stefan.

»Nein, diese Almen sind alle nicht mehr bewohnt. Es sind nur Jungstiere hier oben. Die Tiere haben ihre Unterstände. Einmal in der Woche schaut vielleicht jemand vorbei.«

Es war feucht und schwül. Wolkenreste der Gewitter hingen an den Gipfeln. Ihr Weg führte sie vom Sattel nach Osten zur Schwarzwand. Über eine riesige Schutthalde ging es hinauf zum

Einstieg. Wo das Drahtseil des Klettersteiges begann, war eine Tafel mit folgender Aufschrift angebracht.

»Santnersteig. Zum Gedenken an den Bergführer Christian Santner, der in der Schwarzwand tödlich verunglückte.«

»Der Steig ist schwierig«, erklärte Brondi. »Daher führt auch keine Markierung zum Einstieg. Man möchte die Masse der Bergsteiger von hier fern halten.«

Tatsächlich scheute der Santnersteig keinen Vergleich mit Klettersteigen in den Dolomiten oder in der Brenta. Sofort ging es dreißig, vierzig Meter senkrecht bergauf und anschließend querte der Steig eine glatte Wand, bevor es in einem engen Kamin wieder aufwärts ging. An seinem Ende gelangte man in einen Kriegstollen aus dem 1. Weltkrieg, in dem es in völliger Dunkelheit mehrere hundert Meter bergauf ging. Der Stollen endete mitten in der Nordwand. Ein atemberaubender Blick hinunter auf Schwarzsee, Weißwandhütte und Santneralm öffnete sich. Es folgten so steile und glatte Felswände, dass Brondi Stefan mehrmals beim Klettern helfen musste. Einige Meter unter dem Ausstieg stoppte Brondi und zeigte auf eine kleine Tafel seitlich in der Felswand.

»Dort ist der Stein ausgebrochen, mit dem Christian Santner in die Tiefe gestürzt ist.«

Stefan konnte sich gar nicht vorstellen, dass jemand in der Lage war, dort hinüberzuklettern.

»Giulia und Lena haben sie angebracht«, meinte Brondi.

»Die könnten so gut klettern?«, war Stefan erstaunt.

»Wie die Affen«, erwiderte Brondi und kletterte weiter.

Stefan war froh, dass sich der Ausstieg näherte, denn seine Kräfte gingen zu Ende. Im letzten Abschnitt waren seine Beinmuskel so erschöpft, dass sich die, gegen die Felswand gestellten Füße, von selbst auf und ab bewegten.

»Du hast die ›Nähmaschinen‹«, lachte Brondi über diesen ungewollten Zustand. »Gut, dass wir gleich oben sind.«

Nach kurzer Rast am Ende des Steiges entschieden sie, auf Grund der erneut aufziehenden Gewitterwolken, nicht mehr zum Gipfel aufzusteigen. Sie kehrten auf kürzestem Weg zur Weißwandhütte zurück, wo sie am frühen Nachmittag eintrafen. Brondi verabschiedete sich und stieg gleich nach Oberstoms ab. Ermüdet beschloss Stefan noch eine Nacht zu bleiben. Die meisten Bergwanderer waren noch unterwegs. Er saß allein vor dem Haus, als Giulia mit zwei Gläsern Rotwein in der Hand herauskam und sich zu ihm setzte.

»Für dich«, sagte sie. »Ich war gestern am Nachmittag übertrieben heftig. Die Ermordung von Michael wird mich niemals kalt lassen. Ute habe ich sowieso nie gemocht. Mich sollten diese Lügen über Michael nicht überraschen.«

Stefan hütete sich zu wiederholen, dass er Utes Worte für vertrauenswürdig hielt. Andererseits konnte er sich nicht vorstellen, dass ihn Giulia anlog. Die Unbekümmertheit, mit der Giulia und Stefan den ersten Nachmittag miteinander verbracht hatten, war dahin. Unvorstellbar, dass sie heute für ihn eine Arie gesungen hätte.

»Ist in Ordnung, Giulia«, erwiderte Stefan. Sie hob das Glas, die beiden stießen an und tranken aus.

»Hast du etwas über das Verbleiben deines Onkels herausfinden können?«

»Nein, du und Brondi, ihr hattet natürlich Recht, aber ich kann meiner Tante jetzt sehr viel über die letzten Tage im Leben meines Onkels erzählen. Übrigens, es stimmt, die Schwarzwand ist wesentlich interessanter als die Weißwand.«

»Welche Route habt ihr gewählt?«, fragte Giulia.

»Den Santnersteig. War ein bisschen zu schwierig für mich. Ich hab die Gedenktafel gesehen, die du mit Lena befestigt hast. Ihr müsst sehr gut klettern können.«

»Alle Santners können ausgezeichnet klettern. Das liegt bei uns in der Familie. Wohin gehst du morgen?«

»Ich werde nach St. Oswald marschieren.«

»Triffst du dich mit Ute?«

»Nein«, log er. Er wollte es Giulia nicht eingestehen.

Wie wenn sie sein »Nein« nicht gehört hätte, sagte sie: »Ute ist sehr schön. Sie ist sehr schön.«

Kein Unterton von Spott, vielleicht nur ein Hauch von Traurigkeit war in den Worten zu hören.

»Vielleicht kommst du wieder einmal hierher zum Bergsteigen«, meinte sie schließlich.

»Durchaus möglich.«

»Tschau.«

Sie stand auf und folgte einer Gruppe neu ankommender Wanderer in die Hütte hinein. Der Himmel hatte sich bedeckt. Den ganzen Nachmittag donnerte es aus unterschiedlichen Richtungen. Bald füllte sich die Hütte bis auf den letzten Platz. Auch in der Nacht hörte man Donnergrollen und sah Wetterleuchten, doch keines der Gewitter erreichte die Weißwandhütte.

Zum zweiten Mal nach St. Oswald: 29. Juni

Am Morgen überraschte die Bergsteiger ein wolkenloser Himmel. Die feuchte Luft war abgezogen.

Es war mitten am Nachmittag, als Stefan in St. Oswald eintraf. Stolz blickte er über die Gletscherabbrüche des Weißkees hinauf zur Weißwand. Vorgestern war er noch dort oben gestanden. Bei der Witwe Oberlugger in der Pension Waldfrieden nahm er wieder Unterkunft. Frisch geduscht machte er sich auf den Weg zu Ute. Während er durch den Ort ging, befürchtete er, sie könnte gar nicht anwesend sein. Der Portier des Hotels Sonnhofer wusste, dass sie sich in der Reithalle befand. Ein älterer Mann in Arbeitskleidung stand vor dem Eingang. Ute galoppierte auf einem schwarzen Pferd durch die Halle und übte den Sprung über ein Hindernis. Sie war so vertieft, dass ihr Stefan erst nach einiger Zeit auffiel. Sie kam zu ihm geritten, sprang elegant aus dem Sattel, nahm den Reiterhelm ab, schüttelte ihre blonde Haarpracht und reichte ihm die Hand.

»Schon wieder zurück«, lachte sie ihn an.

»Leider konnten Brondi und ich keine Spur von meinem Onkel finden.«

»Schade. Ich habe es ohnehin vermutet. Karl, bringst du Panther in die Box?«, rief Ute den älteren Mann. Er kam herbeigeeilt und führte das Pferd davon.

»Ich denke, ich habe einige Neuigkeiten für dich und deinen Bruder«, meinte Stefan.

»Wir könnten gemeinsam zu Abend essen. Ich kenne ein nettes Lokal im Ort. Da kannst du mir dann alles erzählen.«

»Gute Idee«, erwiderte Stefan erfreut.

»Ich geh mich nur duschen und umziehen. Du kannst in der Eingangshalle des Hotels auf mich warten.«

Ute eilte davon und Stefan ging ihr langsam nach. Nachdem er über eine halbe Stunde gewartet hatte, kamen ihm Zweifel, ob

Ute überhaupt noch kommen würde. Jemand hupte vor dem Hotel. Wollte man auf diese Art erreichen, dass die Koffer auf das Zimmer getragen wurden? Die Leute wurden immer seltsamer. Stefan blickte hinaus. Da erkannte er Ute. Sie saß in einem BMW-Cabrio und winkte. Er eilte hinaus und stieg ein.

»Wir fahren hinauf in den ›Almschuppen‹. Im Ort kannst du dich mit deinem Gewand nicht sehen lassen. Da gibt es nur noble Adressen.«

Wenn Stefan nun gedacht hatte, Ute würde, mit Lederhandschuhen und Sonnenbrille bewaffnet, mit quietschenden Reifen davonfahren, dann hatte er sich getäuscht. St. Oswald war nicht Hollywood. Sie fuhr ohne Handschuhe und Sonnenbrille in moderatem Tempo die Kehren zum »Almschuppen« hinauf, der etwas oberhalb des Ortes am Hang stand. Sie nahmen auf der kleinen Terrasse Platz. Von hier aus hatte man einen schönen Ausblick auf den Ort. Nachdem sie gegessen hatten, erzählte Stefan Ute, was er bei der Wanderung von der Kienseehütte über das Joch zur Weißwandhütte erlebt hatte.

»Du denkst also, Martin Leitner könnte den Mord begangen haben«, sagte Ute nachdenklich.

»Er wartet, bis das Ehepaar Patznik aufgebrochen ist«, fasste Stefan zusammen. »Dann eilt er über das Joch und den Frontpfad und erreicht die Hütte vor den Patzniks. Er erschießt Michael, doch das Ehepaar Patznik trifft schneller ein, als Martin erwartet hat. Er muss sich in der Hütte verstecken. Kaum sind die Patzniks weitergewandert, kommt das Ehepaar Gatter. Wieder muss er in der Hütte bleiben und kann sie erst im Morgengrauen verlassen. Er legt eine Spur zur Santneralm und hinüber zur Schwarzwand. Kehrt aber um und über das Joch zurück zu seiner Hütte.«

»Es muss doch aufgefallen sein, wenn er die ganze Nacht nicht auf seiner Hütte gewesen ist«, wandte Ute ein.

»Der letzte Eintrag aus dem Hüttenbuch der Kienseehütte stammt vom Ehepaar Patznik. Danach kam niemand mehr und die Hütte schloss am 4. September«, erläuterte Stefan.

»Ich denke, ich sollte demnächst mit der Polizei darüber sprechen«, meinte Ute zuversichtlich. »Unverständlich bleiben mir nur die Markierungen zum Einstieg in den Frontpfad. Wozu sollte sie Martin angebracht haben? Wenn er in der Nacht wirklich am Joch war, was könnte er dort sonst gemacht haben als die Markierungen verstecken.«

»Vielleicht hat sie der Unbekannte mit dem Strohhut angebracht und auch gleich wieder versteckt«, stellte Stefan in den Raum. »Der Kerl ist mir irgendwie unheimlich.«

Ute schüttelte Kopf und Oberkörper, als graute ihr vor etwas. »So unheimlich ist mir sonst nur Hans Santner.«

»Der Unbekannte ist nicht Hans Santner«, entgegnete Stefan, »denn er ist groß und schlank und bewegt sich wie ein junger Bursch. Hans Santner hingegen ist viel stämmiger und kleiner. Giulia glaubt, der Unbekannte könnte ein Detektiv sein, den dein Bruder beauftragt hat, den Fall zu klären.«

Stefan blickte Ute bei den letzten Worten in die Augen. Gelassen hielt sie seinem Blick stand und zögerte mit der Antwort.

»Giulia ist sehr anziehend und hübsch«, sagte Ute schließlich und schaute ihn scharf an.

Solche Worte hatte Stefan doch gerade erst aus dem Munde von Giulia über Ute gehört.

»Ihr habt also keinen Detektiv beauftragt«, wollte Stefan seine Frage beantwortet haben. Ute beugte sich vor und legte ihre rechte Hand auf seine linke Hand.

»Nein, wirklich nicht. Es wäre aber keine schlechte Idee, doch jetzt habe ich ja dich, Stefan. Du bist mein Detektiv.«

Sie lächelte ihn an.

»Giulia mag mich nicht. Ich weiß das«, fuhr sie fort.

»Sie glaubt nicht, dass Michael an Kurt verkaufen wollte«, brachte Stefan unbedingt ins Gespräch.

»Gefällt sie dir?« Ute lehnte sich zurück und blickte ihn wieder prüfend an.

Als Stefan nicht gleich eine Antwort gab, fügte sie hinzu: »Giulia ist eine gefährliche, schwarze Katze.«

»Und ich nicht ihre Maus«, sagte Stefan.

»Ich weiß nicht, ob Giulia dir folgendes erzählt hat«, setzte Ute fort. »Als wir noch junge Mädchen waren, wollten wir beide mit Michael Pichler gehen. Geheiratet hat er aber dann später Lena. Jetzt weißt du, warum wir nicht besonders gut aufeinander zu sprechen sind. Ich vertraue meinem Bruder. Michael wollte an ihn verkaufen.«

»Vielleicht haben die anderen Mitglieder der Familie Santner nichts davon gewusst«, konterte Stefan.

»Ich glaube das nicht. Vermutlich wusste Hans davon und er hat Michael umgebracht. Beweisen kann ich es nicht. Wenn jedoch die Familie Santner das Recht hat zu glauben, Kurt wäre der Mörder, dann habe ich das Recht zu glauben, Hans wäre der Mörder. Glaubst du mir, dass Michael verkaufen wollte?«

Ute sah ihn erwartungsvoll an.

»Ja«, sagte Stefan ohne zu zögern.

Ich glaube aber nicht, dass es Hans oder Kurt waren, dachte er still bei sich.

»Komm, gehen wir tanzen!«

Es ging schon gegen Mitternacht, als sie sich noch einmal auf die Terrasse setzten und Eis aßen.

»Wirst du weiter nach deinem Onkel suchen?«, wollte Ute wissen.

»Nein, ich werde die Heimreise antreten. Auch ich glaube jetzt, dass mein Onkel nur durch einen Zufall gefunden werden kann. Ich bin aber nicht umsonst hier gewesen. Ich habe tolle Bergtouren erlebt und viele interessante Menschen kennengelernt. Morgen werde ich das Ehepaar Patznik besuchen. Sie waren auf der Weißwandhütte, als mein Onkel verschollen ist. Ich möchte mich zum Abschluss auch noch bei ihnen informieren. Wenn für dich etwas Wichtiges dabei ist, melde ich mich.«

»Hier meine Handynummer. Übrigens wäre es nett, wenn du den Sommer noch einmal bei mir vorbeischauen würdest. Ich bin bis Ende September im Hotel beschäftigt. Urlaub gibt es zur Hochsaison keinen. Komm einfach vorbei!«

»Gerne, warum nicht.«

Als sie mit dem Auto in den Ort hinunterfuhren, meinte Ute: »Willst du noch auf einen Kaffee in meine Wohnung kommen?«

Stefan war mehr als erstaunt über dieses Angebot. Er wusste nicht, was er tun sollte, und schon gar nicht, was er sagen sollte. So schwieg er. Bevor sie den Ort erreichten, fuhr Ute an den Straßenrand und blieb stehen. Sie beugte sich zu ihm hinüber und gab ihm einen Kuss. Er spürte ihre Zunge, wie sie seine geschlossenen Lippen öffnen wollte. Für einen Augenblick hatte er vor, sie an sich zu ziehen, tat es aber nicht und sie kehrte in ihren Sitz zurück.

»Du willst keinen Kaffee mehr«, sagte Ute und es klang ein bisschen verärgert. Ihre Gesichtszüge konnte er in der Finsternis nicht ausmachen.

»Nein, danke«, bestätigte Stefan.

Sie fuhr wieder weiter und ließ ihn bei der Pension Waldfrieden aussteigen.

»Tschau. Komm bald wieder einmal vorbei!«, waren die letzten Worte, bevor Ute abfuhr und Stefan war sich unsicher, ob sie noch ernst gemeint waren. Kaum am Zimmer angekommen, bereute er, ihrer Einladung nicht gefolgt zu sein. Er musste sich eingestehen, dass er sich in sie verliebt hatte. Fast hätte er Ute angerufen, aber nur fast.

Besuch in Edlach: 30. Juni

Den Autobus am Morgen hatte Stefan versäumt und so ging es bereits gegen Mittag, als der nächste vom Hauptplatz in St. Oswald abfuhr. Stefan blickte noch einmal wehmütig auf die Weißwand zurück. Er hatte die Gegend lieb gewonnen und verließ sie nur ungern. Und Ute? Ihre Schönheit hatte es ihm angetan. Auf jeden Fall wollte er sie möglichst bald wieder aufsuchen. Vielleicht würde man dann schon wissen, wer Michael Pichler ermordet hatte und wer der Unbekannte mit dem Strohhut war? Mit einmal Umsteigen erreichte er gegen sechzehn Uhr Edlach, den Heimatort von Doris und Gernot Patznik. Die Ansiedlung zog sich die Südhänge des großen Trogtales empor und die Hitze des Sommertages hatte gerade erst ihren Höhepunkt überschritten. Hausnummer 361 war die Adresse. Ortschaften ohne Gassenbezeichnungen waren für Fremde eine echte Herausforderung. Stefan war am Hauptplatz ausgestiegen und fragte sofort im nahen Lebensmittelgeschäft nach den Patzniks. Die Angestellten waren jedoch nicht aus Edlach und die einzige Kundschaft, ein junges Mädchen, hatte keine Ahnung, wo das Haus stand. Wieder am Hauptplatz, kam Stefan eine ältere Dame entgegen und er probierte erneut sein Glück.

»Bitte könnten Sie mir sagen, wo die Familie Patznik wohnt?«, fragte Stefan.

»Bei uns gibt es mehrere Familien mit diesem Namen«, lächelte die Frau.

»Hausnummer 361«, ergänzte Stefan.

»Das sind Doris und Gernot«, erklärte die Frau. »Wenn Sie den Hang hinaufschauen, ist es das letzte Haus, das mit dem roten Ziegeldach. Sie sind heute bestimmt zu Hause, sie haben die Abendmesse bestellt.«

»Herzlichen Dank.«

Stefan machte sich auf den Weg. Der Anstieg brachte ihn zum

Schwitzen und er nahm auf einer Bank des Verschönerungsvereines im Schatten zweier Tannen in der Nähe des Hauses Platz. Es war klein, aber fein. Unter allen Fenstern und im Garten blühten unzählige farbenprächtige Blumen. Das Grundstück war von einem Maschenzaun ohne Hecke umgeben, sodass man den ganzen gepflegten Garten sehen konnte. Hinter dem Haus begann sofort der Wald. Im Gemüsegarten arbeitete eine Frau in gebückter Haltung. Stefan konnte hören, dass jemand hinter dem Haus Holz hackte. Er trat an den Zaun und rief: »Frau Patznik?«

Die Frau erhob sich, drehte sich um, erblickte ihn und trat zu ihm an den Zaun. Sie war leicht übergewichtig. Ihr Gesicht wirkte freundlich und hatte einen eigenen Reiz.

»Die bin ich«, sagte sie und wischte sich den Schweiß aus der Stirn.

»Stefan Etnom«, stellte sich Stefan vor und fuhr fort, »Mein Onkel…«

»Wir spenden nichts«, unterbrach sie ihn hart, doch Stefan fuhr fort: »Mein Onkel ist bei einer Tour auf die Weißwand verschollen.«

Frau Patznik wollte schon zu ihrem Gemüsegarten zurückkehren, doch als sie das Wort »Weißwand« hörte, blieb sie stehen.

»Sie waren an dem Tag, an dem mein Onkel Direktor Albert Furtmann verunglückte, mit ihrem Mann auf der Weißwandhütte«, stellte Stefan fest und blickte ihr in die Augen.

Doris Patznik nickte.

»Ich war die letzten Tage auf der Weißwandhütte. Meine Tante möchte gerne Genaueres über den Verbleib ihres Mannes wissen. Ich habe gemeinsam mit Bergführer Giacomo Brondi versucht, meinen vermissten Onkel zu finden. Wir hatten kein Glück, doch ich habe einiges rund um das Unglück erfahren, das ich nach meiner Rückkehr meiner Tante berichten werde. Auch von Ihnen würde ich gerne ein bisschen hören, wie sie den Tag damals erlebt haben.«

»Viel können wir nicht berichten, aber kommen Sie herein.«

Sie wusch sich bei einem Wasserhahn an der Hausmauer die Hände, öffnete ihm die Tür und führte ihn zu einer kleinen Gartengarnitur, die unter einer Laube stand.

»Bitte, nehmen Sie Platz! Wollen Sie etwas trinken?«

»Ein Glas Mineralwasser bitte!«

Stefan setzte sich. Der Ausblick über das Dorf in das Tal hinaus war prächtig. Als Doris wiederkam, folgte ihr Gernot, ihr Mann, in kurzer Hose, bloßfüßig, seinen Bierbauch durch ein Trägerleibchen kaum in Form gehalten. Die beiden berichteten ausführlich, was geschehen war. Ihre Erzählung deckte sich mit der von Hans und Gertraud Gatter und brachte für Stefan keine neuen Erkenntnisse. Rasch hatte er sich verabschiedet. Er eilte hinunter zum Bahnhof. Vielleicht konnte er noch einen Zug erreichen, der einen Anschluss nach Wien hatte. Er kam an der Kirche vorbei. Sie stand inmitten des Friedhofes, der von einer Mauer umgeben war. Ein Sprung in die Kirche für ein kurzes Gebet sollte sich ausgehen. Schließlich hatte er den Sonntag auf der Schwarzwand verbracht. Neugierig, für wen die Patzniks die Messe bestellt hatten, blickte er bei der Informationstafel im Eingangsbereich auf die Messordnung. Die Messe wurde für Felix Hammer gelesen. Hatte nicht der Student so geheißen, der mit Michael Pichler auf eine Skitour gegangen und von einer Lawine getötet worden war? War diese Namensgleichheit Zufall? Stefan verließ die Kirche, ohne sie wirklich betreten zu haben, und ging die Reihen der Gräber ab. Tatsächlich wurde er fündig. Auf einer kleinen Tafel auf einem schönen schmiedeeisernen Kreuz stand geschrieben: »Felix Hammer am 13.2.2008 am Santnerhorn durch eine Lawine getötet.« Stefan war noch im Ordnen vieler Gedanken und Überlegungen, als eine Frau mit einer Gießkanne in der Hand an ihm vorbeikam.

»Verzeihen Sie, ist Felix Hammer mit Doris Patznik verwandt?«, fragte Stefan.

Die Frau blickte ihn erstaunt an.

»Er war ihr Pflegesohn«, sagte sie dann und ging weiter, wobei sie sich immer wieder nach ihm umdrehte. Es läutete zur Messe und Stefan eilte davon, um Doris und Gernot nicht zu begegnen. Beim Bahnhof angekommen stellte er fest, dass der letzte Zug schon längst gefahren war. Er ließ sich auf einer Bank am Bahnsteig nieder und überlegte. Michael Pichler macht mit Felix Hammer eine Ski-Tour. Sie werden von einer Lawine verschüttet. Michael überlebt. Felix stirbt. Ein halbes Jahr später wandern seine Adoptiveltern zur Weißwandhütte und der Hüttenwirt, Michael Pichler, wird erschossen. Hatte nicht Brondi gesagt, die beiden Ehepaare hätten die beste Möglichkeit gehabt, Michael zu ermorden? Vermutlich auf Grund der unterschiedlichen Namen hatte die Polizei keinen Zusammenhang zwischen den Patzniks und Michael herstellen können. Die beiden hatten gegenüber Stefan den verunglückten Adoptivsohn mit keinem Wort erwähnt. Dieses Verhalten fand Stefan äußerst verdächtig. Angenommen Doris und Gernot hatten Michael erschossen. Wer hatte dann in der Früh die Hütte verlassen? Gernot? Er konnte doch nicht mehr zurückkommen, ohne eine zweite Spur zu hinterlassen. Steckten die beiden sogar mit dem Hüttenwirt der Kienseehütte unter einer Decke? Sie hatten am Vorabend genug Zeit, sich mit ihm zu besprechen, denn sie waren die einzigen Gäste gewesen. Sollte Stefan zurückgehen, Doris und Gernot befragen? Er war aufgeregt. Er spürte die Möglichkeit, den Mordfall aufklären zu können. Ein Steinchen fehlte noch im Puzzle. Wer hatte sich in der Hütte versteckt und in der Früh bei der Flucht die Spur im Schnee hinterlassen. Stefan beschloss, zur Weißwandhütte zurückzukehren, um die Antwort zu finden. Doris und Gernot wollte er nicht mehr aufsuchen. Sie sollten keinen Verdacht schöpfen. Er beschloss auch, die Polizei vorerst nicht einzuschalten. Bevor er zur Weißwandhütte zurückkehrte, wollte er Ute wieder treffen, um sie über die neuesten Entwicklungen zu informieren. Da es keine Busverbindung mehr gab, musste Stefan wohl oder übel in Edlach übernachten. Er fand gleich gegenüber dem Bahnhof eine einfache Pension. Als er wenig später aus seinem Zimmerfenster blickte, sah er Doris und Gernot zum Bahnhof gehen. Kurz darauf traten sie mit dem

Bahnhofsvorstand, der zu Dienstschluss nach Hause ging, wieder aus dem Gebäude. Aus seinem Achselzucken konnte Stefan nur vermuten, dass er ihnen nicht weiterhelfen konnte. Waren sie tatsächlich gekommen, um sich zu erkundigen, ob Stefan auch abgefahren war?

Überraschung in St. Oswald:1. Juli

In den Nachrichten wurde ein Wettersturz angekündigt. Der wolkenlose Himmel ließ dergleichen nicht vermuten. Die ungewöhnliche Wärme früh am Morgen und die taufreien Wiesen waren aber erste Anzeichen für das nahende Ende der Schönwetterperiode. Stefan stand bei der Bushaltestelle, als Doris mit dem Einkaufskorb in der Hand vorbeikam. Es gab keine Möglichkeit, einem Zusammentreffen aus dem Weg zu gehen.

»Guten Morgen. Haben Sie doch hier übernachtet?«, fragte sie neugierig.

»Ebenfalls einen guten Morgen. Es gab keine Verbindung mehr mit Anschluss nach Wien«, antwortete Stefan.

»Der Bus, auf den Sie warten, fährt aber nicht nach Wien«, forschte Doris weiter.

»Nein, ich habe es mir anders überlegt«, versuchte Stefan einer konkreten Antwort aus dem Weg zu gehen.

»Gehen Sie noch einmal zurück auf die Weißwandhütte?«, ließ Doris nicht locker.

»Ja«, erwiderte Stefan, der im schnellen Erfinden von Ausreden keine Übung hatte.

»Was werden Sie dort machen?«, bohrte sie ungeniert weiter.

Er zögerte etwas mit der Antwort und sagte dann: »Noch einmal nach meinem Onkel suchen.«

»Sie haben sich gestern am Friedhof über unseren Sohn Felix erkundigt?«, wollte ihn Doris mit ihrem Wissen überraschen.

»Ja«, erwiderte Stefan kurz. Ein Blick auf seine Uhr zeigte, dass ihn die Ankunft des Busses erst in fünf Minuten von diesem Gespräch erlösen würde.

»Gernot und ich sprechen nicht gerne über dieses Unglück. Wir sind zur Weißwandhütte gewandert, um diesen Michael Pichler kennenzulernen. Leider war er schon tot. Ich wollte einfach sehen, wie so ein Mensch aussieht, der meinen Felix zu einer gefährlichen Skitour verleitet und nicht einmal zu seinem Begräbnis erscheint. Nur ein paar Zeilen hat er uns geschrieben, aber die Gerechtigkeit hat ihn eingeholt. Jetzt ist auch er tot und das ist gut so.«

Ihr Blick war voller Aggression und Hass. Stefan antwortete nichts.

»Sie denken sicher, ich bin eine alte, böse Frau. Michael Pichler hat mir meinen Sohn genommen. Das werde ich ihm nie verzeihen, niemals.«

Ihr Gesicht war vor Zorn entstellt. Stefan schwieg weiter.

»Ich habe mir oft vorgestellt, ich würde Michael Pichler mit einem Polster im Schlaf ersticken. Er sollte so qualvoll sterben wie Felix. Zur Tat war ich nicht fähig. So wollte ich diesen Menschen wenigstens kennen lernen und ihm meine Meinung sagen.«

Sie schwieg für einen Augenblick und atmete tief ein. Dann fasste sie mit ihrer rechten Hand seinen linken Oberarm ganz fest und trat viel näher an Stefan heran, als ihm angenehm war.

»Sie fahren zurück, um zu melden, dass wir ein Motiv hatten, Michael Pichler zu ermorden? Sind sie Detektiv?«

Stefan schüttelte den Kopf.

»Ich hätte ihn gerne ermordet, aber ich war es leider nicht. Verstehen Sie?«

Der Bus kam, Stefan stieg, ohne ein Wort zu sagen, ein und nahm Platz. Der böse Blick, mit dem ihm Doris nachschaute, blieb ihm noch lange in Erinnerung. Dieses unerwartete Gespräch verstärkte seinen Verdacht, dass die beiden den Mord begangen haben könnten oder zumindest daran beteiligt waren.

Als Stefan am frühen Nachmittag wieder in St. Oswald eintraf, war es über den Bergen gewittrig und im Tal unten drückend schwül. Wieder fand er bei der Witwe Oberlugger in der Pension Waldfrieden eine Unterkunft. Das einfache Zimmer wurde offensichtlich von keinen Dauergästen gebucht. Kaum einquartiert machte sich Stefan auf den Weg zum Hotel Sonnhofer. Er wollte Ute überraschen und daher rief er sie nicht an. Beim Portier erfuhr er, dass sie heute Nachmittag vermutlich zu Hause war. Stefan musste den ganzen Ort durchqueren und ein Stück den Hang hinauf gehen, der zur Bruggerhütte führte, um zu dem Haus zu gelangen, in dem Ute wohnte. In der tropischen Atmosphäre dieses Nachmittags ging er nur langsam vorwärts. Trotzdem rann ihm der Schweiß von der Stirn. Längst war der Gipfel der Weißwand in Wolken gehüllt, während sich manche niedrigere Gipfel noch sonnenbeschienen von den dunklen Wolken abhoben. Das BMW-Cabrio stand vor einem ebenerdigen Bungalow. Stefan freute sich. Ute war anwesend. Er sprang in die Höhe und warf einen Blick über die Hecke in den Garten. Ein Pool und zwei Liegestühle waren zu sehen. Auf einem lag vermutlich Ute. Nur ihre langen Beine konnte er sehen. Stefan rief nach ihr, sie erhob sich und kam zum Eingang.

»Hallo, das ist eine Überraschung«, sagte sie, als sie ihn erkannte. Im Bikini war sie äußerst attraktiv.

»Da bin ich wieder«, antwortete Stefan, glücklich sie zu sehen.

»Bist du überhaupt weggefahren?«, fragte sie lachend.

»Doch. Ich habe Neuigkeiten für dich.«

»Komm herein!«

Sie ging voraus und er folgte ihr in den Garten. Sie bot ihm den anderen Liegestuhl an und die beiden setzten sich.

»Raus mit der Sprache! Ich bin schon ganz neugierig«, sagte sie ungeduldig.

»Kannst du dich noch an die Lawine erinnern, die Michael Pichler und seinen jungen Gast Felix Hammer verschüttet hat?«

Ute nickte.

»Er ist der Pflegesohn von Doris und Gernot Patznik.«

Stefan erzählte Ute von seinen Erlebnissen in Edlach.

»Unglaublich«, sagte Ute. »Danke, dass du persönlich zurückgekommen bist, mir zu berichten. Die beiden hatten Motiv und Möglichkeit, Michael zu töten.«

»Wir sollten es der Polizei melden«, meinte Stefan, dem in der prallen Sonne sitzend der Schweiß in Strömen über das Gesicht rann.

»Wollen wir schwimmen?«, schlug Ute vor, anstatt ihm zu antworten.

»Ich habe keine Badehose dabei.«

»Brauchst du eine?«, lächelte sie ihn keck an. Stefan zögerte einen Augenblick und wollte schon »Nein« sagen.

»Ich bringe eine von meinen Brüdern«, kam sie seiner Antwort zuvor und eilte ins Haus. Sie kam mit zwei Gläsern Aperol, einer Badehose und einem Handtuch zurück.

»Prost.«

Sie stießen an. Ute trank ihr Glas in einem Zug aus, lief zum Becken und sprang kopfüber hinein. Stefan nahm nur einen Schluck, zog sich rasch um und folgte hinterher. Als er wieder auftauchte, war Ute nirgends zu sehen. Plötzlich schlangen sich unter Wasser zwei Arme um seine Beine und zogen ihn nach unten. Stefan ließ sich hinabziehen, dann öffnete er die Augen, sah verschwommen ihren Kopf, nahm ihn in beide Hände und zog ihn zu sich hinauf. Ute öffnete die Umklammerung. Er hob sie ganz zu sich und gab ihr einen Kuss. Sie tauchten auf und schnappten beide nach Luft. Ute kraulte noch zwei Längen, dann verließ sie das Becken wieder. Stefan folgte ihr. Sie trocknete sich ab, legte sich mit dem Bauch auf die Liege, öffnete den Verschluss des Bikinis und reichte Stefan eine Flasche Sonnenmilch. »Bitte, schmiere mich ein!«

»Gleich.«

Nachdem sich Stefan umgezogen hatte, verteilte er die weiße Milch gewissenhaft und mit Gefühl über den ganzen Rücken.

»Es bleibt das Problem, wer die Spur im Schnee hinterlassen hat. Sie kann doch nicht von Gernot stammen«, meinte Ute plötzlich.

»Ich kann mir auch nicht vorstellen, dass er die Spur legt und zur Hütte zurückkehrt, ohne eine zweite zu hinterlassen«, antwortete Stefan. »Vielleicht war der Mörder doch Martin Leitner. Vielleicht hat er mit Doris und Gernot zusammengearbeitet.«

»Oder die Spur ist von Hans Santner und er ist der Mörder.« Ute schien von dieser Möglichkeit nicht abweichen zu wollen.

»Danke.«

Sie richtete sich auf und saß ihm ›oben ohne‹ gegenüber, doch Stefan ließ seine Augen auf ihrem Gesicht ruhen. Sie griff nach einem großen Handtuch, wickelte es um ihren Körper, stand auf und entledigte sich des Bikiniunterteils, um es mit einem trockenen zu tauschen. Dann legte sie sich wieder auf den Bauch und drehte ihren Kopf in seine Richtung.

»Man müsste die Schuhe finden, von der die Spur stammt«, setzte Ute fort.

»Die Polizei hat sie nicht gefunden«, stellte Stefan fest.

»Nein. Bei der Durchsuchung der Weißwandhütte wurden sie nicht gefunden. Trotzdem sage ich dir, die Schuhe sind am Santnerhof, auf der Santneralm oder auf der Weißwandhütte.«

»Nehmen wir einmal an«, überlegte Stefan, »einer aus der Familie Santner war tatsächlich der Mörder. Warum hat der Täter die Schuhe dann nicht einfach weggeschmissen oder verheizt?«

»Ich weiß, wem die Schuhe gehören«, sagte Ute geheimnisvoll.

»Hast du es der Polizei gesagt?«, fragte Stefan überrascht.

»Kurt hat es der Polizei gesagt. Es sind die alten Schuhe von Michael Pichler. Er kennt dessen Schuhe und den Fehler im Profil. Sie waren früher oft gemeinsam bergsteigen. Der Mörder hat die Schuhe von Michael Pichler benützt.«

»Was schloss die Polizei daraus?«, fragte Stefan.

»Der Mörder hat seine eigenen Schuhe nicht verwendet, um von sich abzulenken. Sie meinten, Kurt hätte die Schuhe von Michael nehmen müssen, weil die Schuhe der anderen anwesenden Gäste für ihn zu klein waren. Die Polizei hat diese Schuhe überall gesucht, hier, im Hotel, in den Mülltonnen im ganzen Ort und entlang des Weges von der Weißwandhütte bis nach St. Oswald. Wie du weißt, vergebens.«

»Ich denke nicht, dass Hans Santner der Mörder war«, sagte Stefan überzeugt.

»Warum nicht?«, erwiderte Ute verärgert.

»Weil ich an seiner Stelle nicht die Spur zur Santneralm gelegt hätte. Ich wäre, um den Verdacht auf Kurt zu lenken, Richtung Schwarze Lenke gegangen, hätte die Schuhe dort so versteckt, dass sie die Polizei finden würde, und wäre dann erst zur Alm zurückgekehrt.«

»Das hat auch der Inspektor der Kriminalpolizei gesagt. Du vergisst aber, wie beschränkt Hans ist. Sicher sind die Schuhe bei ihm.«

Stefan schüttelte den Kopf und sagte: »Vielleicht lagern sie auf der Kienseehütte bei Martin Leitner. Vielleicht hat sie der Täter in irgendeine Felsspalte oder Gletscherspalte geschmissen. Dort werden sie ebenso wenig gefunden werden wie mein Onkel.«

»Ich hätte einen Wunsch«, sah Ute ihn bittend an.

»Und der wäre?«

»Könntest du nicht noch einmal zur Weißwandhütte gehen, über die Santneralm absteigen, im Santnerhof übernachten und dich überall ein wenig nach den Schuhen umsehen?«

Stefan zögerte mit der Antwort.

Ute richtete sich auf, zog sich ein T-Shirt über und setzte sich neben ihn.

»Für mich, bitte!«, bettelte sie.

»Gut, ich werde nach den Schuhen suchen«, stimmte Stefan zu.

»Nur, wenn du willst. Es muss nicht sein.«

»Passt schon.«

»Das ist lieb von dir. Das werde ich dir nie vergessen.«

Ute schmiegte sich an ihn.

»Gehen wir am Abend tanzen?«, schlug Stefan vor.

»Leider, heute kann ich nicht. Wir haben im Hotel ein Dinner mit wichtigen Geschäftspartnern. Da muss ich dabei sein. Ich sollte mich ohnehin langsam fertig machen. Gehst du gleich morgen auf die Weißwandhütte?«

Stefan nickte.

»Wenn du zurück bist, holen wir das Tanzen nach.«

Ute begleitete ihn zum Gartentor und gab ihm zum Abschied einen Kuss.

Glücklich nahm Stefan auf seinem Zimmerbalkon in der Pension Waldfrieden Platz. Die Sonne war nun vollständig hinter den Wolken verschwunden und immer wieder donnerte es entfernt in den Bergen. Während sich seine Gedanken mit Ute, dem Mord und seinem Onkel beschäftigten, begann es zu dämmern. In einer nahegelegenen Pizzeria aß er zu Abend. Beim Duschen fiel ihm dann auf, dass er seine Armbanduhr nicht mehr besaß. Er versuchte sich zu erinnern, wann er sie das letzte Mal benützt hatte. Als der Bus in St. Oswald ankam, hatte er die Uhr sicher noch. Bald wurde ihm klar, dass er sie beim Umziehen im Garten von Ute vergessen hatte. Ute war beim Dinner und Stefan wollte in der Früh zur Weißwandhütte losmarschieren. Er musste also selbst schauen, wie er wieder zu seiner Uhr kam. Er trat auf den Balkon hinaus. Es war finster geworden und in allen Himmelsrichtungen war das flackernde Licht entfernter Blitze zu sehen. Stefan nahm seine Stirnlampe und ging zu Utes Haus.

Er blickte sich nur einmal kurz um. Niemand war zu sehen. Rasch kletterte er über das Gartentor und eilte zum Pool. Das Wetterleuchten kam näher und wurde immer heftiger. Aus der Ferne hörte man Donnergrollen. Er ließ den Schein der Lampe über den Rasen gleiten. Er musste nicht lange suchen. Die Uhr lag gleich neben dem Liegestuhl, auf dem er gesessen hatte, im Gras. Erleichtert richtete er sich auf und blickte sich um. Er ging hinter das Haus. Vielleicht gab es hier eine unauffälligere Möglichkeit, das Grundstück zu verlassen, als vorne über das Tor. Da sah er, dass im Zimmer, dessen Tür auf die Terrasse hinausführte, ein schwaches Licht brannte. Hatte Ute vergessen, das Licht abzudrehen oder hatte das Dinner nicht stattgefunden? Stefan näherte sich dem Haus. Er war nur noch zwei, drei Meter vom Haus entfernt, als er Ute sah, die in einem Fauteuil saß. Die Terrassentür war offen. Nur die Gardinen waren vorgezogen. Schon wollte Stefan hineingehen und Ute von seinem Missgeschick erzählen, da hörte er, dass sie sich mit jemandem unterhielt. Neugierig schlich er näher heran. Auf die Terrasse, die vom Lichtschein aus dem Zimmer beleuchtet wurde, wagte er sich nicht, bis zu den niedrigen Büschen, die die Terrasse begrenzten, sehr wohl.

»Er gefällt mir und ich gefalle ihm. Was ist da schon dabei?«, sagte Ute und zuckte mit ihren Schultern.

»Was heißt, er gefällt dir?«, sagte ein Mann, den Stefan nicht sehen konnte.

»Ich finde ihn einfach süß, diesen Studenten aus Wien. Schon wegen seiner wienerischen Aussprache, und schüchtern ist Stefan auch«, lachte Ute.

»Aber deshalb musst du ihn nicht vernaschen«, warnte der Mann.

»Warum nicht?«, meinte sie herausfordernd.

»Weil es nicht ewig so weitergehen kann, dass du alle Männer bestrafen willst, nur weil du Michael nicht bekommen hast.«

»Rede keinen Unsinn!«, antwortete Ute und winkte mit der rechten Hand, als ob sie schlechte Luft vertreiben wollte.

»Hast du nicht Oskar versprochen, dass du ihn heiraten wirst, sobald er von seiner Andenexpedition im September zurückkehrt?«, fuhr der Mann fort.

»Vom Heiraten war keine Rede.«

»Aber Oskar lebt in diesem Glauben.«

»Ich habe ihm nichts versprochen.«

»Dein Verhalten war mehr als ein Versprechen.«

»Lass das nur meine Sorge sein. Schau du lieber...«

Ein erster lauter Donnerschlag in der Nähe übertönte die Worte von Ute.

»Ich brauche nur noch ein paar Tage. Dann ist...«, antwortete der Mann.

Wieder donnerte es und Stefan konnte das Ende des Satzes nicht hören. Ute stand auf und sagte: »Es geht diesmal nicht nur um den Spaß, den ich mit Stefan haben werde. Er ist intelligent. Er hat die

Abkürzung durch den Kriegspfad entdeckt und …«

Utes letzte Worte und die Antwort des Mannes gingen im nächsten Donner unter.

»Und wer hat entdeckt, dass Doris und Gernot Patznik die Pflegeeltern von Felix Hammer sind?«, sagte Ute herausfordernd.

»Du glaubst doch nicht…«

Mehr konnte Stefan auch diesmal nicht vernehmen, denn es donnerte immer stärker und öfter.

»Stefan macht brav, was ich ihm sage«, fuhr Ute fort. »Er wird morgen zur Weißwandhütte aufsteigen und nach den Schuhen von Michael suchen.«

Stefan hörte, wie der Sturm des losbrechenden Gewitters in den Bäumen des nahen Waldes rauschte.

»Du bist wie besessen von der Idee, dass Hans Santner der Mörder war«, schrie der Mann.

»Und du wirst sehen, dass ich Recht behalte«, schrie Ute zurück.

Der Sturm hatte den Ort erreicht und riss an den Gardinen, dass sie fast waagrecht bei der Tür hinauswehten. Ute zog den Vorhang ins Zimmer, schloss die Tür und ließ die Rollläden herunter. Es hatte keinen Sinn mehr zu bleiben. Die ersten großen Tropfen fielen und, als Stefan wieder auf der Straße stand, begann es zu schütten. Nur mit der Regenjacke ausgerüstet suchte er notdürftig Zuflucht im Häuschen einer Autobusstation. Als der Regen das erste Mal nachließ, eilte Stefan zur Pension Waldfrieden. Kaum war er dort eingetroffen, brach das Unwetter von neuem los. Im Zimmer angekommen öffnete er die Tür zum Balkon, ließ die kalte Luft herein und legte sich aufs Bett. Wie das Wetter, so hatten sich auch seine Gefühle geändert. Glück und Liebe waren zu Traurigkeit und Abneigung geworden. Stefan war dem Wetter dankbar, dass es sich seinen Emotionen anpasste. Es blitzte, donnerte und schüttete ununterbrochen. Zuerst nahm er sich vor, in der Früh zu Ute zu gehen und ihr gehörig die Meinung zu sagen. Dann beschloss er, dass es das Beste wäre, wenn er sie nicht mehr sehen würde. Enttäuscht überlegte er, ob er morgen nach Hause fahren und die Suche nach dem Mörder der Polizei überlassen sollte? Wer konnte der Mann gewesen sein, mit dem Ute gesprochen hatte? Ihr Vater? Wer hatte sich die Nacht über in der Weißwandhütte versteckt und die Spur im Schnee hinterlassen. Wer war der Unbekannte mit dem Strohhut? Wo waren die Schuhe von Michael Pichler? Wer hat ihn umgebracht? Wozu war der Einstieg zum Frontpfad markiert worden? Der Wunsch, diese Fragen zu klären, ließ ihn nicht mehr los. Er entschied, zur Weißwandhütte zu gehen, um die Antworten zu finden.

Neuigkeiten aus der Schweiz: 2. Juli

Die nächtlichen Gewitter waren in der Früh in einen Schnürlregen übergegangen. Trotzdem blieb Stefan bei seinem Entschluss, zur Weißwandhütte zu wandern, und gegen sieben Uhr verließ er die letzten Häuser von St. Oswald in Richtung zur Schwarzen Lenke. Die Nebelfetzen zogen so tief durchs Tal, dass sie fast den Kirchturm verhüllt hätten. Es hatte empfindlich abgekühlt. Dass er bei diesem Wetter den ganzen Weg hinauf zur Bergstation der Hochkogelbahn niemand traf, verwunderte Stefan nicht. Je höher er stieg, desto kräftiger blies ihm der Wind um die Ohren. Er beschloss, auf der Bank zu rasten, bei der ihm Ute das erste Mal begegnet war. Die Körperwärme, die durch den Aufstieg im Gewand gespeichert war, ging bald an die Kälte verloren. Gerade wollte er wieder aufbrechen, da läutete sein Handy. Ein Blick auf das Display zeigte, dass es seine Mutter war, und er nahm das Gespräch an.

»Hallo, wie geht es euch so an der Ostsee?«, fragte er.

»Einfach bestens. Bisher hatten wir zwei wunderbare Sommerwochen. Nur seit gestern ist es so kalt, stürmisch und regnerisch, dass wir unser Hotel nicht mehr verlassen haben. Susanne und ich haben uns exzellent erholt. Wir sind beide braungebrannt und die Meeresluft hat uns richtig gutgetan. Wir haben zwei alte Damen aus Hamburg kennengelernt. Mit ihnen verbringen wir die Abendstunden beim Bridge. Und, wie geht es dir? Bist du schon mit deinen Freunden beim Bergsteigen?«

»Wir sind schon unterwegs«, log Stefan. Er wollte Mutter und Tante erst alles erzählen, wenn er zurückgekehrt war.

»Und wo seid ihr?«

»Am Pfunderer Höhenweg in den südlichen Zillertaler Alpen.«

»Mit wem bist du denn unterwegs?«

»Mit Harald und Michi«, nannte Stefan zwei seiner Freunde, die seine Mutter gut kannte.

»Passt nur gut auf euch auf! Im Fernsehen haben sie angekündigt, dass es in den Alpen weit herunter schneien wird. Dir geht es also gut?«

»Alles bestens«, versuchte Stefan, obwohl ihm nach dem Abenteuer mit Ute nicht danach war, so fröhlich wie nur möglich zu klingen.

»Stell dir vor, gestern haben wir über Onkel Albert etwas erfahren, was uns sehr befremdet. Susanne und ich sind seit dieser Nachricht völlig aus dem Häuschen.«

Stefan spitzte die Ohren.

»Onkel Albert hatte in der Schweiz ein Konto angelegt. Auf dieses hatte er an der deutschen Finanz vorbei für seine Pension Geld angelegt.«

»Solch einen Betrug hätte ich ihm nie zugetraut«, war Stefan enttäuscht.

»Das machen doch viele«, versuchte seine Mutter zu entschuldigen.

»Aber Onkel Albert? Jetzt verstehe ich, warum Susanne so entsetzt ist.«

»Nein, unsere Aufregung gilt einer ganz anderen Sache. Das Vorhandensein von Geld auf einem Konto und von Gold in einem Schließfach waren Susanne bekannt. Ihr Anwalt hat nach Monaten der Interventionen endlich erreicht, dass er Einblick in dieses Konto nehmen durfte. Susanne wollte gerne wissen, mit welchen Beträgen sie rechnen konnte, sobald Albert für tot erklärt wird. Stell dir vor, er hat das Konto fast leer geräumt. Er hat zwei Millionen Euro in bar abgehoben, bevor er zum Bergsteigen aufgebrochen ist.«

»Zwei Millionen in bar«, Stefan überlegte, wie groß der Koffer gewesen war, mit dem er die Bank verlassen hatte.

»Was hat er vorgehabt?«, entfuhr es Stefan.

»Das haben wir uns auch gefragt. Jetzt wollen wir aber von dir wissen, was du dazu sagst.«

»Ich? Mir kommt da zunächst nur ein Gedanke.«

»Und der wäre?«

»Möglicherweise war ihm die Finanz auf der Spur.«

»Er hat aber das Gold im Schließfach mit der Nachricht ›Für dich Susanne‹ zurückgelassen.«

»Dann…«

Stefan zögerte, seine Gedanken in Worte zu fassen.

»Sprich es ruhig aus!«, forderte ihn seine Mutter auf.

»Er wollte mit seiner Freundin durchbrennen und ein neues Leben beginnen.«

»Genau das haben Susanne und ich auch gesagt. Was sollte er sonst damit anfangen?«

»Wo das Geld jetzt wohl liegt?«, überlegte Stefan.

»Darüber haben wir beide lange nachgedacht. Er wird es doch nicht in seinem Rucksack mit auf die Weißwandhütte genommen haben.«

»Sicher nicht«, stimmte Stefan zu.

»Vielleicht hat er das Geld in einem Schließfach deponiert und der Schlüssel dazu liegt jetzt tief in einer Gletscherspalte«, fuhr seine Mutter fort.

»Das wäre möglich«, erwiderte Stefan. »Dann hätte er geplant gehabt, nach dieser Tour gar nicht mehr nach Hause zurückzukehren.«

»Wahrscheinlich nicht. Eigentlich geschieht es ihm Recht, dass er verunglückt ist. Manchmal straft Gott gleich.«

»Und, wie kommt Susanne mit diesen neuen Entdeckungen zurecht?«

»Besser, als ich befürchtete. Ich denke, jetzt ist der letzte Faden gerissen, der sie noch mit Albert verbunden hat. Sie will gar nicht mehr wissen, wo er verunglückt ist. Ein Seitensprung ist eine Sache. Seine Frau stehen zu lassen und mit einer anderen auf und davon zu gehen, hat eine andere Dimension. Wie lange werdet ihr noch wandern?«

»Vier, fünf Tage sicher noch, falls sich das Wetter wieder bessert.«

»Dann wünsche ich euch noch viele Gipfelsiege.«

»Danke, und euch noch zwei erholsame Wochen an der See. Schöne Grüße an Susanne.«

Stefan legte auf und blickte eine Weile nachdenklich in den strömenden Regen hinaus, ohne ihn wahrzunehmen. Ein ganz unglaublicher Gedanke war ihm gekommen, warum man die Leichen von Albert und Lisa nicht gefunden hatte. Wenn er nicht ohnehin unterwegs zur Weißwandhütte gewesen wäre, dann hätte er sich jetzt bestimmt dorthin aufgemacht. Zwischen die Regentropfen begannen sich nasse Schneeflocken zu mischen. Je höher Stefan zur Schwarzen Lenke hinaufstieg, desto mehr verwandelte sich der Regen zu Schneeregen und dann zu Schneefall. Zunächst blieb der Schnee nur auf den Wiesenstücken liegen. Auf den nassen Steinen zergingen die Flocken noch. Bald aber hatte sich eine dünne Schneedecke gebildet. Der Weg wurde immer schwerer zu finden, immer mehr Markierungen blieben unter dem nassen Weiß verborgen. Der immer dichter werdende Nebel ließ nur wenige Meter Sicht zu. Es war kaum von Nutzen, dass Stefan denselben Weg vor wenigen Tagen erst bergab begangen hatte. Schließlich stand er umgeben von einer weißen Fläche im Nebel und wusste nicht mehr, ob er sich noch auf dem richtigen Weg befand. Sollte er umkehren, solange er seine eigene Spur noch gut verfolgen konnte? Auf Grund der Angaben des Höhenmessers und der Zeit, die er schon unterwegs war, konnte die Schwarze Lenke nicht mehr weit sein. Er beschloss, noch ein Stück aufwärts zu steigen. Der Anstieg wurde flacher und seine Hoffnungen, die Lenke zu erreichen, stiegen wieder. Er wusste, dass am höchsten Punkt ein Steinmann stand. Im dichten Nebel half ihm das gar nicht. Schon sah er die Zeitungsmeldungen vor sich: »Unvernünftiger junger Bergsportler im Schneesturm auf der Schwarzen Lenke erfroren. Immer wieder werden die sommerlichen Kaltlufteinbrüche in den Alpen unterschätzt.« Plötzlich ging es bergab. Seine Befürchtungen, den Weg verloren zu haben, verstärkten sich. Für einen Augenblick glaubte er Stimmen und Lachen zu vernehmen. Er blieb stehen und lauschte. Nichts als der Wind war zu hören. Er beschloss, noch einen kleinen Kreis um seinen Standplatz zu machen, bevor er umkehrte. Da lichteten sich unterhalb die Nebel etwas und er sah in wenigen Metern Entfernung einen Steinmann stehen. Er befand sich also etwas oberhalb der Schwarzen Lenke am Hang des Hochkogels. Einerseits war er froh, den Steinmann gefunden zu haben, andererseits war fraglich, ob er den Weg bergab zur Weißwandhütte finden würde. Er rastete kurz im Windschatten des Steinmannes. Diesmal täuschte er sich nicht. Er hörte deutlich Stimmen und gleich darauf tauchten im Nebel wenige Meter von ihm entfernt fünf Wanderer auf. Bei diesem Wetter und in dieser Einöde begrüßte man sich ganz besonders herzlich. Die fünf Bergsteiger waren heute in der Früh von der Weißwandhütte aufgebrochen. Einer von ihnen war ein Bergführer aus St. Oswald. Ursprünglich hatten sie Weiß- und Schwarzwand besteigen wollen. Da aber auch für die kommenden beiden Tage Schlechtwetter angesagt war, hatten sie sich entschlossen abzusteigen.

»Bei solchen Verhältnissen verirrt man sich leicht«, meinte der Bergführer mit einem Lächeln, die Spur von Stefan betrachtend. »Bergab brauchst du nur unseren Stapfen zu folgen. Die Hüttenwirtin, Giulia, wird sich freuen, wenn sie heute Abend nicht allein ist. Würde mich wundern, wenn heute noch jemand aufsteigt. Ihr jungen Heißsporne könnt ja keinen einzigen Tag abwarten.«

Tatsächlich hatte Stefan nun kein Problem, den Weg zu finden. Auf der Höhe des Schwarzsees war der Schneefall wieder in Regen übergegangen. Er war nicht mehr weit von der Weißwandhütte entfernt, als sie im Nebel vor ihm auftauchte. Bei dieser Witterung machten Gebäude und Umgebung einen unheimlichen Eindruck. Wahrscheinlich war Giulia allein. Stefan wollte sie überraschen. Er schlug einen Bogen ums Haus, damit sie ihn von den nach hinten weisenden Küchenfenstern nicht sehen konnte. Vorsichtig und leise öffnete er die Tür und trat ein. Er hörte Stimmen aus der Gaststube. Giulia war also doch nicht allein.

»Lass mich los!«, hörte Stefan Giulia deutlich schreien.

»Warum sollte ich so ein hübsches Kätzchen nicht umarmen?«, antwortete eine hohe Männerstimme. Stefan war erstaunt. Was geschah da in der Gaststube?

»Lass mich sofort los, du Schwein!«, rief Giulia noch heftiger.

»Ach, warum denn. Wir werden eine gemütliche Stunde mit dir verbringen. Es wird uns niemand stören.«

Stefan verstand. Hier ging es um keinen Scherz. Er hörte einen Schmerzensschrei.

»Du trittst mich«, klang es empört. »Dafür gibt es eine Streicheleinheit.«

Stefan hörte ein klatschendes Geräusch.

»Halt fester!«, rief die hohe Stimme.

Stefan trat ein. Er sah einen großen, dünnen Mann, der hinter Giulia stand und ihre beide Arme von hinten festhielt. Giulia versuchte vergeblich, sich dem Griff zu entwenden. Auf ihrer rechten Wange waren die Fingerabdrücke einer Ohrfeige zu sehen. Vor ihr stand ein dicker, kleiner Mann mit Glatze, beide Hände auf ihren Busen legend. Alle blickten erstaunt auf Stefan.

»Hilf mir!«, rief Giulia.

Dann ging alles sehr schnell. Der große Mann ließ Giulia aus und beide Männer liefen auf Stefan zu. Schon hatte der große Mann Stefan und einige Sessel umgerissen und wollte sich auf ihn stürzen, da rief der Dicke »Hauen wir ab!« und die beiden liefen aus der Gaststube hinaus. Kaum hatte sich Stefan aus den umgefallenen Sesseln erhoben, stand Giulia neben ihm, eine Pistole in der Hand.

»Wo sind sie hin, diese verdammten Arschlöcher«, rief sie in höchster Aufregung. Ohne auf eine Antwort von Stefan zu warten, raste sie aus der Hütte. Stefan rannte ihr nach.

»Dort drüben laufen sie Richtung Kienseehütte«, rief Giulia. »Nichts, wie hinterher.«

In Turnschuhen ohne Regenschutz jagte sie den beiden nach. Stefan warf seinen Rucksack einfach auf den Boden und folgte ihr. Nach einigen hundert Metern hob sie die Pistole und zielte auf die Flüchtenden. »Nicht schießen, nicht schießen«, rief Stefan entsetzt. Da hob Giulia den Lauf und der Schuss ging in die Luft. Die beiden Flüchtenden bogen Richtung Santnerhorn ab. Wollten sie den Frontpfad benützen? Im felsigen Gelände hatte Stefan keine Möglichkeit den Vorsprung von Giulia zu verkleinern. Wie ein Gepard sprang sie von Stein zu Stein und es war nur eine Frage der Zeit, bis sie die beiden Männer einholen würde. Hatte sie sich überhaupt überlegt, was sie dann tun würde, ging es Stefan durch den Kopf, während ihm das Herz bis in den Kopf schlug. Es ging wieder bergauf und bald hatten sie die Schneefallgrenze erreicht. Schließlich kamen sie auf die langen, steilen Grasbänder, die zum Frontpfad führten. Sie waren mit einer dünnen Schneeschicht bedeckt. Stefan hielt einen Augenblick lang an und sah, wie der dicke Mann ausrutschte und gerade noch mit den Füßen Halt fand. Vorsichtiger folgte er dem Langen nach, der auf ihn einen kleinen Vorsprung hatte. Kurz stehengeblieben sah der Dicke, wie nahe ihm Giulia schon gekommen war. Ein kleiner Felsvorsprung unterbrach die Grasbänder. Zuerst kletterte der Lange hinüber und verschwand aus dem Blickfeld von Stefan, dann der Dicke und ihm schon ganz dicht auf den Fersen Giulia, die ohne jede Vorsicht über die rutschigen Grasflächen gelaufen war. Zweimal wäre auch Stefan beinahe ausgerutscht. Mit Schaudern dachte er an den hunderte Meter tiefen Abgrund, der sich am Ende der Grasflächen nach unten öffnete. Stefan erreichte als Letzter den kleinen Felsen. Noch bevor er den höchsten Punkt erklommen hatte, hörte er einen Schuss und wenig später noch einen. Als sich die Sicht auf das nächste Grasband öffnete, sah er Giulia. Sie stand etwa zweihundert Meter entfernt von ihm und blickte in die Tiefe. Die Männer konnte Stefan nirgends sehen. Rasch eilte er zu ihr.

»Wo sind die beiden?«, war seine erste Frage.

Giulia deutete zur Felswand hinunter. Jetzt erst sah Stefan den langen, schneefreien Streifen, der von Giulia die Wiese hinunter zur Felswand führte.

»Der Lange ist ausgerutscht und konnte sich nicht mehr halten.

Der Dicke wollte nachschauen, wo der andere hinuntergefallen ist, hat auch das Gleichgewicht verloren und ist ebenfalls abgestürzt.«

»Wozu hast du geschossen?«, fragte Stefan, den der Gedanke quälte, sie könnte die beiden getroffen haben.

»Ich wollte sie erschrecken. Diese …« doch in Anbetracht des Unglücks beendete sie ihren Satz nicht. Im dichten Schneetreiben standen sie einander einen Augenblick lang schweigend gegenüber.

»Stefan, ich bin so froh, dass du gekommen bist«, meinte Giulia plötzlich erleichtert. Sie zögerte einen Augenblick, dann stellte sie sich auf die Zehenspitzen, gab ihm einen Kuss auf die Wange und sagte: »Danke. Ich glaube, die hätten mich vergewaltigt, wenn du nicht gekommen wärest.«

Bei den letzten Worten begann sie zu weinen. Vorsichtig, sie kaum berührend, nahm er sie in seine Arme. Nach ein paar Sekunden sagte sie: »Es geht schon wieder.« Dabei trat sie einen Schritt von ihm zurück. Stefan wollte die Wiese hinuntersteigen, um zu sehen, wohin die beiden gestürzt waren. Giulia aber packte ihn am Arm und warnte: »Bist du verrückt. Das ist viel zu gefährlich.«

»Du läufst sogar mit Turnschuhen hier herum«, entrüstete sich Stefan.

Sie blickte auf ihre Füße hinunter.

»Ist mir gar nicht aufgefallen. Ich glaube, ich bin durch und durch nass.«

Sie schüttelte sich vor Kälte.

»Wir müssen sofort zurück zur Hütte und die Bergrettung verständigen«, meinte sie dann und wischte sich ihre völlig durchnässten Haare aus dem Gesicht. »Vielleicht hat einer von ihnen den Sturz überlebt.«

»Bitte, zieh das an!«

Stefan gab ihr seine Jacke.

»Ich bin noch trocken darunter.«

Gerne schlüpfte sie hinein. Weitaus vorsichtiger als am Hinweg machten Giulia und Stefan sich auf den Rückweg zur Weißwandhütte. Nachdem sie die gefährlichen Passagen über die rutschigen Grasflächen wortlos hinter sich gebracht hatten, blieb Giulia stehen und sagte: »Die beiden wollten über den Frontpfad flüchten. Von der Kienseehütte sind sie sicher nicht gekommen.«

»Woher weißt du das?«

»Am Vormittag hat mich Martin Leitner angefunkt. Er hatte heute keine Gäste und wollte mit mir ein paar Worte plaudern. An solchen Tagen sind wir Hüttenwirte manchmal sehr einsam. Mich hatten auch gerade die letzten Besucher verlassen, ein paar Richtung Santneralm und ein paar nach St. Oswald. Denen musst du begegnet sein.«

Stefan nickte.

»Wir müssen weiter. Das kannst du mir alles später erzählen.«

Der Nebel war noch immer sehr dicht und es regnete unvermindert, als sie in den Weg einbogen, der von der Kienseehütte zur Weißwandhütte führte.

»Mit dem Hubschrauber werden sie heute nicht fliegen können«, sagte Giulia.

»Nein«, stimmte Stefan zu und blickte Richtung Weißwandhütte, doch die tiefen Wolken verhüllten sie. Erst einhundert Meter von der Hütte entfernt wurde die Sicht auf das Gebäude frei. Da sah Stefan einen Mann aus der Hütte treten. Er trug eine blaue Regenjacke und einen grauen Filzhut, spannte seinen Regenschirm auf und machte Anstalten, die Hütte Richtung Schwarze Lenke zu verlassen.

»Hallo, hallo! Bleiben Sie! Wir kommen schon zurück«, rief Stefan, so laut er konnte, und winkte mit den Armen. Der Mann drehte sich zu ihnen um, blieb aber nicht stehen, sondern spannte den Schirm wieder ab und lief davon.

»Heute trägt er keinen Strohhut. Jetzt hole ich ihn mir«, schrie Stefan und ließ Giulia einfach stehen. Er lief, so schnell er konnte, zur Hütte, an dieser vorbei und hinauf auf den Weg zur Schwarzen

Lenke. Aber nach wenigen hundert Metern blieb Stefan stehen, denn er hatte eingesehen, dass es sinnlos war, in diesem Nebel jemanden zu verfolgen. Wenn der Fremde nur hundert Meter entfernt neben dem Weg stand, konnte er ihn nicht sehen. Langsam kehrte Stefan zur Hütte zurück.

»Gestohlen hat der Fremde nichts«, empfing ihn Giulia in der Gaststube. »Die Kassa ist nicht einmal angetastet. Du denkst, es ist der gleiche Mann, den du letzthin verfolgt und dann auch beim Frontpfad gesehen hast.«

»Genau diesen meine ich. Auf diese Entfernung kann ich es natürlich nicht mit Sicherheit sagen. Die Statur passt auf jeden Fall.«

»Polizei und Bergrettung habe ich verständigt. Auch zu Hans auf die Alm hinunter habe ich gefunkt«, meinte sie. «Er läuft sofort zu den Felsabstürzen des Santnerhorns hinauf und beginnt mit der Suche nach den Abgestürzten. Ziehen wir uns schnell um! Dann steigen wir zum Wandfuß ab. Bis die Bergrettung von Oberstoms aufsteigt, kann es dauern.«

Giulia ließ Stefan in der Gaststube zurück. Er begann gerade seinen nassen Pullover auszuziehen, da stürmte Giulia zurück in die Stube und rief aufgeregt: »Komm mit! Der Unbekannte hat die Tür zu meinem Schlafzimmer gewaltsam geöffnet.«

Tatsächlich war das primitive Schloss einfach aufgebrochen worden.

»Fehlt etwas?«, fragte Stefan.

Giulia blickte sich in dem einfachen Raum um. Ein Doppelbett, ein Kasten, ein Tisch mit zwei Sesseln. Das war die ganze Einrichtung. Der Kasten war geöffnet worden und sein Inhalt lag zum Teil am Boden. Giulia schaute sich ein wenig um und sagte dann: »Ich denke, es fehlt nichts.«

»Was kann er hier gesucht haben? Geld sicher nicht. Das hätte er in der Küche viel leichter mitnehmen können«, überlegte Stefan.

»Die Schuhe. Aber sie sind nicht…«, triumphierte Giulia und verschluckte den Rest des Satzes, als hätte sie eine Gräte geschluckt. Stefan sah die Angst in ihren Augen. Sie sah ihn an wie ein erschrockenes Kaninchen. Er konnte den Puls an ihrer Halsschlagader sehen. Giulia wusste also, wo die Schuhe von Michael Pichler zu finden waren, schoss es Stefan durch den Kopf. Rasch hatte sie ihre Fassung wieder erlangt und erklärte: »Ich besitze ein Paar Bergschuhe, die Hermann Buhl einmal getragen hat. Ich habe sie von meinem Bruder Christian übernommen. Ich denke, sie sind unter Sammlern ziemlich wertvoll. Sie sind, Gott sei Dank, unten am Santnerhof.«

Sie blickte ihn forschend an, welche Wirkung diese Worte auf ihn machten. Die Sache war Stefan zu heikel, um sie jetzt zu besprechen.

»Wir müssen los. Vielleicht können wir noch helfen!«, forderte er Giulia auf, die sichtlich erleichtert dachte, ihre Erklärungen hätten gefruchtet. Schweigend hetzten sie durch das weglose Gelände hinüber zum Fuße des Santnerhorns. Stefan dachte darüber nach, was es bedeutete, dass Giulia wusste, wo sich die Schuhe von Michael Pichler befanden. Es regnete unverändert heftig. Büsche, Felsbrocken und dazwischen angeschwollene Bäche behinderten ihr rasches Vorwärtskommen. Das Funkgerät in Giulias Rucksack tutete. Es war Hans. Er hatte die Männer gefunden. Sie waren beide tot.

»Ich glaube, die Männer sind von der Kienseehütte gekommen«, rief Stefan der vor ihm eilenden Giulia nach.

»Wieso?«, antwortete sie, ohne ihr Tempo zu verringern.

»Ich denke, die Markierungen, die zum Einstieg des Frontpfades führen, wurden von Martin Leitner gesetzt, damit die beiden Männer den Weg finden. Später hat er die markierten Steine umgedreht.«

»Du glaubst also, die beiden sind über das Joch gekommen. Martin soll sie mir geschickt haben?«

Sie blieb kurz stehen, drehte sich um, schüttelte nachdenklich den Kopf, stieg dann von einem großen Felsen zum nächsten und fuhr im Laufen fort: »Ich war in der Küche, ich habe nicht gesehen, woher die beiden kamen. Auf einmal standen sie bei der Durchreiche und wollten Bier und Würstel. Sie kamen mir überhaupt nicht gefährlich vor.«

Giulia unterbrach ihre Schilderung, denn sie nahm Anlauf, um dann mit einem Satz über einen Bach zu springen. Am anderen Ufer angekommen meinte sie: »Dann ging ich zu den beiden in die Gaststube, um sie ein wenig zu unterhalten. Ich hatte keine Möglichkeit mehr, zu meiner Pistole zu gelangen. Der Große ist sogleich auf mich losgegangen. Den Rest kennst du ohnehin.«

Stefan sprang ihr nach und erklärte: »Martin hat dich nur angerufen, weil er sicher gehen wollte, dass du allein auf der Hütte bist. Dann hat er die beiden hergeschickt.«

»Das wäre mehr als ungeheuerlich«, erwiderte sie und lief wieder weiter.

»Martin wollte von Anfang an nicht, dass ich über das Joch steige«, erzählte Stefan atemlos hinter ihr her hastend. »Als Martin sich unsicher war, ob ich nicht über das Joch ginge, ist er in der Nacht hinaufgestiegen und hat die Markierungen versteckt. Wenn der Unbekannte mit dem Strohhut dort nicht gesucht hätte, hätte ich die verdeckten Markierungen niemals gesehen. Martin hat den Weg für die beiden vorbereitet.«

Giulia war stehen geblieben und wartete, bis Stefan bei ihr stand. Ernst sagte sie: »Du meinst, er hat ihnen den Auftrag gegeben, mich zu vergewaltigen?«

»Möglich. Vielleicht hat Martin auch im Vorjahr jemand beauftragt, Michael zu töten. Martin kann wirtschaftlich nur überleben, wenn die Weißwandhütte schließt.«

»Ich kenne Martin«, schüttelte Giulia ihren Kopf. »Ich kann mir nicht vorstellen, dass er so böse ist.«

»Dass Martin diese Männer zu dir geschickt hat, halte ich für so gut wie sicher«, erwiderte Stefan sehr bestimmt. »Welchen Auftrag er ihnen gegeben hat, und, ob er auch Michael ermorden ließ, kann ich nur vermuten. Jetzt, wo die beiden Männer tot sind, wird man Martin dies alles nur schwer nachweisen können. Es fehlen die Zeugen. Er kann leicht abstreiten, dass er mit der Angelegenheit etwas zu tun hat. Sicherlich war heute niemand auf der Kienseehütte. Selbst, wenn jemand die beiden aufsteigen gesehen hat, müssen sie nicht zwangsläufig bei Martin eingekehrt sein. Sie könnten auch auf eigene Faust gehandelt haben.«

»Und wenn es die Räuber aus dem Vorjahr waren«, wandte Giulia ein.

»Die beiden sahen nicht so aus, wie wenn sie dich bestehlen wollten.«

Stefan und Giulia waren nun direkt an die fast überhängenden Felswände gelangt, die vom Santnerhorn zu Tal stürzten. Giulia kletterte auf einen gewaltigen Felsbrocken, der vor langer Zeit aus der Wand herabgefallen war. Auf seiner bemoosten Oberseite wuchs sogar eine kleine Fichte.

»Ich kann Hans schon sehen«, rief sie von oben herab. Tatsächlich hatten sie Hans nach wenigen Minuten erreicht. Stefan blickte sich in der Umgebung von Hans um, konnte aber keinen der abgestürzten Männer sehen.

»Wo sind die beiden?«, fragte Giulia.

»Dort oben auf dem Schotter hinter den Felsblöcken. Da gibt es keine Hilfe mehr«, sagte Hans ungerührt. Mit seinem grauen Filzhut und seinem grünen Lodenumhang wirkte er noch unheimlicher als sonst. Giulia wollte zu den Toten hinaufsteigen.

»Bleib, das ist kein schöner Anblick!«, warnte Hans. »Wenn jemand einen Kobold sieht, muss ein Mensch sterben. Heute in der Früh sah ich einen Kobold am Fuße der Schwarzwand.«

Giulia blieb stehen. Stefan stieg zu den Toten hinauf. Die beiden zerschmetterten Männer waren ein schrecklicher Anblick. Stefan wollte unbedingt sehen, ob die Leichen Schusswunden aufwiesen. Vielleicht hatte Giulia doch geschossen. Seit sie von den Schuhen von Michael gesprochen hatte, zweifelte Stefan, ob er ihr noch vertrauen konnte. Soweit es der Zustand der Leichen zuließ, konnte Stefan keine Schussverletzungen feststellen. Er kehrte wieder zu Giulia und Hans zurück. Wenige Minuten später trafen die Bergretter und Alpingendarmen ein. Auch Sepp Santner war mitgekommen. Gerne ließ sich Giulia von ihm in die Arme nehmen und trösten. Man trug die Leichen zur Alm hinunter und brachte sie mit dem Jeep ins Tal. Giulia, Hans, Stefan und die Alpingendarmen stiegen zur Weißwandhütte auf. Dort untersuchten die Beamten das aufgebrochene Schlafzimmer genau. Während Giulia und Hans auf der Hütte blieben, führte Stefan die Alpingendarmen dann zur Unglücksstelle. Unterwegs berichtete er ihnen ausführlich über die Geschehnisse. Beim Eintreffen in der Weißwandhütte spürte Stefan, dass seine Kräfte dem Ende zugingen. Die Anspannung hatte nachgelassen und er wurde sich bewusst, dass er den ganzen Tag über nichts gegessen, kaum getrunken und sehr viele Höhenmeter gestiegen war.

Nach einer kleinen Stärkung hatten sich die Beamten wieder auf den Weg ins Tal gemacht. Giulia hatte in der Gaststube den Kachelofen eingeheizt. In seiner Wärme konnte der gesättigte Stefan kaum seine Augen offen halten. Erschöpft zog er sich noch bei Tageslicht auf das Lager zurück. Dort wollte er über die Ereignisse des Tages in Ruhe nachdenken. Bevor er damit so richtig begonnen hatte, schlief er ein.

Verhaftung und Einbruch: 3. Juli

Stefan erwachte erst mitten am Vormittag. Über Nacht hatte es abgekühlt. Fünf Zentimeter Schnee waren gefallen. Der Flockenwirbel war nicht mehr stark, doch der Nebel dichter geworden. Als Stefan die Gaststube betrat, saß Giulia in der Nähe des Kachelofens, ohne einer Tätigkeit nachzugehen. Ihr sonst so braunes Gesicht hatte eine gelbliche Farbe und die Augen hatten nichts vom gewohnten dunklen Glanz.

»Guten Morgen«, grüßte sie leise. »Gut ausgeschlafen?«

»Mehr als genug. Danke. Hast du dich von gestern schon etwas erholt?«, fragte Stefan.

»Ein wenig und wie geht es dir?«

»Ich bin wieder auf den Beinen. Wo ist Hans?«

»Er ist in aller Früh zum Vieh abgestiegen. Er lässt es nur ungern allein. Frühstück?«

»Gerne. Bitte!«

Giulia erhob sich und ging in die Küche. Ihr Gang hatte seine Leichtigkeit verloren. Stefan hörte das Funkgerät tüten. Kurz danach öffnete Giulia die Durchreiche und sagte: »In ein, zwei Stunden wird die Kriminalpolizei hier sein. Inspektor Hinterfurker ist schon unterwegs. Ich kann diesen eingebildeten Gartenzwerg nicht leiden. Er hat auch bei der Ermordung von Michael ermittelt und will unsere Aussagen zu Protokoll nehmen.«

»Ich bin schon gespannt, ob er sich meiner Meinung über Martin Leitner anschließt«, antwortete Stefan. Während er sein Frühstück aß, setzte sich Giulia wieder zum Kachelofen. Schweigend saßen die beiden in der dämmrigen Stube einander gegenüber. Stefan wusste nicht, was er mit Giulia reden sollte. Schließlich brach sie das Schweigen.

»Ich denke, ich bin nicht mutig genug, in den nächsten Tagen die Hütte alleine zu führen.«

»Hans könnte bei dir sein«, schlug Stefan vor.

»Hans ist glücklich, wenn er bei seinen Tieren ist. Er ist gerne allein. Begegnungen mit fremden Menschen geht er, wenn möglich, aus dem Weg. Hans mag nicht einmal, wenn Wanderer bei seiner Almhütte rasten. Nein, ich würde ihn niemals bitten, hier oben zu bleiben.«

»Was ist mit deiner Schwester Lena?«

»Vielleicht wird sie für kurze Zeit mit Giovanni heraufkommen und Vater bleibt allein am Hof. Das geht zwar nur für ein paar Tage. Vielleicht schaffe ich es danach wieder«, seufzte sie.

Wieder schwiegen die beiden einige Zeit lang.

»Ich bin gestern gar nicht dazugekommen, dich zu fragen«, war es wieder Giulia, die die Stille durchbrach. »Warum bist du wieder zur Weißwandhütte gekommen?«

Stefan schwieg über sein Vorhaben, den Mord an Michael aufzuklären. Es war besser, Giulia wusste nichts davon. Daher erwiderte er: »Es hat sich vieles verändert. Ich habe von meiner Tante erfahren, dass mein Onkel, bevor er zu seiner Tour aufbrach, zwei Millionen Euro in bar von der Bank behoben hat.«

»Du denkst, er hatte sie in seinem Rucksack«, fragte Giulia und kurz war ein Lächeln um ihre Lippen zu sehen. »Du wirst auch seinen Rucksack nicht finden.«

»Ich werde ihn auch nicht suchen. Mir kam gestern Vormittag eine ganz andere Idee.«

»Dein Onkel wollte mit seiner Freundin verschwinden und eine neue Existenz gründen.«

»Ja, das dachte ich mir natürlich auch. Er hat sich dazu einen genialen Plan ausgedacht. Wie kann man erreichen, dass man nicht ständig in der Gefahr leben muss, entdeckt zu werden. Man stirbt oder wird für tot erklärt. Mein Onkel und seine Freundin Lisa sind vielleicht gar nicht so unvernünftig gewesen, den Gipfel noch vor einem Wettersturz stürmen zu wollen. Nachdem sie Brondi weggeschickt hatten, sind sie irgendwo abgestiegen und sind schon längst in Argentinien oder sonst wo.«

»Nicht schlecht gedacht«, lobte Giulia. »Allerdings kann ich mir nicht vorstellen, wo sie abgestiegen sein könnten. Wenn sie zur Weißwandhütte abgestiegen sind, müssten sie Brondi begegnet sein. Unwahrscheinlich, dass sie an der Hütte, der Alm, dem Hof und in Oberstoms niemandem aufgefallen sind. Nach St. Oswald hinunter hätten sie Kurt über den Weg laufen müssen. Ebenso unwahrscheinlich, dass sie im Ort niemand gesehen hätte. Die Überschreitung der Weißwand hätte dein Onkel in seinem Alter nicht mehr geschafft und, um ins Tarinotal hinunter nach Italien zu kommen, muss man ein extrem guter Kletterer sein. Idee gut, aber ich denke, so war es nicht«, zog Giulia ihr Resümee.

»Vielleicht hast du Recht.«

»Sicher. Ich kenne die Gegend«, meinte Giulia bestimmt.

»Den Kriegspfad kanntest du auch nicht«, entgegnete Stefan.

»Du bleibst also über Nacht?«, wollte Giulia wissen.

»Ich bleibe hier, bis sich das Wetter bessert, und danach noch ein, zwei Tage, an denen ich mich umschauen werde, ob mein Onkel nicht doch irgendwo absteigen konnte.«

»Das ist fein, dann braucht Lena heute noch nicht kommen.«

»Nein, wenn ich dir Sicherheit genug biete.«

»Natürlich«, lachte Giulia ein wenig.

»Ich habe noch weitere interessante Neuigkeiten«, sagte Stefan geheimnisvoll und begann von seinem Besuch beim Ehepaar Patznik zu berichten. Seine Erlebnisse mit Ute erwähnte er mit keinem Wort.

»Michael war sehr mutig, vielleicht manchmal auch ein bisschen übermütig, ein wenig ein Draufgänger«, meinte Giulia, als Stefan zu Ende erzählt hatte. »An dem Tag, an dem er und Felix Hammer verschüttet wurden, war Lawinenwarnstufe drei. Man kann nicht sagen, dass er leichtsinnig gehandelt hat. Lawinen sind unberechenbar. Schitouren oft gefährlich. Niemand kann sich erinnern, dass dort je eine Lawine abgegangen wäre. Mehr als tragisch für eine Mutter. Wird man so zur Mörderin?«

Stefan zuckte mit den Schultern und fragte: »Hast du Michael gern gehabt?«

Giulia blickte ihn überrascht an.

»Er war der Mann meiner Schwester«, antwortete Giulia. »Vor ein paar Jahren, wie ich noch ein junges Dirndl war, habe ich mich ein bisschen in ihn verliebt. Eine Jugendschwärmerei.«

Giulia blickte an Stefan vorbei hinaus in Nebel und Schneefall.

»Ich glaube, der Inspektor kommt.«

Sie stand auf und ging ihm entgegen. Inspektor Hinterfurker war ein kleiner, unauffälliger Mann, Ende fünfzig, mit leicht hervorstehenden Augen und einem kleinen Bauch.

»Grüß Gott«, sagte er eintretend mit lauter Stimme, ging sogleich auf Stefan zu und schüttelte ihm die Hand. »Da ist also der Retter unserer Giulia. Du kamst gerade im richtigen Augenblick.«

»Dabei hätte ich den Weg über die Schwarze Lenke bei diesem Nebel fast nicht gefunden«, fügte Stefan hinzu.

»Ach, da kommt ja mein Bier. Das brauche ich jetzt dringend.«

Aus Giulias Hand übernommen, trank es Inspektor Hinterfurker sofort zur Hälfte aus. Erst dann setzte er sich nieder und meinte väterlich: »Jetzt erzählt mir alles schön der Reihe nach und lasst bitte nichts aus!«

Er zückte einen Bleistift und einen kleinen Block. Während sie ihm die Ereignisse des Vortages berichteten, machte er sich hin und wieder Notizen.

»Seid mir nicht böse«, meinte er dann am Ende ihrer Schilderungen, »aber dass Martin Leitner dahintersteckt, glaube ich wirklich nicht.«

»Und die Markierungen beim Frontpfad?«, warf Stefan ein.

»Haben sich die Verbrecher selbst angelegt.«

»Und warum war Martin dann in der Nacht am Joch?«, blieb Stefan hartnäckig.

»Du hast ihn nur weggehen gesehen. Vielleicht wollte er nur bei Vollmond ein bisschen spazieren gehen, vielleicht war er austreten«, lachte Hinterfurker. »Wir können nicht sofort aus jedem ehrbaren Bürger einen Verbrecher machen. Wir haben die beiden

Täter identifiziert. Sie hatten ihre Führerscheine bei sich. Wir fahnden nach ihrem Auto.«

»Was denkst du über den Einbruch hier und über den Unbekannten mit dem Strohhut«, wollte Giulia wissen.

»Ich habe keine Ahnung. Du solltest nicht mehr alleine hier oben sein. Sperr zu und begib dich hinunter auf den Santnerhof! So wichtig ist die Hütte nicht. Das alles kann gefährlich sein. Und schieß nicht mehr mit der Pistole herum. Du musst mit einer Anzeige rechnen. Notwehr schaut anders aus. Hast du überhaupt einen Waffenschein?«, meinte Hinterfurker nachdenklich.

»Ich habe einen. Ich habe nur in die Luft geschossen, um die Männer zu vertreiben. Stefan bleibt heute und morgen bei mir. Ich bin nicht allein«, entgegnete Giulia. »Danach wird meine Schwester zu mir heraufkommen.«

Inspektor Hinterfurker schaute Stefan prüfend an, dann sagte er zu ihm: »Du weißt gar nicht, was die Bauern hier für einen Dickschädel haben. Die Familie Santner wird eher zu Grunde gehen als diese Berghütte aufgeben. «

Zu Giulia meinte er warnend: »Pass nur auf dich auf! Wir haben den Mörder von Michael Pichler noch immer nicht gefunden. Mir gefällt das alles gar nicht.«

»Da kann ich dir helfen«, meinte Stefan und erzählte Inspektor Hinterfurker, warum er zur Weißwandhütte gekommen war und was er beim Ehepaar Patznik erlebt hatte.

»Du bist der Neffe von Direktor Furtmann. Ein kleiner Poirot ist also unter uns«, meinte Inspektor Hinterfurker. Es klang nicht besonders freundlich und der Blick, mit dem er Stefan betrachtete, war mit Neid erfüllt. Mit einem »Danke« für seinen Hinweis konnte Stefan also nicht rechnen.

»Das ist nicht gut, dass mir die Patzniks das alles verschwiegen haben. Das macht sie natürlich sehr verdächtig«, fuhr Hinterfurker fort. »Da hast du völlig Recht, junger Freund. Ich denke, ich werde die beiden befragen müssen.«

Das Funkgerät in der Küche piepste und Giulia eilte hin.

»Kommst du in die Küche, Inspektor!«, rief sie von der Durchreiche her. »Es ist ein Kollege von dir.«

Nach einigen Minuten kehrte Inspektor Hinterfurker in die Gaststube zurück. Er blieb in der Raummitte stehen, kratzte sich am Hinterkopf und überlegte offensichtlich, was er sagen sollte.

»Die beiden Täter hatten Smartphones bei sich. Eines der beiden hatte den Absturz unbeschadet überlebt. Sie hatten seit über einem Jahr telefonische Kontakte und einen regen Email-Verkehr mit Martin Leitner. Er hat die beiden beauftragt, Giulia Angst einzujagen, damit die Weißwandhütte geschlossen wird. Von einer Vergewaltigung war aber keine Rede. Ihr Auto wurde übrigens auch gefunden. Es stand in Unterstoms.«

Mit keinem Wort kam Inspektor Hinterfurker auf seine Fehleinschätzung der Lage zu sprechen.

»Es gibt bereits einen Haftbefehl gegen Martin Leitner«, fuhr er fort. »Chefinspektor Tuschnik übernimmt den Fall. Er ist schon mit einem Hubschrauber des Innenministeriums unterwegs zur Kienseehütte. Die Politik macht Druck. Der Fall Michael Pichler soll nun endlich aufgeklärt werden. Die Meldungen in der Presse schaden dem Fremdenverkehr massiv. Wie wenn ich mich nicht bemüht hätte, den Täter zu finden!«

Die Enttäuschung über diese neueste Entwicklung war Inspektor Hinterfurker mehr als deutlich anzusehen.

»Ich soll zur Kienseehütte«, fuhr er fort. »Das kann Tuschnik von mir nicht verlangen. Bei diesem Wetter marschiere ich jetzt nicht zur Kienseehütte. Ich werde absteigen. Dann werde ich der Familie Patznik einen Besuch abstatten.«

»Man sollte nicht übersehen, dass Martin möglicherweise auch im letzten Jahr jemand beauftragt hatte, Michael Angst einzujagen. Dabei könnte Michael erschossen worden sein«, überlegte Stefan.

»Mach dir keine Sorgen, die Polizei wird ihre Arbeit pflichtgetreu erledigen. Es genügt schon, wenn du bei der Suche nach deinem Onkel hier einen riesigen Wirbel machst. Du siehst, wie falsch du Martin Leitner eingeschätzt hast. Ich habe dir vorhin bereits gesagt, dass der Mann gefährlich ist.«

Stefan war sprachlos. Glaubte Inspektor Hinterfurker, was er hier sagte? Stefan blickte Giulia an und sie zuckte mit den Achseln.

»Rasch noch eine Erbsensuppe mit Würsteln, bevor ich geh«, befahl Inspektor Hinterfurker.

»Und noch ein Bier«, fügte er hinzu, als er sein fast geleertes Krügel erblickte. Giulia brachte beides und er aß, sich keineswegs beeilend.

»Ich hab dem Chefinspektor immer gesagt, Martin könnte der Mörder sein«, sagte Hinterfurker schließlich nach dem letzten Bissen, den fetten Mund mit der Serviette abwischend. Stefan konnte sich nicht vorstellen, dass der Inspektor glaubte, was er da sprach. Dieser zog seine Jacke an und schulterte seinen Rucksack. Mit »Bis zum nächsten Mal« verabschiedete er sich und wollte gehen.

»Sie haben vergessen zu zahlen«, sagte Stefan empört.

»Keineswegs«, sagte Inspektor Hinterfurker. Er wollte noch etwas hinzufügen, da ging die Tür zur Gaststube auf und Hans Santner stand im Raum. Unter dem nassen, grauen Filzhut leuchtete sein Gesicht rot und verschwitzt. Sichtlich rang er nach Worten.

»Mein Gott, gib ihm keinen Alkohol mehr, der hat schon genug«, meinte der Inspektor zu Giulia.

»Was ist denn los, Hans? Warum bist du heraufgekommen?«, fragte ihn Giulia fürsorglich.

»Es...ich...jemand hat bei mir eingebrochen«, kam es nach einer längeren Pause plötzlich aus ihm heraus.

»In deine Almhütte?«, lachte der Inspektor. »Schlaf deinen Rausch aus!«

»Hans ist nicht betrunken«, sagte Giulia ziemlich verärgert. »Wann wurde denn bei dir eingebrochen?«

»Heute Vormittag ist jemand durch mein Fenster eingestiegen«, antwortete Hans und nahm seinen grauen Filzhut ab.

»Was soll er denn bei dir stehlen?«, forschte Hinterfurker unfreundlich.

»Jemand hat meinen Kasten durchsucht. Alles lag auf dem Boden, auch die Sachen aus meiner Kommode.«

Hans wirkte verzweifelt.

»Komm, zieh deinen Mantel aus«, sagte Giulia und nahm ihm diesen ab.

»Dem Kobold bin ich auch wieder begegnet«, sagte Hans, sich niedersetzend.

»Fehlt etwas in deiner Almhütte?«, fragte der Inspektor, ungeduldig die Augen verdrehend.

Hans schüttelte den Kopf.

»Gut. Ich nehme den Vorfall zu Protokoll. Wenn Hans noch etwas Wichtiges erzählt, dann könnt ihr mir das melden. Ich muss jetzt gehen«, waren seine letzten Worte, während er die Hütte verließ. Stefan hatte keine Möglichkeit mehr ihn darauf hinzuweisen, dass die Einbrüche bei Hans und bei Giulia miteinander zu tun haben könnten.

»Zahlt er nie?«, fragte er Giulia.

»Nein, er denkt immer, er sei eingeladen.«

»Du hast einen Kobold gesehen«, fragte Giulia freundlich, setzte sich neben Hans und legte ihren Arm um seinen Hals.

»Ich kam gerade von den Tieren zurück, die sich bei der Schwarzwand aufhielten. Ich bog um eine Ecke meiner Almhütte, da kam er mir direkt entgegen, einen Regenschirm in der Hand.«

»Wie sah er aus?«, wollte Giulia wissen.

»Es ging alles so schnell. Das Gesicht, ich konnte mir nichts merken. Er hat nicht gegrüßt.«

»Kannst du dich an nichts erinnern.«

»Eine Sonnenbrille. Er trug eine Sonnenbrille«, meinte Hans stolz. »Sicher war er in meiner Hütte.«

»Könnte es nicht der gleiche Mann sein, der bei dir eingebrochen hat«, schlug Stefan Giulia vor.

»Möglich«, stimmte sie vorsichtig zu. Es lag Stefan auf der Zunge, sie zu fragen, ob der Mann auch auf der Alm die Schuhe von Hermann Buhl gesucht hatte. Er tat es nicht. Er würde auch so dahinter kommen, was mit den Schuhen von Michael passiert war.

»Sollten wir die Beschreibung des Mannes nicht an Hinterfurker weiterleiten?«, überlegte Stefan.

»Ich rede mit diesem widerlichen Kerl heute nicht mehr«, lehnte Giulia strikt ab, mit dem Inspektor Kontakt aufzunehmen.

»Soll ich Tee und Toast für dich bringen?«, bot sie Hans an.

Dieser nickte zustimmend und sein verkrampftes Gesicht entspannte sich. Giulia ging in die Küche und Stefan und Hans blieben schweigend zurück. Hans schien das nichts auszumachen. Stefan wollte mit ihm ins Gespräch kommen. Vielleicht konnte man Wichtiges von ihm erfahren.

»Ins Tarinotal kann man nicht absteigen?«, fragte ihn Stefan schließlich.

»Ins Tarinotal…nach Italien?«, wiederholte Hans die Frage.

»Ja, ins Tarinotal über das Joch zwischen Schwarzwand und Weißwand?«

»Früher nicht, jetzt schon«, antwortete Hans kurz.

»Wieso früher nicht?«, wurde Stefan neugierig.

»Weil der Fels zu glatt und steil ist. Auch Kobolde würden dort hinunterstürzen.«

»Und jetzt?«

»Voriges Jahr oder vor zwei Jahren«, Hans dachte kurz nach und fuhr fort, «hat ein Kobold den Felsen in Eisen gelegt.«

»Was meinst du denn damit?«, fragte Giulia, die mit Toast und Tee aus der Küche kam.

»Im Stein befinden sich Haken«, erwiderte Hans und begann zu essen.

»Wo?«, wollte Giulia wissen.

»In der Felswand hinunter zur Tarinoalm«, erklärte Stefan. »Ich habe mich eben bei Hans erkundigt, ob man dort hinunterklettern kann.«

»Wer hat die Haken in die Wand gesetzt?«, wollte Giulia von

Hans erfahren.

»Ich weiß es nicht«, schüttelte dieser den Kopf.

»Davon habe ich nichts gehört, dass jemand in dieser Wand eine Route angelegt hätte«, sagte Giulia nachdenklich. »Bist du sicher, Hans?«

Hans nickte und aß seinen Toast fertig.

»Mein Onkel hätte also doch ins Tarinotal absteigen können«, meinte Stefan erfreut, dass seine Überlegungen wieder Hand und Fuß bekamen. »Sobald es das Wetter zulässt, werde ich diese Wand genauer unter die Lupe nehmen.«

»Sei mir nicht böse Stefan«, Giulia lächelte ihn an. »Du glaubst nicht wirklich, dass dein Onkel diese Haken gesetzt hat.«

»Vielleicht hat er ein Jahr früher dort mit Brondi eine Tour gemacht«, erwiderte Stefan, der so weit noch gar nicht gedacht hatte. »Mein Onkel könnte alles von langer Hand aus geplant haben.«

»Du kannst gern im Hüttenbuch nachschauen«, schlug Giulia vor. Stefan ging dieser Anregung sofort nach. Tatsächlich hatte sein Onkel sich vor zwei Jahren dreimal im Hüttenbuch eingetragen. Von einer Tour ins Tarinotal war nichts zu lesen.

»Mein Onkel hat das Tal nicht als Ziel eingetragen«, sagte Stefan und legte das Hüttenbuch an aktueller Stelle geöffnet wieder zurück. »An sich wäre es auch nicht klug gewesen, es hier zu vermerken, wenn man still und heimlich durch das Tal verschwinden möchte. Weiß du, wann Brondi wieder hier vorbeikommt?«

»Moment. Er hat für sich und eine dreiköpfige Familie reserviert«, antwortete Giulia.

Sie ging in die Küche und kam mit der Nachricht zurück, dass Brondi morgen wieder auf der Weißwandhütte eintreffen würde.

»Sehr gut. Ich muss mit ihm unbedingt über meine Vermutung sprechen, dass mein Onkel und seine Freundin sich in die Fremde abgesetzt haben.«

»Wäre dein Onkel überhaupt in der Lage gewesen, sich durch eine Felswand abzuseilen?«, zweifelte Giulia.

»Vor vier Jahren bestimmt nicht. Vor zwei Jahren hat er dann einen Grundkurs für Fels und Eis erfolgreich absolviert. Es könnte also durchaus so gewesen sein. Seine Freundin und er seilen sich zur Alm hinunter ab und verschwinden mit zwei Millionen Euro. Der Rest der Welt sucht sinnlos am Weißkees nach ihnen.«

»Das müsste man erst beweisen«, forderte Giulia.

»Sobald sich das Wetter gebessert hat, wird mich mein erster Weg ins Tarinotal führen«, erwiderte Stefan zuversichtlich.

Stefan hatte befürchtet, den ganzen Tag in der Hütte verbringen zu müssen. Am Nachmittag wurde es jedoch windig, der Regen hörte auf und die Nebeluntergrenze begann zu steigen. Er nützte die Gelegenheit, um sich ein wenig die Füße zu vertreten, und ging zum Schwarzsee hinauf. An seinem Ufer ließ er sich auf einen Felsblock nieder und warf kleine Steine in sein dunkles Wasser. Der Wind wurde stärker. Die ruhige, ebene Wasserfläche begann sich zu kräuseln und schließlich liefen Wellen über das kleine Wasser dahin. Stefan dachte lange über die Entwicklungen der letzten Tage nach. Im stürmisch auffrischenden Wind war ihm kalt geworden und er wanderte langsam zurück. Das aus dem Küchenfenster scheinende, warme Licht verlieh der Hütte ein einladendes Aussehen. Stefan wollte zunächst zum Lager hinauf, um sich umzuziehen. Beim Vorbeigehen an der Gaststube entschloss er sich, seine Rückkehr zu melden. Er öffnete also die Tür und wollte eintreten. Da hörte er laute, aufgeregte Stimmen aus der Küche. Die Stube war menschenleer. Neugierig blieb Stefan stehen.

»Du verstehst mich nicht«, rief Giulia erregt. »Dieser Mann mit dem Strohhut, der Mann der hier und bei dir auf der Alm eingebrochen ist, dieser Mann ist hinter uns her. Er wird alles aufdecken. Ich möchte wetten, dass er ein Privatdetektiv ist, der im Auftrag der Familie Sonnhofer ermittelt. Ich habe nie mit dir darüber gesprochen, aber ich weiß, dass du…«

»Die Kobolde können dem Hans nichts anhaben«, unterbrach dieser Giulia. »Du brauchst mir nichts zu sagen, ich weiß alles. Es war gut, was du getan hast.«

»Hans...«

Das Piepsen des Funkgerätes unterbrach das Gespräch.

»Giulia Santner, Weißwandhütte«, meldete sie sich.

Stefan hörte, wie Hans die Küche verließ. Rasch trat er ein und sagte laut: »Guten Abend. Ich bin wieder zurück.«

»Danke für die Information«, beendete Giulia das Gespräch. Dann trat sie zur Durchreiche und sagte: »War es schön am See?«

»Ein bisschen einsam und windig.«

»Inspektor Hinterfurker hat sich gerade gemeldet. Martin Leitner hat zugegeben, dass er die beiden Männer beauftragt hat, mir einen Schreck einzujagen. Michael will er jedoch nicht getötet haben.«

»Einen Mord gibt man eben nicht so schnell zu«, erwiderte Stefan.

»Du glaubst, Martin ist der Mörder?«

»Es muss nicht Martin gewesen sein. Vielleicht waren auch voriges Jahr bezahlte Gangster am Werk. Vielleicht sollten sie Michael auch nur einen Schreck einjagen und haben weit über das Ziel geschossen.«

»Wir werden sehen«, meinte Giulia nachdenklich und plötzlich wollte sie wissen: »Bist du schon länger zurück. Ich habe dich gar nicht kommen gehört.«

»Nein, ich bin gerade erst gekommen.«

Beruhigt zog sich Giulia wieder in die Küche zurück.

Der Sturm wurde gegen Abend immer stärker. Er pfiff durch alle Ritzen des Hauses und hatte den Nebel vertrieben. Kleine, graue Wolken zogen rasch über einen hellblauen Abendhimmel, von dem sich die frisch verschneiten Gipfel abhoben.

Hans war wieder zur Alm hinuntergewandert, so saßen Giulia und Stefan allein in der Stube. Sie erzählte ihm von ihrer Opernausbildung und er berichtete über sein Studium. Über den Mord an Michael und das Verschwinden von Onkel Albert wollte keiner von beiden reden. Es wurde schon dämmrig, da hörten die beiden Schritte vor dem Haus.

»Gäste?«, zweifelte Stefan, da ging schon die Tür zur Stube auf und Giacomo Brondi trat ein.

»Guten Abend. Ich muss leider eure Zweisamkeit stören«, lächelte er, legte ab und setzte sich zu ihnen.

»Wolltest du nicht erst morgen kommen?«, fragte Giulia.

»Ich muss morgen nachschauen, wie viel Neuschnee am Gletscher liegt. Ich führe eine Familie mit einem zehnjährigen Buben. Da können wir nicht in einem halben Meter Neuschnee spuren.«

»Der Schneefall war ausgiebig«, meinte Giulia. »Heuer kam die Schafskälte sehr spät.«

»Du bist wegen der schönen Giulia hier«, sagte Brondi zu Stefan, was er sich bereits beim Betreten des Raumes gedacht hatte.

»Nein, es geht noch immer um meinen Onkel«, entgegnete Stefan.

»Du bist ein hartnäckiger Bursche«, meinte Brondi anerkennend. »Noch immer auf der Suche nach den Leichen.«

»Nein, er denkt, sein Onkel lebt noch«, erklärte Giulia.

Brondis scharfer Blick richtete sich kurz auf Stefan, bevor er lachend sagte: »Er hat in einer Spalte überwintert.«

»Sicher nicht«, ärgerte sich Stefan darüber, dass ihn Brondi für so dumm hielt. »Ich vermute eher, dass er schon längst in Argentinien ist. Er hat zwei Millionen Euro von der Bank behoben, bevor er diese Tour begonnen hat.«

»Zwei Millionen?« Brondi machte ein nachdenkliches Gesicht.

»Ich denke, er hat gar nicht vorgehabt, die Weißwand zu besteigen. Er wollte dich nur loswerden, um dann in aller Ruhe woanders abzusteigen und zu verduften. Du, wir und die Polizei sollten annehmen, er sei bei der Tour verunglückt. Er wollte sicher gehen, dass niemand im Ausland nach ihm sucht.«

»Ich war dabei. Ich kann das nicht glauben«, meinte Brondi. »Ich war mir so sicher, dass er, närrisch geworden, unbedingt zum

Gipfel wollte. Du denkst, er hat mich nur benützt.«

»Genau das meine ich«, bekräftigte Stefan. »So ein Trick passt viel besser zu meinem Onkel als der Blödsinn, bei Schlechtwetter einen Gipfel zu stürmen.«

»Wohin soll er abgestiegen sein? Zur Hütte wäre er mir begegnet, nach St. Oswald wäre er Kurt Sonnhofer in die Arme gelaufen«, dachte Brondi nach.

»Genau deshalb bin ich wieder hier«, erklärte Stefan. »Ich möchte herausbekommen, auf welchem Weg sich mein Onkel abgesetzt hat.

»Alles gut überlegt«, sagte Brondi. »Ich kenne keinen Weg, auf dem dein Onkel ungesehen das Weißkees hätte verlassen können. Nein, vielleicht wollte er sich erst nach der Tour mit der Freundin und dem Geld absetzen.«

»Was ist mit dem Tarinotal?«, warf Stefan ein.

Brondi schwieg für einen Augenblick, dann sagte er lächelnd: »Dein Onkel und seine Freundin hätten den Abstieg durch die Felswand niemals geschafft. Wenn sie es versucht hätten, hätte man ihre Leichen schon längst am Fuß der Wand entdeckt. Diese Möglichkeit kannst du vergessen.«

»In der Wand wurden aber Haken gesetzt«, blieb Stefan hartnäckig.

»Wer sagt das?«, entfuhr es dem offensichtlich überraschten Brondi.

»Hans sagt das«, bestätigte Giulia. »Jemand muss eine Route angelegt haben.«

»Das höre ich zum ersten Mal. Mir ist nichts bekannt«, schüttelte Brondi den Kopf.

»Ich dachte, vielleicht hast du die Haken gesetzt?«, meinte Stefan.

»Ich. Das ist ein starkes Stück. Ich mache doch nicht bei solchen kriminellen Spielchen mit. Willst du mich beleidigen?«

Böse blickte Brondi auf Stefan und verschränkte die Arme vor seiner Brust.

»Entschuldige. Ich glaube natürlich nicht, dass dich mein Onkel in seine Pläne eingeweiht hat. Es hätte ja sein können, dass er diese Tour in den vergangenen Jahren einmal unbedingt mit dir machen wollte und du dabei die Haken gesetzt hast.«

»Ich habe in dieser Wand keine Haken gesetzt«, entgegnete Brondi verärgert.

»Mit den Haken wäre mein Onkel aber in der Lage gewesen, sich durch die Wand abzuseilen.«

»Sicher, seine Freundin auch. Ich glaube noch immer, dass die beiden irgendwo in einer Gletscherspalte liegen. Die Sache geht mir schön langsam ziemlich auf die Nerven. Können wir das Thema wechseln?«

»Ich werde morgen ins Tarinotal absteigen und mir die Sache näher anschauen«, blieb Stefan bei seinem Entschluss.

»Mach, wie du glaubst«, klang Brondi verschnupft.

»Gehen wir zu etwas Erfreulicherem«, versuchte Giulia die Stimmung zu heben. »Was wollt ihr essen?«

In der Nacht heulte der Sturm um die Hütte und pfiff durch jede Ritze. Brondi hatte sich ein Zimmer genommen. Erst als Stefan sich auf seinem Lager ausgestreckt hatte, konnte er in Ruhe über den Wortwechsel zwischen Giulia und Hans nachdenken, den er belauscht hatte.

Was sollte er für Schlussfolgerungen ziehen? Giulia und Hans waren auf jeden Fall irgendwie in die Ermordung von Michael Pichler verstrickt. Sie wusste vermutlich, wo die Schuhe mit dem beschädigten Profil waren. Hatte Hans Michael getötet und versuchte Giulia ihn zu schützen? Hatte Giulia Michael erschossen? Er konnte sich für keine Variante erwärmen. Giulia wollte er für keine Mörderin halten. Dazu war sie ihm viel zu sympathisch.

Vorsicht! Auch Ute hatte ihre Reize erfolgreich eingesetzt. Liebe macht blind. Was wusste Stefan tatsächlich über Giulia! War der Mann mit dem Strohhut wirklich ein Detektiv? Ute hatte das zwar bestritten, aber ihr konnte man nicht trauen. Wer hatte die Haken in die Wand geschlagen, wenn es nicht Brondi gewesen war? Stefan wälzte sich noch lange hin und her, bis er endlich einschlief.

Auf der Tarinoalm: 4. Juli

Am nächsten Morgen war es wolkenlos. Der Wind hatte nachgelassen und die Lacke vor der Hütte besaß eine dünne Eisschicht. Das Panorama mit den frisch verschneiten Gipfeln war überwältigend. Brondi war schon in aller Früh aufgebrochen. Stefan war froh darüber, denn er hatte nach dem gestrigen Abend wenig Lust mit ihm zusammen unterwegs zu sein. Er stieg zum Joch hinauf, das zwischen Schwarzwand und Weißwand lag. Den ganzen Weg über hatte er das Gefühl, dass ihn jemand beobachtete. Sooft er sich auch umdrehte, niemand war zu sehen. Er hatte sich von Giulia ein langes Seil ausgeborgt, um sich ins Tarinotal abseilen zu können.

In der Früh war es sehr frisch gewesen, doch als Stefan den Sattel erreichte, war es schon richtig heiß geworden. Unten im Tal sah er die weidenden Kühe und die blechernen Dächer der Viehunterstände rechts am Hang. Es dauerte fast eine halbe Stunde, bis Stefan den ersten Haken schließlich entdeckt hatte. Er war in sehr gutem Zustand und konnte erst vor ein, zwei Jahren gesetzt worden sein. Stefan befestigte das Seil und ließ sich daran hinunter. Die Wand war stellenweise glatt wie eine Betonmauer. Sie zu bezwingen, war sicher auch für sehr gute Kletterer eine Herausforderung.

Beim Einstieg, als Stefan in die Tiefe hinunterblickte, kamen ihm erste Zweifel, ob sich sein Onkel hier selbst abgeseilt hatte. Stefan ließ sich vorsichtig hinuntergleiten. In der Mitte der Wand gab es einen weiteren Haken. Unten angekommen war er beinahe überzeugt, dass sein Onkel nicht gewagt hätte, sich hier allein abzuseilen. Das Hinaufklettern würde auch mit dem Seil zusammen nicht einfach werden. Der ganze Hang hinunter ins Tal war mit Almrausch bewachsen und dieser stand in schönster Blüte. Erst jetzt fiel Stefan eine entscheidende Sache ein. Wenn sich sein Onkel hier abgeseilt hätte, hätte das Seil nicht hängen bleiben müssen?

Es war aber keines zu sehen. War es in einem Jahr verrottet? Hatte es ein anderer Kletterer gefunden und mitgenommen? War sein Onkel doch nicht hier hinuntergestiegen?

Stefan nahm seinen Feldstecher und blickte hinunter zu den Almhütten. Neben einer kleinen Viehtränke sah Stefan einen Mann, der Wäsche an einer Leine befestigte. Die Alm war also doch bewirtschaftet, stellte Stefan überrascht fest. Sehr viele Wanderer kamen hier im Laufe eines Sommers sicher nicht vorbei. Vielleicht war der Senner auch im Vorjahr hier gewesen und hatte seinen Onkel beobachtet. Stefan beschloss, hinunter zur Alm zu gehen. Schon bald konnte er das Läuten von Kuhglocken vernehmen. Er stieg nicht ganz zur Talsohle ab, sondern versuchte auf Höhe der Almhütten zu ihnen hinüber zu queren.

Der Almrausch wurde von saftigen, weichen Wiesen abgelöst, in denen verstreut große Felsblöcke lagen. Überall gab es die Gefahr, in mehr oder weniger frische Kuhfladen zu steigen. Stellenweise wuchsen riesige Huflattiche. Zweimal musste Stefan einen kleinen Bach überschreiten, dann näherte er sich den langen Viehunterständen mit ihren blechernen Dächern. Die Kühe, die in der Nähe grasten, kümmerten sich nicht weiter um den nahenden Wanderer.

Die Viehtränke mit der in der Sonne trocknenden Wäsche hatte Stefan bald gefunden. Zunächst war aber vom Senner nichts zu sehen. Rund um die Hütten hatten die Tiere den Boden in einen schlammigen Morast verwandelt, durch den Stefan nur ungern herumirrte, um den Senner zu finden. Schließlich sah er, dass sich am Ende eines Viehunterstandes ein kleines Blockhaus anschloss, und ging dorthin.

Als er nur noch wenige Meter vom Eingang entfernt war, trat ein Mann aus der Hütte. Er trug Jeans und ein T-Shirt mit der Aufschrift »Sprich mich nicht an! Ich danke es dir«. Seine Füße steckten in Gummistiefeln. Er mochte gegen die sechzig Jahre alt sein und hatte eine vollständige Glatze. Stefan hatte schon auf Italienisch gegrüßt, bevor er die Bitte gelesen hatte.

»Tut mir Leid. Ich kann nicht Italienisch«, erwiderte der Mann lachend und zuckte mit den Schultern. »Ich bin aus Deutschland.«

»Ich spreche auch nur ein bisschen Italienisch und komme aus Österreich«, erwiderte Stefan. »Sie sind hier der Senner?«

»Nein, der bin ich nicht. Es gibt hier keinen Senner mehr. Was ich hier mache?«, kam der Mann einer Frage zuvor. »Ich bin hier auf Urlaub. Jedes Jahr gönne ich mir hier eine Auszeit von vier Wochen. Für den gestressten Vorstandsvorsitzenden des Pharmakonzerns Antedolore gibt es keine bessere Erholung als absolute Ruhe. Kein Handy, kein Radio, kein Fernsehen, keine Menschen. Nur der Besitzer dieser Alm weiß, dass ich hier bin.«

»Dann störe ich wohl«, meinte Stefan.

»Ja«, kam die ehrliche Antwort aus einer leicht verärgerten Miene. »Suchen Sie mich? Läuft im Konzern etwas schief?«

»Nein, ich habe mit Ihrer Firma nichts zu tun«, lachte Stefan. »Gott sei Dank.«

»Das klingt schon besser«, hellten sich die Gesichtszüge des Mannes wieder auf. »Sie haben sich wohl verlaufen? Das Tal ist eine Sackgasse. Sie müssen leider wieder zurück nach Raglio. Eine kleine Stärkung können Sie gerne haben.«

Er ging, ohne auf eine Antwort zu warten, um das Haus herum. Dort stand ein Tisch mit zwei Bänken im Freien.

»Nehmen Sie Platz! Wollen Sie ein kaltes Bier? Ich habe eines gekühlt.«

»Danke. Ich trinke kein Bier. Ich komme nicht von Raglio. Ich komme von dort oben.«

Stefan zeigte zum Joch hinauf.

»Diese Wand sind Sie heruntergeklettert?«, zweifelte der Mann und nahm eine Flasche Bier aus einem mit Wasser gefüllten Kübel.

»Nein, ich habe mich abgeseilt. Ich bin kein so guter Kletterer«, erklärte Stefan.

»Übrigens ich heiße Dietrich, Dietrich Nuskert«, sagte der

Mann und reichte Stefan die Hand.
»Stefan Etnom.«
Die beiden schüttelten einander die Hände.
»Du bist also von Österreich herübergekommen?«, fragte Dietrich.
»Ja, von der Weißwandhütte.«
»Führt ein Weg von der Weißwandhütte zum Joch hinauf?«, wollte Dietrich weiter wissen und öffnete sein Bier.
»Nein, keine Sorge. Ich denke nicht, dass bald wieder jemand hier hinabsteigen wird«, beruhigte Stefan. »Hier kommen sicher nur selten Wanderer vorbei.«
»Prost«, sagte Dietrich und nahm einen großen Schluck aus der Flasche. »Es kommen gar keine Bergsteiger hier vorbei. Darum liebe ich diesen Platz so sehr. Du bist in fünf Jahren der erste Mensch, mit dem ich während meines Aufenthaltes hier spreche. Die ersten drei Jahre begegnete ich niemand. Voriges Jahr sind einmal Bergsteiger über das Joch abgestiegen und nach Raglio gegangen. Sie haben mich aber nicht gesehen.«
»Warst du voriges Jahr auch um diese Zeit hier?«, wollte Stefan wissen.
»Nein, letztes Jahr war ich von Mitte August bis Mitte September hier. Aber im Frühsommer ist es schöner, wenn noch der Almrausch blüht.«
»Weißt du noch, wann du diese Bergsteiger gesehen hast?«, kam Stefan dem Grund seiner Anwesenheit immer näher.
»Doch. Es war Anfang September. Ich kann mich genau erinnern, weil am Nachmittag und Abend dieses Tages ein fürchterlicher Wettersturz hereinbrach.«
Dietrich trank einen großen Schluck und fragte: »Gibt es einen Grund, warum du das so genau wissen willst?«
»Den gibt es. Ich bin hier, weil ich den Verdacht hege, dass mein Onkel sich mit seiner Freundin genau an diesem Tag über die Wand abgeseilt hat. Vermutlich sind die beiden dann nach Raglio marschiert.«

»Das ist ja nicht verboten«, bemerkte Dietrich verwundert und trank sein Bier aus. »Jeder darf hier wandern.«

»Ich werde dir gleich erklären, worum es geht«, begann Stefan. »Man glaubt bis heute, dass mein Onkel und seine Freundin am Weißkees verunglückt sind. Dort hatte sie ihr Bergführer verlassen, weil er die beiden nicht überreden konnte, vor dem nahenden Wettersturz umzukehren. Es war aber ein abgekartetes Spiel. Mein Onkel und seine Freundin wollten nur, dass man später denkt, sie wären in eine Spalte gefallen und gestorben. In Wirklichkeit sind sie hier zu dir abgestiegen.«

»Warum strebten sie an, dass man sie für tot hält?

»Mein Onkel ist verheiratet«, erklärte Stefan. »Er hat vor dieser Tour zwei Millionen Euro von seinem Konto abgehoben. Die beiden wollten einfach unbemerkt auf und davon, vielleicht nach Argentinien oder irgendwo anders hin.«

»Ach so ist das. Ein Fall für die Polizei.«

Dietrich pfiff durch die Lippen.

»Junger Freund, ich muss dich aber enttäuschen. Es waren drei Personen, die durch die Wand herunterkamen. Ich habe zwar nur einen schlechten Feldstecher, doch das sah ich ganz deutlich.«

»Drei Personen?«, wiederholte Stefan überrascht.

»Zwei Männer und eine Frau.«

»Zwei Männer und eine Frau«, wiederholte Stefan leise.

»Soweit ich das der Statur entnehmen konnte, ja. Die zierliche Person hatte blonde Haare. Ich denke, ich kann mich noch ganz gut erinnern. Der eine Mann und die Frau konnten gut klettern, der zweite Mann überhaupt nicht. Der wurde abgeseilt wie ein Sack.«

»Das muss mein Onkel gewesen sein. Er war kein guter Bergsteiger.«

Stefan überlegte, was das Gehörte zu bedeuten hätte. Brondi hatte ihn belogen. Daran gab es nichts zu rütteln.

»Was schließt du daraus, dass es drei Personen waren?«, fragte Dietrich, nachdem ein, zwei Minuten verstrichen waren.

»Mein Onkel hat den Bergführer gar nicht getäuscht«, teilte Stefan seine Überlegungen mit. »Wahrscheinlich waren alle drei gar nicht am Weißkees. Der Bergführer half ihnen, die Wand zu überwinden. Dann ist er zurückgekehrt und hat die Lüge verbreitet, dass mein Onkel unbedingt gegen seinen Rat den Gipfel stürmen wollte. Ich konnte das ohnehin nie so recht glauben. Brondi, so heißt dieser Bergführer, hat die ganze Zeit über gewusst, dass sie nicht verunglückt sind. Er ließ die Bergrettung tagelang umsonst suchen«, teilte Stefan schließlich seine Überlegungen mit.

»So ein Schwein. Hast du mit ihm gesprochen?«, wollte Dietrich wissen.

»Das habe ich. Er hat nichts davon erzählt.«

»Ich nehme an, dein Onkel hat ihn für seine Hilfe und sein Schweigen gut bezahlt.«

Stefan nickte zustimmend und fragte: »Ist dir sonst etwas aufgefallen?«

»Nein, noch bevor sie alle am Fuß der Wand angekommen waren, hat der Südwind den Nebel ins Tal herein gedrückt und ich konnte nichts mehr erkennen.«

»Wann war das ungefähr?«

»Ich denke, am frühen Nachmittag. Du solltest zur Polizei gehen«, schlug Dietrich vor.

»Das werde ich bestimmt. Würdest du so nett sein und, wenn es nötig ist, bei der Polizei bezeugen, dass du drei Menschen an jenem Tag gesehen hast.«

»Sicher. Kein Problem. Mache ich gerne.«

»Danke.«

»Bitte. Da fällt mir noch etwas ein«, meinte Dietrich plötzlich. »Ich weiß nicht, ob es mit den drei Wanderern in Beziehung steht. Es war eine unheimliche Angelegenheit. Zwei Tage später mitten in der Nacht, ich gehe meist erst nach Mitternacht schlafen, hörte ich Autolärm. Ich ging vor die Hütte und sah unten im Tal die Scheinwerfer. Ich bin kein ängstlicher Mensch, doch ich wurde schon einmal entführt. Davon habe ich mich bis heute nicht ganz erholt. Neugierig, aber von Furcht erfüllt, schlich ich hinunter um nachzusehen. Es war eine mondhelle Nacht und so kam ich recht schnell voran. Als ich jedoch den Talboden erreichte, wendete der Wagen und fuhr davon.«

»Hast du dir das Kennzeichen gemerkt?«, wollte Stefan wissen.

»Nein, nur dass es ein italienisches war. Soweit ich es in der Dunkelheit erkennen konnte, war es ein Geländewagen von Suzuki.«

»Vielleicht hat sich der Lenker in der Dunkelheit verfahren«, meinte Stefan.

»Kann sein. Ich fürchtete schon, Gangster hätten von meinem Urlaubsdomizil erfahren und wollten mich entführen. Bald danach reiste ich ab und heuer sah ich hier noch keinen Menschen. Gott sei Dank.«

Stefan brach bald wieder auf und wanderte langsam zurück zur Felswand. Er sah seinen Onkel vor sich, wie er Brondi am Fuß der Wand dankte und ein Bündel Eurobanknoten in die Hand drückte. Vermutlich waren sein Onkel und seine Freundin dann nach Raglio gewandert und Brondi zurück auf das Joch geklettert. Er schwor, Brondi zu überführen und den Onkel zu finden, und sei es auf der entferntesten Insel im Pazifik.

Er hatte die Wand erreicht. Das Hinaufklettern mit dem Seil war sehr anstrengend. Zweimal erschrak er, weil er für einen Augenblick dachte, das Seil würde nachgeben. Bald ließen die Kräfte in seinen Armen nach und er war mehr als froh, beim Haken in der Wandmitte eine Pause einlegen zu können. Als er schließlich mit dem Kopf die obere Kante des Felsens erreichte, sah er zwei Bergschuhe unmittelbar vor sich und hob den Kopf. Hans Santner stand ober ihm.

Erschöpft zog sich Stefan hinauf und richtete sich auf. Mit wachsendem Erstaunen bemerkte er, dass das Seil nicht mehr an den Haken geknüpft war, sondern durch die Hände von Hans verlief. Als dieser über die Schulter blickte, sah auch Stefan Giacomo Brondi, der von der Weißwand kommend, zu ihnen eilte.

»Berg Heil!«, sagte Hans lächelnd zu Stefan.

»Was machst denn du da?«, meinte Stefan unfreundlich und noch ganz außer Atem.

»Ich habe dich gesichert«, erwiderte Hans.

Deshalb hatte das Seil zweimal nachgegeben, erinnerte sich Stefan. Verärgert und erschrocken sagte er: »Wozu sichern? Ich hatte das Seil am Haken befestigt. Das reicht vollständig.«

Stefan war klar geworden, dass er in die Tiefe gestürzt wäre, wenn Hans das Seil ausgelassen hätte.

»Hast du das Seil vom Haken gelöst?«, fragte er Hans.

»Nein, es lag nur ein paar Mal durch den Haken gezogen da.«

Bei der ersten größeren Belastung hätte das Seil nachgegeben, schoss es Stefan durch den Kopf und er sah sich im freien Fall zu Tal stürzen.

»Der Kobold mit dem Strohhut muss es gelöst haben«, erzählte Hans weiter. »Den ganzen Tag über war ich unterwegs, um ihn zu finden. Vergeblich. Zuletzt war ich den Klettersteig zur Schwarzwand ein Stück hinaufgestiegen, um die Umgebung besser überwachen zu können. Während ich emporkletterte, hörte ich plötzlich das Kollern von Steinen. Der Kobold mit dem Strohhut trat aus dem Schatten der Schwarzwand und eilte über die Schotterhalde hierher. Dann hat er sich hier zum Haken niedergekniet.«

Bei den letzten Worten von Hans hatte Brondi die beiden erreicht und begrüßte sie lachend mit den Worten: »Was gibt es denn hier für eine Aufregung?«

»Hast du gesehen, was der Kobold getan hat?«, fragte Stefan Hans ungeduldig weiter, ohne auf Brondi einzugehen.

»Nein, ich war zu hoch oben. Daher bin ich vorsichtig abgestiegen«, fuhr Hans fort und musterte Brondi, dessen Gesichtsausdruck durch das Tragen einer Sonnenbrille nur schwer einzuschätzen war.

»Und?«, Stefan konnte seine Neugierde kaum beherrschen.

»Leider habe ich einen Stein losgetreten. Der Kobold wurde auf mich aufmerksam und floh, aber ich fange ihn noch«, schloss Hans.

»Hoffentlich«, tröstete Stefan.

»Ein Kobold mit Strohhut hat den Knoten geöffnet?«, zweifelte Brondi und zu Hans gewandt fragte er: »Könnte es nicht sein, dass du das Seil vom Haken gelöst hast?«

Hans starrte Brondi sprachlos an. Man sah ihm an, dass er etwas antworten wollte, doch er blieb stumm.

»Warum sollte Hans das tun?«, wollte Stefan wissen.

»Warum sollte ein Kobold mit Strohhut den Knoten lösen?«, konterte Brondi gelassen.

»Du hast gesehen, wie ich gesichert habe«, kam es unerwartet und explosiv über die Lippen von Hans.

»Ja, aber wer weiß, was du getan hättest, wenn ich nicht gekommen wäre«, erwiderte Brondi.

»Was denn?«, fragte Hans.

»Vielleicht hättest du einfach das Seil ausgelassen«, sagte Brondi kalt.

Für kurze Zeit herrschte Schweigen zwischen den drei Männern. Hasserfüllt schaute Hans auf Brondi, der diesem Blick mit einem Lächeln um den Mund standhielt.

»Warum sollte Hans mich abstürzen lassen?«, wiederholte Stefan seine Frage.

»Der Tod von Michael Pichler ist nicht geklärt«, sagte Brondi. »Ich habe von Giulia gehört, dass du deine privaten Ermittlungen durchführst. Vielleicht bist du der Wahrheit zu nahe gekommen.«

»Du bist ein Kobold«, sagte Hans bitterböse zu Brondi, drehte sich um und ging Richtung Weißwandhütte davon.

»Habe ich ihn beleidigt?«, fragte Brondi und zündete sich eine Zigarette an. Er schien keine Antwort zu erwarten und er erhielt auch keine.

»Welcher Wahrheit?«, wollte Stefan wissen, als Hans sich schon ein größeres Stück entfernt hatte.

»Vielleicht hat Ute Recht und Hans hat Michael Pichler ermordet. Ich an deiner Stelle würde vorsichtig sein«, belehrte ihn Brondi.

Stefan gab keine Antwort, legte das Seil sorgfältig zusammen und verstaute es im Rucksack.

»Jemand wollte mich umbringen«, sagte Stefan schließlich.

»Hans oder der Kobold mit dem Strohhut«, ergänzte Brondi und machte einen tiefen Zug aus seiner Zigarette.

Stefan sah sich zerschmettert am Fuß der Felswand liegen. Durch einen Sicherungsfehler abgestürzt, wäre in der Zeitung gestanden. Er trat ganz nahe an den Abgrund heran und schaute mit Schaudern in dessen Tiefe hinunter.

»Der Ausflug ins Tarinotal war vergebens?«, fragte Brondi, warf den Zigarettenstummel auf den Boden und zertrat ihn.

In der Aufregung hatte Stefan ganz vergessen, was er im Tarinotal erfahren hatte. Er stellte den Rucksack, den er schon aufgehoben hatte, wieder auf den Boden und sagte: »Keineswegs.«

»Ach so«, erwiderte Brondi erstaunt. »Ich dachte immer, da unten gibt es nur Kühe.«

»Du hast meinem Onkel und seiner Freundin beim Abstieg ins Tarinotal geholfen. Sie sind nicht am Weißkees verschollen«, sagte Stefan ernst und beobachtete genau die Reaktionen im Gesicht von Brondi. Dieser schob seine Sonnenbrille hinauf in die Haare und meinte völlig gelassen: »Du gibst auch keine Ruhe. Wie kommst du jetzt wieder auf diese Idee?«

»Die Tarinoalm ist zwar nicht bewirtschaftet, aber ein Urlauber wohnt jeden Sommer auf dieser Alm. Es ist ein deutscher Manager, der dort seine Erholung findet. Er kann sich genau erinnern, dass du, mein Onkel und seine Freundin am Tag vor dem großen Wettersturz hier hinuntergeklettert seid.«

Diesmal glaubte Stefan ein wenig Bestürzung in Brondis Miene erkennen zu können.

»Du hast diesen Manager heute auf der Alm getroffen?«, forschte Brondi.

»Ja«, erwiderte Stefan.

»Der hat aber ein fabelhaftes Gedächtnis«, lachte Brondi gezwungen.

»Ihr ward im letzten Sommer die einzigen Besucher des Tales. Das ist nicht schwer zu merken«, entgegnete Stefan.

»Sicher. Der Mann steht auf seiner Alm, blickt zur Wand hinauf, sieht ein paar kleine Gestalten und schließt sofort: das ist Bergführer Brondi mit Direktor Furtmann und Freundin, obwohl er keinem von uns je begegnet ist. Keine Ahnung, wen der Mann gesehen hat. Mich nicht. Ich habe zu dieser Zeit verzweifelt deinen Onkel auf dem Gletscher gesucht.«

»Wie viel hat dir mein Onkel bezahlt?«, blieb Stefan hartnäckig.

»Jetzt reicht es mir aber. Weiß Gott, wer damals hier geklettert ist. Vielleicht war es auch dein Onkel und seine Freundin. Ich war nicht dabei. Such deinen Onkel und frag ihn! Er wird es dir bestätigen.«

»In der ganzen Gegend seid nur ihr drei, die Ehepaare Gatter und Patznik und Kurt Sonnhofer unterwegs gewesen.«

Brondi trat mit Zorn erfülltem Blick auf Stefan zu. Mit einem Mal blieb er stehen, machte mit der Hand eine wegwerfende Bewegung und meinte: »Denk, was du willst! Aber lass mich in Frieden damit. Das Ganze ist mir zu blöd.«

Brondi drehte sich um und eilte davon, ohne auf eine Antwort zu warten.

Allein vor dem Abgrund stehend, fühlte sich Stefan elend. So knapp dem Tode entronnen zu sein, ohne überhaupt Gefahr verspürt zu haben, zeigte Wirkung. Erst ein paar Minuten später machte sich Stefan mit weichen Knien auf den Weg zur Weißwandhütte. Er ging langsam. Keinesfalls wollte er Brondi oder Hans einholen. In Ruhe wollte er über alles nachdenken können, bevor er die Hütte erreicht hatte. Der Wortwechsel mit Brondi hatte seine Meinung nicht verändert. Brondi war mit seinem Onkel ins Tarinotal hinuntergestiegen. Sein Onkel lebte noch. Wie sollte man es beweisen? Dietrich konnte nur aussagen, dass er drei Personen gesehen hatte, leider aber nicht welche. Stefan sollte unbedingt nachforschen, ob sein Onkel und seine Freundin auf der Flucht in Raglio gesehen worden waren. Zusätzlich könnte er seinen Verdacht gegen Brondi auch der Polizei mitteilen. Wenn er aber an Inspektor Hinterfurker dachte, hatte er kaum Hoffnungen, dass dieser Brondi überführen würde. Wer jedoch hatte den Knoten am Haken gelöst? Hans, weil er Angst hatte, als Mörder von Michael Pichler überführt zu werden. Hans, weil er Angst hatte, dass Stefan Giulia als Mörderin entlarven würde. Der Mann mit dem Strohhut, weil… Stefan fiel kein Grund ein, warum ihm dieser nach dem Leben trachten sollte. Vielleicht wollte Hans nur den Verdacht von sich auf den Unbekannten lenken. Die Sache war gefährlich geworden. Aus einer Wanderung durch das Gebirge, um die Umstände rund um den verschollenen Onkel Albert zu erhellen, war die Jagd nach einem Mörder geworden.

Die Weißwandhütte kam in Sicht. Ein Hubschrauber stand in der Nähe der Hütte. Chefinspektor Tuschnik war unterdessen angekommen. Gegen Abend klarte es auf, der starke Wind ließ nach. Die Luft war trocken und jede Kante der Felsen der umliegenden Gipfel war deutlich zu sehen. Während Stefan das abendliche Panorama genoss, kam ihm Brondi ins Blickfeld. Dieser war vom Weg abgebogen und ein gutes Stück zum Fuß der Schwarzwand hinaufgegangen. Durch seinen Feldstecher konnte Stefan deutlich erkennen, dass Brondi auf und abgehend telefonierte. Scheinbar hatte er dort oben im Gegensatz zur Umgebung der Hütte einen guten Empfang.

Als Stefan den Gastraum der Weißwandhütte betrat, saßen Giulia, Hans und drei ihm unbekannte Männer an einem Tisch und waren in eine angeregte Unterhaltung verwickelt.

»Guten Abend«, grüßte Stefan, während er überlegte, wer Chefinspektor Tuschnik sein könnte. Der junge Mann in der Lederjacke war vermutlich der Pilot. Auch für den Mann mittleren Alters mit der gewaltigen Glatze konnte sich Stefan nicht entscheiden. Nein, es musste der dürre, große Mann mit der gewaltigen Hakennase sein, der sicher gegen die sechzig Jahre alt war.

»Hallo«, erwiderte Giulia den Gruß, stand auf und eilte auf Stefan zu. Für einen Augenblick hatte er das Gefühl, sie wollte ihm um den Hals fallen und einen Kuss geben. Dicht vor ihm aber blieb sie stehen, hob ihren Kopf ein wenig und ihn anlächelnd flüsterte sie: »Ich bin so froh, dass dir nichts passiert ist.«

Sie begleitete Stefan zu den anderen und sagte: »Darf ich vorstellen, Chefinspektor Tuschnik, sein Assistent Karnik und Herr Mingert, Pilot im Dienste des Innenministeriums, Stefan Etnom, Student aus Wien.«

Stefan freute sich, richtig geraten zu haben, wer von den dreien der Chefinspektor war.

»Was möchtest du trinken?«, fragte ihn Giulia.

»Einen Apfelsaft gespritzt.«

Ein Platz neben Chefinspektor Tuschnik war frei und Stefan ließ sich darauf nieder.

»Sie suchen den verschollenen Direktor Furtmann?«, eröffnete Tuschnik das Gespräch. Seine kleinen, grauen Augen bewegten sich rasch hin und her, bevor sie Stefan fixierten.

»Ja, ich möchte meinen Onkel und seine Freundin finden«, antwortete Stefan.

»Dabei sind Sie heute nur knapp dem Tod entronnen«, fuhr Tuschnik fort.

»Hans hat schon berichtet?«, fragte Stefan.

Tuschnik nickte und forderte Stefan auf: »Ich hätte gerne, dass Sie mir genau berichten, was Sie die letzten Tage alles erlebt und herausgefunden haben.«

»Wir sollten abfliegen. Wenn es dunkel wird, geht es nicht mehr«, warf der Pilot ein.

Tuschnik schaute in die fortgeschrittene Dämmerung hinaus und entschied: »Fliegen Sie mit Mingert. Ich bleibe über Nacht hier. Es liegt schon lange zurück, dass ich auf einer Berghütte übernachtet habe. Ich glaube, heute ist die passende Gelegenheit dazu, es wieder zu tun.«

Giulia kam mit dem Getränk für Stefan zurück.

»Sie haben doch ein Bett frei für mich?«, fragte Tuschnik.

»Sicher. Heute können Sie sich das Zimmer aussuchen. Morgen ist wieder alles anders. Es ist Schönwetter angesagt, da sind wir bestimmt voll.«

»Oder wollen Sie vielleicht hier bleiben und die Befragungen vornehmen, Mingert?«, meinte Tuschnik zu seinem Assistenten.

»Nein, wirklich nicht«, kam es überzeugend aus dessen Mund. »Ich fliege lieber heim. Ich wünsche Ihnen eine geruhsame Nacht hier oben.«

Rasch verabschiedeten sich Pilot und Assistent. Kaum hatten die beiden die Hütte verlassen, meinte Tuschnik in den Lärm des startenden Hubschraubers hinein: »So, jetzt haben wir wenigstens Platz. Legen Sie los!«

Stefan erzählte ausführlich, was in den letzten Tagen vorgefallen war. Den Wortwechsel zwischen Hans und Giulia, den er zufällig mitgehört hatte, ließ er aus. Auch, dass Giulia vermutlich wusste, wo die Schuhe von Michael Pichler versteckt worden waren, behielt er für sich. Brondi betrat die Stube, als Stefan gerade begann, die Ereignisse des heutigen Tages zu schildern.

»Guten Abend«, meinte er gut gelaunt. »Giulia bring mir bitte ein Bier!«

Er trat zu Tuschnik und stellte sich vor: »Giacomo Brondi, Bergführer.«

»Chefinspektor Tuschnik. Herr Brondi, nehmen Sie doch bei uns Platz. Sie kommen gerade rechtzeitig. Wir wollten eben die Ereignisse des heutigen Tages besprechen.«

»Danke. Sie sind mit dem Hubschrauber gekommen?«, fragte Brondi und nahm Platz.

Tuschnik nickte.

»Inspektor Hinterfurker ermittelt nicht mehr?«, wollte Brondi weiter wissen.

»Doch, doch. Wir arbeiten jetzt gemeinsam, damit wir den Fall schneller abschließen können«, und zu Stefan gewandt fuhr Tuschnik fort, »Sie vermuten also, dass ihr Onkel gar nicht verunglückt und verschollen ist.«

»Ich bin fest überzeugt, dass er das alles nur inszeniert hat, um ein neues Leben beginnen zu können. Wozu hätte er sonst zwei Millionen Euro mitnehmen sollen? Warum wird seine Freundin nicht vermisst?«

»Daher haben Sie eine Möglichkeit gesucht, wie er vom Gletscher geflohen sein könnte?«, meinte Tuschnik nachdenklich.

»Genau. Als ich von Hans erfahren habe, dass Haken gesetzt worden waren, um ins Tarinotal absteigen zu können, habe ich mich sofort entschlossen, das Tal aufzusuchen. Ich habe ein langes Seil am obersten Haken befestigt und mich damit abgeseilt. Auf der einsamen, verlassenen Alm am Talschluss verbringt ein deutscher Manager seit Jahren seinen Urlaub. Ich habe ihn getroffen und mit ihm gesprochen. Er hat am Tag des Verschwindens meines Onkels drei Personen ins Tal hinunterklettern gesehen. Zwei Männer und eine Frau. Einer der beiden Männer konnte gut klettern, der andere schlecht.«

»Ein Jahr später weiß er das noch so genau?«, zweifelte Tuschnik.

»Wer weiß, wann der Manager die drei Kletterer gesehen hat. Vielleicht irgendwann im letzten Sommer«, meinte Brondi und schüttelte seinen Kopf.

»Es gibt in diesem Tal keine Wanderer und keine Wanderwege«, empörte sich Stefan. »Ich war erst die dritte menschliche Begegnung, die der Mann in all diesen Jahren während seines Urlaubs hatte. Voriges Jahr sah er diese Kletterer und ein paar Tage später hörte und sah er in der Nacht einen Geländewagen am Talschluss. Das war alles im ganzen letzten Sommer.«

»Vermutlich ein Jäger«, merkte Brondi an. Giulia brachte das Bier für Brondi und setzte sich zu ihnen.

»Der Mann ist wirklich sicher, dass das genau an diesem Tag geschehen ist?«, fragte Tuschnik Stefan.

»Der markante Wettersturz am Abend dieses Tages ist ihm deutlich in Erinnerung geblieben. Er ist sich sicher.«

»Wetterstürze gibt es im Sommer mehrere«, meinte Brondi mit nachdenklicher Miene.

»Er ist bereit, eine Aussage vor der Polizei zu machen«, entgegnete Stefan.

»Das wird er wohl müssen. Und, was schließen Sie daraus?«, fragte Tuschnik.

»Dass du meinem Onkel geholfen hast, auf die Tarinoalm hinunterzuklettern«, sagte Stefan zu Brondi, ohne den Blick von ihm zu wenden.

»Den Unsinn hat er mir heute schon erzählt«, sagte Brondi ungehalten. »Vergessen wir doch einmal deinen Onkel! Der liegt mit fast hundertprozentiger Sicherheit in einer Gletscherspalte. Wenden wir uns doch lieber der Tatsache zu, dass dich heute jemand töten wollte. Das kommt davon, weil du unbedingt in diesem Mordfall ermitteln willst.«

»Eins nach dem anderen«, meinte Tuschnik betont langsam. »Ich denke, an der Wahrheit der Aussagen dieses Managers ist nicht zu zweifeln. Daher ist es sehr wahrscheinlich, dass Direktor Furtmann und seine Freundin bei dieser Kletterpartie dabei waren und ihnen jemand geholfen hat. Ich glaube nicht, dass an jenem Tag in dieser Gegend drei Menschen gewandert sind, denen niemand unterwegs begegnet ist. Ich bin zwar nicht gekommen, das Verschwinden von Direktor Furtmann zu klären, aber ich denke, wir können das auch gleich erledigen. Wir werden das gesamte Tal genau unter die Lupe nehmen. Vor allem auf der Kletterroute werden wir nach genetischen Spuren suchen. Irgendein Haar von Direktor Furtmann, seiner Freundin oder des Helfers werden die Experten schon finden.«

»Gut. Sie glauben also, Direktor Furtmann wollte mich am Gletscher nur loswerden, um verschwinden zu können«, meinte Brondi verwundert.

»Nein, Herr Brondi, das glaube ich nicht«, sagte Tuschnik hart. »Ich denke viel mehr, Sie sind sehr verdächtig, der Helfer von Direktor Furtmann gewesen zu sein. Jede genetisch brauchbare

Spur werden wir mit Ihren Genen vergleichen. Sie haben doch nichts dagegen.«

»Nein, nein. Untersuchen Sie nur!«, sagte Brondi. Sein Gesicht hatte sich mit einem Mal verändert. Die Lippen waren schmal geworden und auf der Stirn hatten sich Falten gebildet.

Für kurze Zeit war es in der Gaststube ganz still geworden, doch dann brach Chefinspektor Tuschnik das Schweigen und sagte zu Stefan: »Betrachten wir jetzt den Anschlag auf Ihre Person. Sie hatten das Seil bestimmt fest am Haken befestigt, bevor Sie heute ins Tarinotal hinabstiegen?«

»Ganz sicher. Sonst hätte ich den Fuß der Wand nicht lebend erreicht. Als ich dann wieder oben ankam, stand Hans da, das Seil in der Hand.«

»Hans hat dir das Leben gerettet«, sagte Giulia stolz und klopfte Hans auf die Schulter.

»Es sieht so aus«, setzte Tuschnik fort und fragte Stefan: »Sie haben diesen geheimnisvollen Fremden mit dem Strohhut heute nicht gesehen?«

»Nein, heute nicht.«

»Ich auch nicht«, fügte Brondi hinzu. Tuschnik schien es gar nicht zu hören und sagte langsam vor sich her: »Wenn wir den Kerl erwischen, klärt sich, so denke ich, auch der Mord auf.«

»Der Kobold mit dem Strohhut ist der Mörder. Ich habe es immer gesagt«, brach Hans sein Schweigen.

»Vielleicht«, sagte Tuschnik und wieder wurde es ganz ruhig in der Hütte. Stefan beobachtete Brondi. Dieser starrte wie abwesend in die Finsternis hinaus. Konnte es sein, dass nicht Brondi, sondern jemand anderer seinem Onkel geholfen hatte, ging es Stefan durch den Kopf. Er blickte zu Tuschnik hinüber. Auch er beobachtete Brondi.

»Wenn es Recht ist, gibt es zum Abendessen Erbsensuppe mit Würstel«, sagte Giulia und stand auf.

Bis auf Brondi nickten alle zustimmend. Dieser schien die Frage gar nicht wahrgenommen zu haben. Starr wie eine Statue blickte er noch immer beim Fenster hinaus.

»Erbsensuppe mit Würstel«, wiederholte Giulia laut und alle blickten auf Brondi.

Mit einem Mal wandte er seinen Blick wieder den Anwesenden zu und sagte: »Ich habe Direktor Furtmann geholfen, ins Tarinotal abzusteigen. Warum es verschweigen, wenn es doch ans Tageslicht kommt.«

Als nicht gleich jemand antwortete, fügte er hinzu: »Erbsensuppe mit Würstel geht in Ordnung.«

»Sie waren also damals gar nicht auf dem Gletscher unterwegs zum Gipfel?«, fragte Tuschnik.

»Nein, bei dem Wetter! Wir sind doch nicht verrückt. Wir sind gleich auf das Joch zwischen Schwarzwand und Weißwand aufgestiegen und haben dort gewartet. Als der Wettersturz unmittelbar bevorstand, wollte ich zur Hütte absteigen, um die Geschichte vom verrückten Direktor Furtmann zu erzählen, der unbedingt zum Gipfel stürmen wollte. Glücklicherweise traf ich auf halbem Weg zur Hütte das Ehepaar Patznik und konnte meine Geschichte erzählen. Dann stieg ich wieder auf das Joch hinauf und brachte Direktor Furtmann und seine Freundin heil die Wand hinunter. Die Haken dazu hatte ich schon im Frühjahr gesetzt. Unten trennten sich unsere Wege. Direktor Furtmann und seine Freundin marschierten nach Raglio. Ich hörte nie wieder etwas von ihnen. Ich kletterte den Felsen wieder hinauf und fand während des Unwetters in einer kleinen Höhle in der Nähe der Weißwandhütte Schutz. Damit alles echt aussah, wanderte ich dann im Finstern noch eine Zeit lang umher, bis ich voller Schnee und nass genug war. So betrat ich dann die Hütte. Dort fand ich die beiden Ehepaare und in der Küche den toten Hüttenwirt Michael Pichler.«

»Ich nehme an, dieser Gefallen hat Direktor Furtmann mehr gekostet als die Tagesgage für einen Bergführer«, wollte Tuschnik wissen.

»Ja. Er hat mich immer anständig bezahlt.«

»In konkreten Zahlen, bitte!«, forderte Tuschnik.

»Die Verschleierung seiner Flucht war ihm zwanzigtausend Euro wert«, kam es nur langsam aus Brondi heraus.

»Wann hatte Sie Direktor Furtmann in seine Pläne eingeweiht?«

»Voriges Jahr im Frühling hat er mich zu Hause besucht. Er war auf dem Rückweg von einer Geschäftsreise in Italien. Ich hielt das Tarinotal für sein Vorhaben bestens geeignet und habe schon im Frühsommer die Haken in der Wand gesetzt.«

»Und du hast keine Ahnung, wohin mein Onkel mit seiner Freundin wollte?« fragte Stefan Brondi.

»Er hat mir nichts verraten und ich habe ihn nicht gefragt. Keine Ahnung.«

»Das wird eine Anklage wegen Irreführung der Behörde geben«, meinte Tuschnik ernst. »Wahrscheinlich werden Sie den ganzen Sucheinsatz zahlen müssen.«

Brondi zuckte mit den Achseln und meinte nur: »Direktor Furtmann war mir sehr sympathisch. Sein Anliegen, ohne Scheidungsprozess irgendwo ein neues Leben beginnen zu wollen, fand ich weder absurd noch besonders illegal.«

»Dazu gibt es wohl verschiedene Meinungen«, sagte Tuschnik.

»Es ist ein großer Unterschied für meine Tante, ob ihr Mann mit seiner Geliebten verunglückt oder mit ihr durchgebrannt ist«, warf Stefan ein.

»Mir wäre es an Stelle deiner Tante lieber gewesen, er wäre verunglückt«, sagte Brondi und erhob sich.

»Morgen in der Früh kommt mein Assistent mit dem Hubschrauber. Dann nehmen wir ihre Aussage zu Protokoll«, legte Tuschnik fest.

Brondi zog eine Zigarettenpackung aus seiner Brusttasche. Offensichtlich wollte er zum Rauchen vor die Hütte gehen.

»Wie schaut es mit dem Neuschnee auf dem Gletscher aus?«, fragte Giulia. »Bleibt es dabei, dass Familie Huber morgen zur Hütte aufsteigt?«

»Nein, ich habe schon mit ihr telefoniert«, antwortete Brondi.

»Wir haben die Tour um einen Tag verschoben. Morgen soll es extrem heiß und gewittrig werden. Für die folgenden Tage sieht es gut aus.«

Während Brondi antwortete, hatte er sich bereits der Tür genähert und verließ hierauf den Gastraum. Giulia und Hans gingen in die Küche, um das Abendessen vorzubereiten. So blieben Tuschnik und Stefan allein zurück.

»Warum gibt sich ein angesehener Bergführer für einen solchen Betrug her?«, fragte Tuschnik mehr sich selbst als Stefan. Dieser zuckte nur mit den Schultern.

»Was werden Sie morgen machen?«, war Tuschnik neugierig.

»Eine gute Frage. Ich denke, ich werde zum Abschluss meiner Nachforschungen durch das Tarinotal nach Raglio absteigen und dort nach meinem Onkel fragen. Die Chance ist nicht sehr groß. Ich werde es dennoch probieren.«

»Den Mörder von Michael Pichler suchen Sie aber nicht mehr«, wollte sich Tuschnik versichern. Stefan zögerte mit einer Antwort.

»Lassen Sie die Finger davon, junger Freund. Es ist zu gefährlich. Jemand wollte Sie heute töten. Wahrscheinlich sind Sie dem Mörder gefährlich nahe gekommen, ohne es zu ahnen.« Tuschnik strich sich über das Kinn und fuhr fort: »Oder wissen Sie mehr, als Sie mir erzählt haben?«

»Nein«, log Stefan.

»Sie klettern mir auch nicht mehr allein diese Wand hinunter. Das kommt nicht in Frage!« Dabei hob Tuschnik drohend seinen Zeigefinger.

Stefan hatte gar nicht daran gedacht, dass jemand ein zweites Mal versuchen könnte, ihn zu töten.

»Wir nehmen Sie morgen mit dem Hubschrauber mit, wenn wir zur Tarinoalm fliegen, um den Manager zu befragen. Dann wandern Sie von mir aus nach Raglio und befragen ein paar Leute, steigen in den Zug ein, fahren zu Ihrer Tante und berichten ihr alles.«

Die Durchreiche war geschlossen und man hörte das Radio aus der Küche nur leise. Trotzdem flüsterte Tuschnik: »Der Mörder könnte Martin Leitner sein, Herr oder Frau Patznik, der Mann mit dem Strohhut oder auch Giulia oder Hans. Vielleicht hat Hans nur Ihr Seil gehalten, weil er Brondi kommen gesehen hat. Riskieren Sie nichts! Bitte!«

Stefan nickte.

»Morgen werden wir mit dutzenden Männern die Gegend durchkämmen. Der Kerl mit dem Strohhut muss gefasst werden und …«

Tuschnik beendete seinen Satz nicht, denn Giulia trat ein und deckte auf. Während der Mahlzeit wurde nur das Notwendigste gesprochen. Danach zogen sich alle zum Schlafen zurück.

Tarino und Raglio: 5. Juli

Der Hubschrauber war bereits im Morgengrauen zur Hütte zurückgekehrt, doch das Protokollieren der Aussage von Brondi nahm einige Zeit in Anspruch. Währenddessen erreichten Giulias Schwester Lena, ihr Sohn Giovanni und ihr Vater Sepp Santner die Hütte, um Giulia für ein paar Tage abzulösen. Auch mit diesen wollte Chefinspektor Tuschnik ein Gespräch führen. So ging es gegen elf Uhr, als der Hubschrauber abhob und steil emporstieg. Begeistert blickte Stefan auf die ihm nur vom Wandern bekannte Landschaft hinunter. Giulia und Hans, die zusammen zur Santneralm abstiegen, waren als kleine, schwarze Punkte zu erkennen. Weiter unten erblickte er eine ganze Schar von aufwärts steigenden Menschen - vermutlich die Beamten, die ausschwärmen sollten, um den Unbekannten mit dem Strohhut zu fangen.

Kaum waren sie ins Tarinotal hineingeflogen, sah Stefan Dietrich aus seiner Hütte laufen. Der Pilot landete ganz in seiner Nähe. Trotz der erneuten Störung wurden sie von ihm herzlich empfangen. Dietrich bestätigte Chefinspektor Tuschnik gerne, was er Stefan am Vortag erzählt hatte. Bald hob der Hubschrauber wieder ab. Dietrich und Stefan plauderten noch kurz miteinander, dann machte sich Stefan talabwärts Richtung Raglio auf den Weg.

Es ging bereits gegen Mittag und war extrem heiß. Ein föhniger Südwind drückte die feuchtwarme Mittelmeerluft gegen die Berge. Zunächst verlief der Fahrweg nur leicht fallend am Talgrund mitten durch die Almwiesen. Danach folgte er lange Zeit dem Tarino, einem kleinen, munteren Bächlein mit kristallklarem Wasser. Die Berghänge links und rechts rückten immer näher, das Tal wurde immer enger. Die Wiesen verschwanden und nur noch der Tarino und der Weg hatten einen Platz in dem engen Tal.

Schließlich stürzten die Wasser steil in eine Schlucht hinunter, während der Weg in schwindelerregender Höhe am Hang oben blieb. Immer wieder flossen kleine Bäche in Wasserfällen den

Hang herunter und die Straße führte mit hölzernen Brücken über sie hinweg. Nachdem es dann längere Zeit durch einen schattigen Nadelwald gegangen war, führte die Straße in vielen Kehren bergab und erreichte den Talboden genau dort, wo der Tarino aus der Schlucht herausfloss und sich in einen kleinen See ergoss.

Obwohl es bergab ging, war Stefan ins Schwitzen gekommen und er rastete am schattigen Ufer ein wenig. Von hier an war das Tal wieder breit und der Weg verlief, einmal links, einmal rechts des Tarino bergab. Mischwälder lösten den Nadelwald ab. Es wurde immer wärmer. Der Rucksack klebte am Rücken.

Schließlich wurde der Wald durch Buschwerk abgelöst, das sich die steilen Hänge emporzog. Es gab keinen Schatten mehr und, da es schon gegen vier Uhr ging, hatte die Hitze ihren Höhepunkt erreicht. Wiederholt stieg Stefan zum Tarino hinunter und kühlte Kopf und Arme mit dessen kaltem Wasser. Das Tal machte einen kleine Bogen und zur linken Hand auf einer Schulter klebte die verlassene Ortschaft Tarino. Der Kampanile der Kirche überragte die wenigen Häuser, die sich um ihn scharten.

Stefan beschloss, obwohl es ein Umweg war, einen Abstecher nach Tarino zu machen. Als er die Ortschaft betrat, schwankten seine Gefühle zwischen Erinnerungen an Italowestern und der Traurigkeit, die einen immer befällt, wenn man sieht, wie vergänglich diese Welt ist. Es hätte ihn nicht gewundert, wenn ein zahnloser Greis in schmutzigen Fetzen aus einem Haus getreten wäre, doch bis auf ein paar Katzen war nichts Lebendiges zu sehen.

Auf dem Hauptplatz vor der Kirche blieb Stefan stehen. Wie die Schilder an den Häusern verrieten, lagen gegenüber der Kirche einst eine kleine Bar und eine Trattoria. Die Fensterläden der Häuser waren geschlossen und die Türen mit Balken und Brettern zugenagelt. Das Schiff der Kirche war über dem Altarraum eingebrochen und so wagte Stefan nicht einzutreten. Rund um die Kirche lag der Friedhof. Er betrachtete die Grabsteine, um feststellen zu können, wann das Leben in Tarino erloschen war.

Zunächst dachte er, dass um das Jahr 1985 die letzten Toten bestattet worden waren. Überrascht fand er auch noch einen Grabstein mit Sterbedatum 1998 und gleich daneben einen ohne Sterbedatum. Nur der Name Dantelli war eingraviert. Der Zustand dieses Erdgrabes ließ darauf schließen, dass es nicht lange her war, dass ein Mensch namens Dantelli hier beerdigt worden war. Vielleicht hatten einige wenige hier noch länger weitergelebt, nachdem die Jugend fortgezogen war. Gras und Büsche wucherten zwischen den Gräbern. Obwohl sich Stefan sicher war, dass er das einzige menschliche Wesen in der Ortschaft war, wurde er das Gefühl nicht los, dass ihn jemand beobachtete.

Rund um Weißwand und Schwarzwand bildeten sich mächtige, dunkle Gewitterwolken und so machte sich Stefan wieder auf den Weg. Bei jeder Wegbiegung dachte er, er müsste Raglio endlich erreicht haben. Immer noch ging es aber bergab. Die Füße schmerzten vom langen Gehen. Dann endlich mündete das Tarinotal ins Fornotal. Zwischen riesigen Schotterbänken floss der Forno zur Poebene hinunter, begleitet von Schnellstraße, Auto- und Eisenbahn, deren Brücken kreuz und quer übereinander den Talboden querten.

An den südlichen Hang der Berge gedrückt lag Raglio, eine kleine Ortschaft, deren Häuser sich eng um Kirche und Bahnhof gruppierten. Auf einer schmalen, kurvenreichen Asphaltstraße wanderte Stefan nach Raglio. Hier hatte es sicher weit mehr als dreißig Grad im Schatten. Die Sonne war hinter den aufziehenden Gewitterwolken verschwunden. Ständig flitzten Autos an ihm vorüber.

Völlig verschwitzt betrat Stefan die Ortschaft. Er war sich sicher, dass Onkel Albert und seine Freundin hier in den Zug gestiegen waren, um ihr neues Leben zu beginnen. Er sah sie vor sich, wie sie bei strömendem Regen einstiegen und davonfuhren. Die Bahnlinie war eine der Hauptrouten in den Süden und ein Zug nach dem anderen raste ohne Halt durch Raglio hindurch. Der Bahnhof der Ortschaft war klein. Es gab nur zwei Bahnsteige, verbunden durch eine unbeleuchtete, nach Urin riechende Unterführung. In der aus Kunststoff bestehenden Sitzfläche der Bank, die vor dem kleinen Bahnhofsgebäude stand, waren mit einer glosenden Zigarette unzählige kleine, schwarze Löcher gebrannt worden.

Der Fahrdienstleiter war höflich, tat aber sehr geschäftig. Er konnte sich nicht an Onkel Albert erinnern und zuckte nur mit den Schultern.

Stefan wandte sich dem Hauptplatz zu. Den Blicken der Menschen, die ihm begegneten, war zu entnehmen, dass sie nicht oft einen verschwitzten Wanderer mit Rucksack und Bergschuhen in ihrer Ortschaft sahen. Vor einer kleinen Bar saßen ein paar ältere Männer, gut gekleidet in hellen Hemden und dunklen Hosen, beisammen und spielten Karten. Der Wirt lehnte am Türstock zum Eingang der Bar und beteiligte sich an ihrem Gespräch. Stefan setzte sich an einen freien Tisch und bestellte einen Cappuccino und ein Stück Torte. Auch der Wirt konnte sich nicht daran erinnern, Onkel Albert und seine Freundin im September des Vorjahres gesehen zu haben.

Schon längst hatte Stefan beschlossen, nicht sofort nach Wien zurückzufahren. Er wollte unbedingt bei Giulia am Santnerhof übernachten.

»Hast du dich in Giulia verliebt?«, fragte er sich selbst. Er gab sich nicht sogleich eine Antwort. Schließlich forderte er sich selbst auf: »Gib es zu!« und antwortete mit einem schwachen Kopfnicken.

Es fuhr noch ein Bus über das Stomserjoch nach Oberstoms. Einige Minuten vor der Abfahrt stellte sich Stefan mit seinem Rucksack zur Haltestelle. Ihr schon betagtes Blechschild wirkte auf ihn wenig vertrauenserweckend. Dennoch kam der Bus und er war nur wenige Minuten verspätet. Zwei alte Frauen stiegen aus. Der Bus war fast leer. In vielen engen, schmalen, in den Fels gehauenen Serpentinen und durch unbeleuchtete, enge Tunnel führte die Straße aus dem Fornotal auf das Stomserjoch hinauf. Auf der Passhöhe machte der Busfahrer eine kleine Rauchpause.

Dunkle Nebelschwaden zogen über die Passhöhe. Hier oben war von der Schwüle des Tales nichts zu bemerken. Seit einigen Jahren wurde die Zollstation nicht mehr benötigt. Einsam ragte das Gebäude in den Nebel hinein. Die meisten der kleinen Buden, bei denen man Andenken und Ansichtskarten kaufen konnte, hatten heute schon geschlossen. Nur das röhrende Geräusch der Motorräder, die über den Pass rasten, unterbrach die Stille.

Dann ging es in rasanter Fahrt in großen, weiten Kurven durch von Bächen durchzogene Almwiesen und hohe Lärchenwälder nach Oberstoms hinunter. Nach dem Aussteigen spürte er sofort wieder die unnatürlich feuchtwarme Luft dieses Sommerabends. Hinter den Berggipfeln stand im Südwesten eine schwarze Wolkenwand. Bis die Gewitter losbrechen würden, war noch Zeit und Stefan machte sich sofort auf den Weg zum Santnerhof. Im Wald wurde es bald ziemlich dunkel und es war von Vorteil, dass er den Weg erst vor kurzem gegangen war.

Als Stefan die große Wiese erreichte, an deren anderem Ende der Santnerhof lag, begann es auch hier finster zu werden. Beinahe wäre Stefan auf der falschen Seite der kleinen Kapelle vorbeigegangen. Schließlich sah er zwei hell erleuchtete Fenster des Santnerhofes und hielt auf sie zu. Schon von weitem konnte Stefan hören, dass Giulia ihren Gesang auf einem Klavier begleitete. Er blieb stehen und lauschte gebannt. Eines der Fenster verdunkelte sich kurzzeitig, dann das zweite. Es sah aus, als befände sich eine Person zwischen Stefan und dem Hof, die beim Vorübergehen für kurze Zeit die Fenster verdeckt hatte. Musik war nicht mehr zu vernehmen. Kein Lufthauch bewegte sich. Die Grillen zirpten und in weiter Ferne hinter den Bergen war Wetterleuchten zu sehen. Vorsichtig näherte sich Stefan dem Gebäude. Er konnte aber niemanden entdecken. Es gab keine Glocke an der Tür. So klopfte Stefan mit den Knöcheln seiner rechten Hand fest gegen das Holz. Zunächst rührte sich nichts, doch dann hörte er Schritte durch den Gang herbeikommen. Die Tür wurde aufgesperrt und Giulia stand vor ihm, ein Gewehr in beiden Händen.

»Bin ich froh, dass du das bist«, sagte Giulia. »Komm herein!«

»Gerne.«

Stefan trat ein und sie sperrte hinter ihm ab.

»Ich bin ängstlich geworden«, meinte sie entschuldigend, das Gewehr wieder auf seinen Platz in den Wohnzimmerschrank stellend.

»Was möchtest du trinken?«, fragte sie, während er ihr in die Küche folgte.

»Apfelsaft gespritzt, bitte.«

»Du schaust sehr müde aus«, bedauerte ihn Giulia, das Getränk bringend.

»Heute ist es drückend schwül«, antwortete Stefan, der sich in seinem verschwitzten Zustand gar nicht wohl fühlte.

»Heute Nacht wird es gewittern. Wenn die Unwetter vom Süden kommen, lassen sie uns nicht aus. Hast du in Raglio etwas erfahren?«, war Giulia neugierig.

»Nein, niemand kann sich an meinen Onkel erinnern.«

»Schade, es wäre interessant gewesen zu wissen, wohin sich die beiden abgesetzt haben.«

»Gibt es Neuigkeiten bei den Ermittlungen?«, wollte Stefan wissen.

»Nein, Martin Leitner und die Patzniks leugnen, mit dem Mord etwas zu tun zu haben. Die ganze Gegend wimmelt von Polizeibeamten, die nach dem Unbekannten mit dem Strohhut suchen. Er jedoch scheint vom Erdboden verschluckt zu sein.«

»Kann ich bei dir übernachten?«, fragte Stefan.

»Wo sonst?«, erwiderte Giulia lachend. »Wie wäre es mit einer Eierspeis mit hausgemachtem Speck?«

»Danke. Da sage ich nicht ›nein‹.«

Bald durchzog der Duft des bratenden Specks die Küche.

»Warum bist du nicht zu deiner Tante gefahren, wie du es vorhattest«, fragte Giulia, ein drittes Ei in die Pfanne gebend.

»Ich möchte wissen, wie die Untersuchungen von Chefinspektor Tuschnik ausfallen«, sagte Stefan anstatt: »Ich wollte dich unbedingt wieder treffen.«

»Ich glaube nicht mehr daran, dass sie den Mörder noch finden werden, doch es freut mich, dich so bald wiederzusehen.«

Sie stellte die Pfanne mit dem dampfenden Essen vor Stefan auf den Tisch.

»Mahlzeit.«

»Danke.«

Giulia nahm ihm gegenüber Platz. Stefan blickte genau in ihre dunklen Augen. Waren es nur Sekunden, für Stefan waren es Ewigkeiten.

»Was denkst du?«, fragte Giulia, gerade als er ihrem Blick ausweichen wollte.

»Dass du schöne Augen hast.«

»Nur die Augen«, spottete sie geschmeichelt.

»Du bist hübsch. Das weißt du ohnehin«, sagte Stefan, an ihr vorbeischauend.

»Man hört es aber immer wieder gern«, lachte Giulia.

»Sehr hübsch«, wiederholte Stefan.

Verlegen richtete sie ihre Haare mit den Händen, stand auf und meinte: »Du wirst duschen wollen. Ich werde alles herrichten.«

Rasch verließ sie die Küche. Stefan bekam das Zimmer, in dem er schon einmal übernachtet hatte. Hier oben im ersten Stock, der vollständig aus Lärchenholz gebaut war, war die Hitze des Tages gespeichert. Es roch nach warmem Holz. Das Badezimmer befand sich am Gang und, als Stefan frisch geduscht heraustrat, hörte er Giulia Klavier spielen. Er ging auf sein Zimmer und überlegte, ob er zu ihr gehen sollte. Er drehte das Licht aus und trat auf den Balkon hinaus. Es war stockdunkel und völlig windstill. Die Kuhglocken der weit entfernt lagernden Kühe waren nur schwach zu hören. Das Aufblitzen des näher kommenden Wetterleuchtens erhellte bereits die gesamte Landschaft.

Stefan beugte sich über das Geländer des Balkons. Alle Fenster des Hauses waren unbeleuchtet. Giulia musizierte also im Dunklen. Stefan kehrte in das finstere Zimmer zurück. Trotz der offenen Balkontür ging kein Luftzug durch den Raum. Als er sich entschlossen hatte, zu Giulia zu gehen, hörte sie zu spielen auf. Vielleicht ging sie zu Bett. Er setzte sich in den großen, alten Lehnsessel, beobachtete das Wetterleuchten und hoffte durch die Ruhe Abkühlung zu finden.

Hin und wieder glaubte er Schritte und das Öffnen und Schließen von Türen im Haus zu hören. Dann knarrten in der Nähe Holzbretter. Schlief Giulia über ihm oder im Nachbarzimmer? Es knarrte wieder. Stefan war sich sicher, das Geräusch kam vom Balkon. Leise stand er auf. Im Zimmer war es so dunkel, dass er nichts erkennen konnte. Beim Aufflackern des Wetterleuchtens erschienen nur Fenster und Balkontür als helle Rechtecke. Wieder knarrte es. Stefan ging zwei Schritte in Richtung Balkon. Ein Blitz erhellte die Nacht. Eine dunkle Gestalt stand reglos in der Türöffnung.

»Giulia«, flüstertet Stefan.

»Du schläfst noch nicht«, hörte er ihre Stimme näher kommen.

»Nein, ich warte auf eine Abkühlung.«

Plötzlich stieß Giulia gegen ihn, stolperte und wäre gefallen, wenn er sie nicht aufgefangen hätte. Stefan hielt sie in seinen Armen und, obwohl sie wieder sicher stand, ließ er sie nicht aus. Ihr Kopf musste ganz in seiner Nähe sein, denn der Duft ihrer frisch gewaschenen Haare drang in seine Nase. Deutlich spürte er die Beckenknochen unterhalb ihrer Taille.

Seine Hände bewegten sich nach oben, er erfasste kurz ihre Oberarme bei den Schultern. Vorsichtig griff er nach Ihrem Kopf, den er nicht sehen konnte. In den weichen Haaren konnte er mit der rechten Hand ihren Ohrring ertasten, seine linke lag auf ihrem Nacken und spürte die dünne Halskette. Er hob sie mit zwei Fingern ein wenig empor. Giulia rührte sich nicht. Weder konnte er ihren Atem spüren noch hören.

Langsam zog er ihren Kopf zu sich. Die Nasen berührten einander und dann glitten seine Lippen über ihre. Sanft nahm sie seine Hände von ihrem Kopf weg.

»Willst du morgen mit mir den Stomser Spitz besteigen? Durch die Nordwand. Es ist eine hübsche Kletterei«, fragte sie.

Stefan war überrascht und antwortete nicht sofort. Fernes Donnergrollen war zu hören.

»Es ist ein Dreier«, sagte Giulia schließlich.

»Ich weiß nicht, ob ich das packe«, zweifelte Stefan.

»Ich zieh dich schon hinauf.«

»Gut. Klettern wir«, entschloss sich Stefan gerne.

Überraschend erhielt er einen Kuss auf die rechte Wange und ihre Hand glitt über seinen Kopf und die rechte Schulter, beide kaum berührend.

»Dann bis morgen. Aufbruch fünf Uhr«, sagte sie. Nur am Knarren der Bretter konnte er feststellen, dass Giulia gegangen war. Das Donnergrollen war lauter geworden und die Blitze heftiger. Stefan ging auf den Balkon hinaus. Ein warmer Wind war aufgekommen und bewegte die Vorhänge. Das Unwetter tobte drüben in Italien auf der Südseite von Schwarzwand und Weißwand. Giulia behielt Recht. Wenig später überquerte es die Berge und brach in voller Wucht über das Santnertal herein. An Schlafen war erst zu denken, als sich die Naturgewalten zu beruhigen begannen.

»War es klug, mit Giulia eine Kletterpartie zu beginnen?«, war eine Frage, die er sich nicht stellen und schon gar nicht beantworten wollte. Er freute sich darauf und diese Freude wollte er sich durch nichts trüben lassen.

Am Stomser Spitz: 6. Juli

Dunkle Nebelfetzen hingen über dem Tal, als Stefan aufstand und auf den Balkon hinaustrat. Der Gipfel des Stomser Spitzes strahlte sonnenbeschienen. Die Luft war kühl und frisch. Das Vieh hatte sich in der Nähe des Hofes versammelt. Stefan packte seinen Rucksack für die Tagestour um.

Er trat hinaus auf den Gang und wäre beinahe über ein Paar Bergschuhe gestolpert. Giulia musste sie hier abgestellt haben. Sonst war ja niemand anwesend. Zufällig standen die Schuhe nicht hier, das war Stefan sofort klar. Er nahm sie in die Hand, drehte sie um und betrachtete ihre Sohlen. Ein Stollen der Sohle des linken Schuhes war abgebrochen. Rasend schnell jagten die Gedanken durch seinen Kopf. Giulia wusste also die ganze Zeit über, wo diese Schuhe versteckt waren. Mehr noch, ihr war natürlich auch bekannt, wer sich in der Nacht nach dem Mord in der Weißwandhütte versteckt hatte und in der Früh mit diesen Schuhen geflohen war. Außerdem wollte sie, dass Stefan das wusste. Er hatte kaum Zeit darüber nachzudenken, während er die Treppe hinunterstieg. Er hörte Giulia in der Küche arbeiten und trat ein. Ernst richtete sie sich vom Einpacken ihres Klettergurtes auf und die beiden blickten einander an. Sie will wohl wissen, was ich mir jetzt denke, schoss es durch seinen Kopf. »Was geht nun eigentlich in mir vor?«, fragte er sich selbst. Zu schweigen und einander anzustarren wurde unerträglich.

»Guten Morgen«, sagte Stefan, als wäre nichts geschehen. »Das Wetter sieht nicht so schlecht aus.«

Sie zögerte kurz mit der Antwort und meinte dann: »Es wird bestimmt ein schöner Tag werden. Dort liegt dein Seil, Klettergurt, Helm und die Karabiner.«

Sie deutete auf einen Sessel. Stefan begann, alles in seinen Rucksack zu packen, und sagte: »Das Gewitter war ganz schön heftig.«

»Wenn sie von Italien kommen, ist es immer so. Es hätte noch schlimmer kommen können. Gehagelt hat es nicht.«

»Wann werden wir wieder zurück sein?«

»Vermutlich am frühen Nachmittag.«

Stefan war über sich selbst erstaunt. Warum tat er eigentlich so, wie wenn nichts vorgefallen wäre? Tat er es nur, um die unvermeidliche Frage »Hast du Michael Pichler erschossen?« hinauszuschieben.

Sie brachen auf. Schweigend gingen sie über die vom nächtlichen Regen nassen Wiesen. Nach gut einer halben Stunde erreichten sie die andere Seite des Tales und den Fuß der Stomser Spitze. Während dieser Zeit hatte Stefan fieberhaft nach einem Ausweg gesucht. Ute durfte nicht Recht haben. Giulia konnte keine Mörderin sein. War es nicht viel wahrscheinlicher, dass es Hans gewesen war. Der Druck, der auf seiner Brust gelastet hatte, verschwand. Nur zu gern glaubte er, dass Hans Michael Pichler umgebracht hatte.

Steil ging es durch blühenden Almrausch bis zum Einstieg in die Wand hinauf. Die Sonne hatte die nächtlichen Gewitterreste aufgelöst und schien nun von einem fast wolkenlosen Himmel herab. Giulia ging voraus und legte ein Tempo vor, als wollte sie der ganzen Welt davonlaufen. Stefan kam ihr kaum nach.

Beim Fels angelangt drehte sich Giulia um und sagte: »Wie geht es? Bin ich zu schnell?«

Nachdem er Luft geholt hatte, meinte Stefan lachend: »Soll das eine neue Rekordzeit für die Begehung der Südwand des Stomser Spitzes werden?«

Verwundert bemerkte Giulia seine gute Laune. Sie legten die Ausrüstung an und los ging es.

Giulia kletterte voraus und Stefan folgte, von ihr gut gesichert. Geschickt wie ein Affe zog sie sich am Fels empor. Es war zunächst nicht übertrieben schwierig, aber die Route wurde immer ausgesetzter, die Blicke in die Tiefe immer schwindelerregender. Als Stefan wieder einmal zu Giulia aufgeschlossen hatte, meinte diese: »Jetzt kommt das Schlüsselstück. Wir müssen dort hinüberqueren, wo du den nächsten Haken siehst.«

Stefan sah mit steigender Furcht die wenigen Griffe, die der Fels hier bot.

»Das soll ein Dreier sein?«, fragte er Giulia entsetzt.

»Vielleicht ist es doch ein Vierer«, meinte Giulia. »Du schaffst es schon. Ich sichere dich ganz eng.«

Bevor Stefan noch etwas einwenden konnte, kletterte Giulia schon los. Ohne große Probleme überquerte sie den schwierigen Abschnitt. Sie sicherte sich selbst am Haken und rief zu Stefan hinunter: »Geht schon. Komm!«

Es ging zunächst überraschend einfach. Dann kam er zu einer Stelle, wo er keinen guten Griff für die rechte Hand fand. An der einzig brauchbaren Stelle konnte er nur drei Finger platzieren. Es war ihm zu riskant, diesen Griff zu verwenden. Er zögerte, blickte durch seine Beine in den bodenlosen Abgrund. Da begannen die angespannten Muskeln der Beine zu zittern. Wenn Giulia ihn jetzt allein ließ? Wenn Giulia ihn jetzt ausließ? Wenn seine Lösung des Mordes nur eine trügerische Hoffnung gewesen war? Er spürte, wie Giulia das Seil so stark einholte, dass er förmlich am Klettergurt hochgezogen wurde. Leider konnte er sie, auch wenn er hinaufblickte, nicht sehen.

»Los jetzt«, schrie Giulia von oben. »Ich halte dich schon. Vorwärts!«

Stefan hielt sich mit drei Fingern fest, ließ die Beine ein Stück die Wand emporgehen, spürte, wie die Kräfte in der Hand nachließen, schnellte rasch den linken Arm nach oben, fand dort einen festen Griff, holte die rechte Hand nach und fand auch für sie einen sicheren Halt. Die ganze Zeit hatte er gespürt, wie Giulia das Seil auf Zug hielt. Erleichtert erreichte er ihren Standplatz.

»Ich dachte schon, ich brauche einen Flaschenzug oder einen Hubschrauber«, meinte sie ernst. »Ich glaube, ich habe dich überschätzt.«

»Das glaube ich auch«, erwiderte Stefan und wischte sich den

Schweiß aus dem Gesicht.

Der Rest der Wand war nicht schwierig und sie erreichten ohne Probleme den Gipfel.

»Berg Heil«, sagte Giulia, als Stefan zu ihr zum Gipfelkreuz trat, und reichte ihm die Hand.

»Berg Heil«, erwiderte Stefan. Sich umblickend stellte er fest, dass der ebene Platz um das Gipfelkreuz sehr klein war. Überall ging es sofort steil bergab.

»Stomser Spitz, Spitze«, erklärte Giulia, die seine Blicke richtig gedeutet hatte.

»Wie schwierig ist der Abstieg?«, wollte Stefan wissen.

»Viel leichter.«

Beruhigt ließ sich Stefan neben Giulia nieder.

»Schön, dass du mir trotzdem vertraut hast«, sagte Giulia nach einer Weile.

»Was heißt trotzdem?«

»Hast du dir die Schuhe nicht angesehen, die ich vor deine Türe gestellt habe?«

»Doch, es sind die Schuhe mit dem Fehler auf der Sohle.«

»Du bist von einer Mörderin gesichert worden.«

Stefan konnte ihrem Tonfall nicht entnehmen, ob das eine Feststellung oder eine Frage sein sollte. Scharf betrachtete ihn Giulia dabei.

»Du hast Michael Pichler nicht ermordet«, sagte Stefan. »Ich weiß das.«

Ein Lächeln der Erleichterung glitt über ihre Lippen.

»Ich habe dich gern, Stefan.«

Giulia rückte zu ihm und lehnte sich mit ihrer Schulter gegen die seine.

»Ich dich auch«, erwiderte Stefan.

»Ich hatte Angst, du würdest mich auch lieben, wenn ich eine Mörderin wäre. Das wollte ich nicht.«

»Nein, ich liebe dich. Du bist keine Mörderin.«

»Aber ich wollte Michael Pichler ermorden.«

»Du hast es aber nicht getan. Du hast die Hütte in seinen Schuhen verlassen?«

»Ja, ich war das.«

»Wo hast du dich versteckt?«

»An die Hütte ist ein Vorratstraum angebaut, den man von der Küche aus durch eine kleine Tür betreten kann. Dort habe ich fast den ganzen Tag und die Nacht verbracht.«

»Warum wolltest du ihn töten?«

»Ute und Kurt haben völlig Recht. Michael wollte das gesamte obere Santnertal an Kurt und die Liftgesellschaft verkaufen. Er war ein echter Mistkerl. Kaum hatte ihm mein Vater das Tal überschrieben, zeigte er sein wahres Gesicht.«

»Woher wusstest du das?«

»Zufall, purer Zufall. Gegen Ende August hatte Vater Michael für drei Tage auf der Hütte abgelöst. Michael hatte sich einen Fuß verstaucht und musste zum Arzt. Anschließend verbrachte er zwei Tage bei Lena und Giovanni. Es war am Vormittag. Michael war hinaus auf die Weiden gegangen, um nach dem Vieh zu sehen, und ich war wenig später zur Kapelle gegangen um zu beten. Es war Mutters Sterbetag. Er muss sich von der anderen Seite der Kapelle genähert haben, ohne dass wir einander sahen. Auf jeden Fall hörte ich plötzlich ein Handy läuten. Michael war schon so nahe, dass ich jedes Wort des folgenden Gespräches verstand. Er wollte mit Kurt am 1. September am Vormittag auf der Schwarzen Lenke über den Verkauf verhandeln. Nach dem Telefongespräch entfernte er sich wieder, ohne dass wir einander sahen. Ich konnte es kaum fassen. Er wollte gegen den Willen seiner Frau und seines Schwiegervaters einfach das Tal verkaufen. Ich wusste nicht, was ich tun sollte. Ich wollte weder meinen alten Vater noch meine Schwester mit dieser Schweinerei belasten. Rasch kam der 1. September. Ich wusste, dass zu dieser Zeit am Vormittag vermutlich keine Bergwanderer mehr bei der Hütte weilten, und beschloss hinaufzusteigen und Michael zu erschießen. Meinem Vater und Lena sagte ich nur, dass ich die Überschreitung vom Stomser Spitz zum Santnerhorn machen wollte. Als ich bei der Hütte ankam, war sie leer. Michael war also tatsächlich zu den Verhandlungen zur Schwarzen Lenke aufgestiegen. Ich saß in der Küche, die Pistole meines Vaters in der Hand und wartete auf seine Rückkehr. Dann betrat jemand die Hütte. Ich hörte die humpelnden Schritte am Gang und wusste, dass es Michael war. Er hatte sich beim Aufstieg zur Weißwandhütte einen Fuß verstaucht. Plötzlich kam es mir sehr sonderbar vor, dass ich ihn hatte erschießen wollen. Es gab kein anderes Versteck als diesen Vorratsraum. So flüchtete ich dorthin. Ich hörte ihn die Küche betreten und fluchen, warum das Funkgerät solange benötigte, um in Betrieb zu gehen. Dann fiel ein Schuss. Ich hörte Michael noch »Du, verdammtes Schwein« sagen, dann war es ganz still. Zunächst wagte ich mich nicht aus meinem Versteck heraus. Nach zwei, drei Minuten fasste ich den Entschluss, den Raum zu verlassen. Da hörte ich wieder Geräusche neben mir in der Küche. Als auch diese schon einige Zeit verstummt waren, öffnete ich vorsichtig die Tür und sah den erschossenen Michael und die geleerte Kasse. Er bot einen grässlichen Anblick. Wer hatte ihn erschossen? Ich ging hinauf zu den Lagern, blickte aus einem der Fenster vor die Hütte und sah Hans Richtung Santneralm hinunterlaufen. Da fiel mir erst ein, dass vielleicht auch er das Telefongespräch gehört hatte, dass Michael mit Kurt Sonnhofer geführt hatte, denn kaum war Michael von der Kapelle wieder weggegangen, war Hans bei mir aufgekreuzt. Da er nichts sagte, nahm ich an, dass er nichts mitbekommen hatte. Er muss aber alles mit angehört haben. Verstehst du, Stefan. Er hat Michael erschossen. Er hätte niemals zugelassen, dass jemand seine Santneralm verkauft.«

»Hans?«, meinte Stefan nachdenklich.

»Ja, es war Hans, den ich niemals verraten werde.«

»Ich auch nicht.«

»Ich wollte ihm nachlaufen. Da hörte ich Stimmen von Wanderern, das Ehepaar Patznik näherte sich der Hütte. Ich sah die Pistole, die ich noch immer in meiner Hand hatte, dachte an die

Leiche und verlor vollkommen meine Fassung. Ich lief ins Haus zurück und versteckte mich wieder im Vorratsraum. Als endlich alle schlafen gegangen waren, konnte ich wegen des Unwetters die Hütte nicht verlassen. In der Morgendämmerung wollte ich flüchten. Ich war schon dabei, das Haus zu verlassen, da wurde mir klar, welche verräterische Spur ich im Schnee hinterlassen würde. Ich steckte meine Schuhe in den Rucksack, zog die von Michael an und lief Richtung Santneralm hinunter, immer in der Angst, jemand auf der Hütte könnte früh aufstehen und mich sehen. Schließlich machte ich eine Kurve hinauf zur Schwarzwand, um mögliche Verfolger irrezuführen. Vater und Lena sagte ich nur, dass ich wegen des Schlechtwetters biwakiert hätte.«

Erschöpft vom Klettern hatte sich Stefan während der Erzählung von Giulia ausgestreckt und seinen Kopf auf seinen Rucksack gelegt. Jetzt, wo sie geendet hatte, ließ sich Giulia neben ihm nieder und legte ihren Kopf auf seine Brust.

»Hoffentlich kommen sie niemals dahinter, dass es Hans gewesen ist.«

»Hattest du keine Sorge, dass sie Kurt Sonnhofer wegen Mordes verurteilen könnten.«

»Ich wusste, dass er es nicht war, und vertraute auf die Fähigkeiten unserer Polizei. Schließlich haben sie ihn ja auch wieder freigelassen.«

»Und, wenn nicht?«

»Dann hätte ich Hans verraten müssen.«

Die Hände von Stefan spielten mit ihren gelockten, schwarzen Haaren.

»Warum hast du die Schuhe nicht einfach irgendwo weggeschmissen?«

»Ich hatte zu viel Angst, dass mich dabei jemand beobachten könnte. Ich versteckte sie einfach in meinem Kasten.«

»Ich glaube, wir sollten sie vernichten, verbrennen…«, überlegte Stefan.

»Vielleicht. Ich habe Angst, Angst vor dem Unbekannten mit

dem Strohhut«, flüsterte Giulia.

»Warum?«

»Er sucht die Schuhe. Auf der Hütte hat er schon nachgesehen, bei Hans auf der Alm auch … Oh Gott, in all der Aufregung habe ich vergessen, die Schuhe wieder zu verstecken. Sie stehen noch auf dem Gang.«

Wie von einer Tarantel gestochen war Giulia aufgesprungen.

»Wir müssen sofort hinunter, die Schuhe verstecken. Schnell, schnell.«

Stefan blickte zum Santnerhof hinunter. Auf die große Distanz war mit freiem Auge nichts Auffälliges zu erkennen. Rasch kletterten sie die kurze Ostwand hinunter, von wo ein nicht markierter Pfad ins Santnertal hinunterführte. Sie liefen, so schnell es die Kräfte zuließen, und in weniger als einer Stunde hatten sie den Talboden erreicht. Stefan bemerkte als Erster die beiden Geländewägen, die neben dem Santnerhof parkten, und machte Giulia drauf aufmerksam.

»Zu spät«, rief Giulia verzweifelt und lief noch schneller. Als sie sich dem Eingang des Hauses näherten, öffnete Chefinspektor Tuschnik die Tür.

»Herzlich Willkommen. Wir warten schon die ganze Zeit auf Sie. War es schön auf dem Gipfel?«

»Was ist denn los?«, wollte Stefan atemlos wissen.

»Sollten Sie nicht bereits bei Ihrer Tante sein? Kommen Sie nur herein! Sie werden gleich alles erfahren.«

Stefan und Giulia betraten zusammen mit Chefinspektor Tuschnik die Stube. Dort saßen drei Polizeibeamte, Hans und ein Mann, den Stefan nicht kannte, um den Tisch. Auf diesem lagen die Bergschuhe mit der fehlerhaften Sohle, ein Strohhut, eine Pistole und ein Gewehr.

»Servus, Giulia«, sagte der Unbekannte. An der Stimme erkannte Stefan sogleich den nächtlichen Besucher von Ute und erinnerte sich an das Gespräch, das er vom Garten aus belauscht hatte.

»Servus, Kurt. Das ist eine Überraschung«, erwiderte Giulia

und zu Stefan meinte sie erklärend: »Kurt Sonnhofer. Er ist nicht mehr in Südafrika.«

»Ich bin schon länger hier«, meinte Kurt Sonnhofer lächelnd und setzte demonstrativ die Sonnenbrille und den Strohhut auf. Der Fremde war also der Bruder von Ute, stellte Stefan erstaunt fest.

»Setzen Sie sich doch!«, schlug Chefinspektor Tuschnik vor und Giulia und Stefan folgten seiner Aufforderung.

»Es ist viel passiert, während Sie beide auf den Stomser Spitz geklettert sind. Ich werde Ihnen kurz berichten. Wie schon vorgestern auf der Weißwandhütte angekündigt, haben wir alles daran gesetzt, den Fremden mit dem Strohhut zu stellen. Gestern war er wie vom Erdboden verschluckt. Heute kam er in aller Früh vom Fuß der Schwarzwand herunter. Er muss dort genächtigt haben.«

»In einem Zelt hinter ein paar Felsbrocken«, fügte Kurt Sonnhofer hinzu.

»Zunächst«, fuhr Chefinspektor Tuschnik fort, »wollte ich ihn gleich festnehmen lassen. Dann dachte ich mir, schauen wir doch, was er vorhat. Er näherte sich dem Santnerhof und wartete in der Nähe, bis Sie beide zum Stomser Spitz aufbrachen. Kaum waren Sie außer Sichtweite, kletterte er auf den Balkon hinauf und stieg in den Santnerhof ein. Der Zeitpunkt zum Einschreiten war gekommen. Wir nahmen den Fremden fest. Zu unserer Überraschung sahen wir, dass wir Kurt Sonnhofer gefasst hatten. Vielleicht erzählen Sie selbst, warum Sie hier einbrechen wollten.«

»Ich wollte die Schuhe mit dem fehlerhaften Profil. Mit diesen Schuhen kann man nämlich den Mörder von Michael Pichler finden. Die Polizei hatte mich zwar voriges Jahr mangels Beweisen freigelassen, aber in St. Oswald hielten mich noch immer viele für einen Mörder. Zunächst dachte ich, ich könnte in Südafrika ein neues Leben beginnen. Da ich nicht zu Land und Leuten passte, kehrte ich heimlich zurück und nahm mir vor, den Mörder zu finden. Für mich gab es nur zwei Verdächtige. Martin Leitner, den Wirt der Kienseehütte, und jemand aus der Familie Santner. Entweder war Michael Pichler aus Geldgier ermordet worden, dann war es Martin Leitner, oder er war ermordet worden, weil er das Tal verkaufen wollte, dann war es jemand aus der Familie Santner. In den Santnerhof einzusteigen, schien mir die einzige Möglichkeit zu sein, diese Schuhe zu finden, wenn sie nicht ohnehin schon längst irgendwo entsorgt worden waren.«

»Wir haben uns dann ebenfalls ein bisschen im Haus umgesehen«, setzte Chefinspektor Tuschnik fort. »Es war nicht schwer, die Schuhe zu finden. Sie standen einfach auf dem Gang. Sie waren nicht einmal versteckt.«

Verwundert schüttelte er den Kopf und blickte Giulia an, die aber schwieg.

»Ich werde für diese Einbrüche bestraft werden. Das ist der Preis dafür, dass endlich alles ans Tageslicht kommt. Einer von der Familie Santner hat Michael erschossen«, meinte Kurt Sonnhofer stolz und zufrieden.

»Langsam, langsam, junger Freund, mischen Sie sich nicht in meine Ermittlungen ein!«, sagte Chefinspektor Tuschnik unwillig und dann setzte er zu Giulia gewandt fort: »Da Ihr Onkel Hans wenig mitteilsam ist - er wollte uns nicht einmal erklären, warum er heute zum Santnerhof abgestiegen ist - würde ich gerne von Ihnen wissen, wie diese Schuhe in den Santnerhof gelangt sind.«

»Ich habe die Schuhe auf den Santnerhof gebracht und sie hier verwahrt«, antwortete Giulia.

»Jetzt brauchst du nur noch erzählen, du hast sie irgendwo am Wegrand zwischen den Latschen gefunden und sie haben dir so gut gefallen«, höhnte Kurt Sonnhofer.

»Bitte, Sie halten jetzt Ihren Mund!«, rief Chefinspektor Tuschnik laut und verärgert. »Rasten Sie sich lieber aus. Ich habe auch an Sie noch eine heikle Frage.«

»Nein, ich habe die Schuhe von Michael nicht gefunden«, begann Giulia wieder und dann erzählte sie alles, was sie Stefan auf dem Gipfel des Stomser Spitzes berichtet hatte. Nur, dass sie Hans weglaufen gesehen hatte, ließ sie aus.

»Und keine Ahnung, wer der Schütze gewesen sein könnte?«, fragte Chefinspektor Tuschnik nach. Giulia schüttelte den Kopf.

»Natürlich hat der große Unbekannte geschossen«, konnte sich Kurt Sonnhofer nicht zurückhalten.

»Noch ein Wort und Sie fahren gleich auf das Hauptkommissariat«, drohte Chefinspektor Tuschnik und Kurt Sonnhofer schwieg.

»Könnte es nicht sein, dass doch Sie selbst geschossen haben?«, wandte sich Chefinspektor Tuschnik wieder Giulia zu.

»Nein, sicher nicht. Ich habe mit dieser Pistole nicht geschossen.«

»Das wissen wir. Die Munition der tödlichen Schüsse stammt weder aus dieser Pistole ihres Vaters noch aus seinem Jagdgewehr.«

»Weil ich nicht geschossen habe.«

»Sie haben mit einer anderen Waffe gemordet«, blieb Chefinspektor Tuschnik hart. Stefan spürte, dass Tuschnik Giulia nicht glauben wollte.

»Habe ich nicht. Woher sollte ich eine andere Waffe haben?«, empörte sich Giulia und zu Stefan meinte sie: »Der glaubt mir kein Wort.«

»Keine Ahnung. Das würde ich gerne von Ihnen wissen, woher Sie die Waffe hatten«, blieb Tuschnik seiner Linie treu.

»Wo soll die Waffe jetzt sein?«, fragte Giulia. »Haben Sie diese auch in unserem Haus gefunden?«

»Nein, Sie haben sie sicher gut versteckt. Vielleicht in einer Gletscherspalte am Weißkees oder...«

»Giulia hat Michael nicht getötet«, warf Stefan ein.

»Halten Sie sich aus dieser Sache heraus! Sie sind so verliebt, dass Sie blinder als blind sind«, sagte Tuschnik oberlehrerhaft zu Stefan und wieder zu Giulia gewandt fuhr er fort: »Geben Sie es zu. Sie haben Michael erschossen. Es hat doch keinen Sinn, es zu leugnen.«

»Ich war es aber nicht. Ich war es nicht«, wiederholte Giulia und ihre Augen blickten böse auf den Chefinspektor. »Sie werden schon beweisen müssen, dass ich es war.«

»Wir haben ganz andere Kaliber als Sie klein bekommen«, lachte Tuschnik.

Plötzlich stand Hans Santner auf und öffnete seinen Mund. Noch bevor ein Laut herausdrang, rief Giulia entsetzt: »Hans, Hans, sei still!«

Hans jedoch hörte nicht auf Giulia und sagte: »Ich habe Michael Pichler erschossen, während Giulia sich versteckt hatte.«

»Hans, warum sagst du das?«, war Giulia verzweifelt.

»Mit welcher Waffe?«, fragte Tuschnik, und man sah es ihm an, dass er an der Aussage von Hans zweifelte.

»Mit der Tatwaffe«, sagte Hans ganz ernst.

»Woher hatten Sie denn die Waffe?«, forschte Tuschnik.

»Am Markt in Raglio habe ich sie von einem Afrikaner gekauft und nach dem Mord habe ich sie in eine Gletscherspalte geworfen«, kam es ungewöhnlich fließend über seine Lippen, wie wenn er es auswendig gelernt hätte.

»Warum tut er das? Warum gibt er es zu?«, wandte sich Giulia fast weinend an Stefan, der nur mit den Achseln zucken konnte.

»Wenn man Ihnen zuhört, könnte man wirklich glauben, Ihr Onkel sei der Mörder. Jetzt kenne ich mich überhaupt nicht mehr aus«, blätterte Tuschnik verwirrt in seinem Notizblock. »Ich werde sie alle auf dem Hauptkommissariat einzeln so lange verhören, bis die Wahrheit ans Licht kommt. Da können sie Gift darauf nehmen. Jetzt noch einmal zu Ihnen, Herr Sonnhofer. Warum wollten Sie Herrn Etnom töten? Warum haben Sie sein Seil vom Haken gelöst? Weil er der Freund von Giulia ist?«

»Das habe doch nicht ich getan«, empörte sich der Angesprochene.

»Aber Hans Santner hat Sie dort gesehen?«, ließ Tuschnik nicht locker.

»Sicher. Ich wollte das Seil wieder befestigen.«

»Wieder befestigen?«, fragte Tuschnik ungläubig.

»Ich habe gesehen, wie Bergführer Brondi das Seil vom Haken

gelöst hatte. Ich lief hin, um das Seil wieder anzuknoten, um ein Unglück zu verhindern. Plötzlich sah ich Hans Santner heraneilen. Ich wollte auf keinen Fall enttarnt werden und bin auf und davon.«

»Das glaubt dir keiner«, sagte Hans.

»Brondi, Brondi, Brondi soll das gewesen sein«, wiederholte Tuschnik den Namen des Bergführers. »Das scheint mir doch sehr unwahrscheinlich. Wegen Irreführung der Behörde bringt man doch niemanden um. Mit Brondi werden wir auch noch reden.«

»Und es war doch Brondi«, wiederholte Kurt Sonnhofer zu Stefan gewandt. »Ich sage dir, es war Brondi.«

»Genug, genug«, rief ein sichtlich genervter Chefinspektor Tuschnik und zu Stefan meinte er: »Herr Etnom. Sie werden in Kürze allein vor dem Santnerhof stehen. Wir fahren jetzt ins Hauptkommissariat und nehmen Fräulein Santner, ihren Onkel und Kurt Sonnhofer mit. Dort nehmen wir die Aussagen zu Protokoll und dann werden wir sehen, was der Staatsanwalt dazu sagt.«

Der Abschied von Giulia fiel kurz aus.

»Mach dir keine Sorgen. Ich war es nicht. Mir kann nichts passieren«, flüsterte Giulia Stefan schnell zu, als sie aufbrechen musste, und drückte ihm fest die Hand.

Wenige Augenblicke später waren die beiden Autos abgefahren und Stefan stand tatsächlich allein vor dem Santnerhof. Er brauchte nicht lange, um zu entscheiden, was er nun tun sollte. Er marschierte zur Weißwandhütte hinauf, um Giulias Vater Sepp Santner und ihre Schwester Lena von den Vorfällen zu informieren. Die gewitterträchtige Luft war abgezogen. Nur ein paar harmlose, weiße Schönwetterwolken hatten sich gebildet. Während er in der immer tiefer stehenden Nachmittagssonne hinaufstieg, hatte er Zeit, über die jüngsten Vorfälle nachzudenken. Immer wieder ließ er die Geschehnisse rund um die Ermordung von Michael Pichler wie in einem Film vor sich ablaufen. Plötzlich, während er an der Hütte auf der Santneralm vorbeiging, dachte er, dass auch alles ganz anders gewesen sein könnte. Warum war er auf diese Idee nicht schon viel früher gekommen? Je länger er über seine neue Erkenntnis nachdachte, umso sicherer wurde er sich seiner Sache.

Gegen Abend erreichte Stefan die Weißwandhütte. Da das schöne Wetter auch an den folgenden Tagen anhalten sollte, war die Hütte mit Bergsteigern überfüllt. Auch Bergführer Brondi saß in der Gaststube und Stefan konnte ihn ungestört beobachten. Sepp Santner und Lena waren so beschäftigt, dass Stefan zunächst keine Möglichkeit sah, das Geschehene zu berichten. Er musste lange warten. Als außer Stefan nur noch Brondi und seine Kundschaft in der Stube saßen, holte ihn Lena in die Küche.

»Ich habe Giovanni noch schnell zu Bett bringen müssen. Kommst du von Giulia?«, fragte sie ihn, während sie eine riesige Pfanne reinigte, die zum Zubereiten von Kaiserschmarren gedient hatte. Stefan nickte.

»Wie geht es Giulia?«, fragte Sepp Santner, der sich müde vom anstrengenden Abend mit einem Bier hingesetzt hatte.

»Schlecht«, antwortete Stefan, der nicht recht wusste, wie er das Vorgefallene erzählen sollte.

»Warum?«, lachte Lena, »Geht ihr die Arbeit ab?«

»Nein, Chefinspektor Tuschnik glaubt, dass Giulia deinen Mann ermordet hat.«

»Mach keine blöden Witze!«

Lena ließ die Pfanne mit dem Kaiserschmarren stehen, trat zu Stefan, und seinen Blick scharf musternd, wusste sie sofort, dass es ernst war. Sie schloss die Durchreiche in die Stube.

»Spinnt dieser Tuschnik völlig. Wie kommt er auf eine solche Idee?«, meinte sie entsetzt. Stefan erzählte, was ihm Giulia berichtet hatte und was untertags geschehen war. Währenddessen ging Lena aufgeregt im Zimmer auf und ab und Sepp Santner sackte immer mehr in sich zusammen.

»Weder Giulia noch Hans haben Michael umgebracht«, sagte Lena, nachdem Stefan geendet hatte, bleich und ernst.

»Michael hat unser Tal verkaufen wollen. Ist es doch wahr?«, sprach Sepp Santner ganz langsam vor sich her.

»Ich habe es lange vor Giulia gewusst«, sagte Lena. »Den ganzen Sommer habe ich mit Michael darüber gestritten. Er wollte unbedingt den oberen Teil des Tales an die Liftgesellschaft verkaufen. Er träumte von den Gewinnen, die die Weißwandhütte als Schihütte abwerfen würde. Ich wollte einem Verkauf auf keinen Fall zustimmen. Schließlich drohte er mir Ende August, er würde einfach seinen Anteil verkaufen. Ich wusste nicht, was ich tun sollte. Ich konnte mit niemand darüber sprechen, so sehr genierte ich mich wegen des Plans von Michael. Wie hatte ich ihn nur heiraten können? Zuletzt kam es zu einem fürchterlichen Streit. Ich drohte ihm sogar mit der Scheidung. Er stieg wieder hinauf zur Hütte und drei Tage später war er tot, ermordet. Meine Probleme hatten sich auf tragische Art gelöst.«

Lena hatte Tränen in den Augen. Ihr Vater war zu ihr getreten und hatte sie sanft in die Arme genommen.

»Lena, warum hast du mir nichts erzählt?«

»Ich konnte dir das nicht antun und, wie er tot war, dachte ich mir, es ist besser, wenn niemand etwas von unserem Streit erfährt. Giulia ist so impulsiv. Ich kann mir gut vorstellen, wie sie mit der Pistole auf Michael gewartet hat. Dabei kann sie kaum einer Fliege etwas zu Leide tun. Und Hans? Giulia hat wirklich gedacht, Hans hätte Michael getötet.«

»Das dachte sie die ganze Zeit«, bestätigte Stefan.

»Sie wird so lange in diesen Opern mitspielen, bis sie überall nur noch Mord und Totschlag sieht«, meinte Sepp Santner. »Sie kann gar nicht mehr Spiel und Wirklichkeit voneinander trennen. Hans könnte niemals jemand töten.«

»Fragt sich nur, wer es gewesen ist«, dachte Lena laut. »Es war jemand, den Michael sehr gut kannte. Sonst wären Michaels letzte Worte nicht ›Du verdammtes Schwein‹ gewesen. Vielleicht war es doch Martin Leitner oder Kurt Sonnhofer oder…«

Stefan zuckte mit den Schultern.

»Glaubst du, dass Giulia oder Hans nach ihrer Vernehmung verhaftet werden?«, wollte Sepp Santner wissen. »Sollen wir ihnen einen Anwalt besorgen?«

»Sie sind unschuldig. Sie brauchen keinen Anwalt«, empörte sich Lena.

»Es liegt am Staatsanwalt, ob es einen Haftbefehl gibt. Ich weiß es nicht. Keine Ahnung«, meinte Stefan ratlos.

Das Funkgerät meldete sich. Es war Giulia.

»Ist Stefan bei euch«, waren ihre ersten Worte.

»Ja, er hat uns alles erzählt«, erwiderte Lena.

»Tut mir Leid, dass du alles über Michael erfahren musstest«, hörte man Giulias Stimme traurig.

»Giulia, mach dir keine unnötigen Sorgen. Ich habe das alles lange vor dir gewusst. Wo bist du jetzt?«, fragte Lena.

»Wieder auf dem Santnerhof.«

»Und Hans?«

»Gegen Hans ist ein Haftbefehl verhängt worden. Er ist bei seiner Aussage geblieben, dass er Michael ermordet hat. Ich konnte leider nicht mehr unter vier Augen mit ihm sprechen.«

»Giulia, du denkst doch nicht, dass Hans Michael ermordet hat«, meinte Sepp Santner, der zum Funkgerät getreten war.

»Ich bin mir nicht mehr sicher. Ich dachte immer, dass er es in einem Anfall von Zorn getan hat.«

»Aber doch nicht Hans«, schüttelte Sepp seinen Kopf.

»Warum gibt er es dann zu?«

»Weil er dich beschützen will. Vermutlich hat er die ganze Zeit gedacht, du hättest den Mord begangen.«

»Wir müssen den Mörder finden«, klang Giulias Stimme fordernd.

»Wirst du morgen zur Hütte heraufkommen?«, erkundigte sich Lena.

»Nein, ich darf nicht. Ich habe die Auflage, den Santnerhof nicht zu verlassen. Stefan, steigst du zu mir ab?«

»Gleich morgen in der Früh komme ich zu dir.«

»Dann bis morgen. Gute Nacht.«

Sepp Santner, Lena und Stefan überlegten noch lange, wer der Mörder sein könnte. Stefan erzählte ihnen jedoch nichts von seinem neuen Verdacht. Da die ersten Bergsteiger, die auf die Weißwand wollten, noch vor dem Morgengrauen mit Frühstück zu versorgen waren, beendete man die erfolglosen Überlegungen schließlich und ging zu Bett. Als Stefan den Gastraum mit einer Notmatratze in der Hand betrat, stellte er überrascht fest, dass hier noch immer ein Gast saß, Giacomo Brondi.

»Kein Platz mehr auf dem Lager?«, meinte dieser im Aufstehen.

»Nein, alles belegt.«

»Gute Nacht. Ich stehe morgen schon gegen vier Uhr auf. Wir machen die Überschreitung der Weißwand.«

Mit diesen Worten ließ Brondi Stefan allein.

Am Gardasee: 7. Juli

Tatsächlich wurde Stefan schon knapp vor vier Uhr aus dem Schlaf gerissen. Noch im Finstern, nur im Schein seiner Stirnlampe, eilte er zur Santneralm hinunter. Kurz vor sieben Uhr hatte er den Santnerhof erreicht. Als ihn Giulia kommen sah, eilte sie ihm entgegen und fiel ihm um den Hals. Sie küssten einander, doch für Zärtlichkeit war nicht viel Zeit.

»Vielleicht kannst du zu Hans fahren und ihn besuchen«, lag es Giulia auf der Zunge, aber Stefan erklärte ihr, was er vorhatte. Er nahm ihren Wagen und fuhr auf dem Güterweg nach Obertstoms hinunter und über das Stomserjoch nach Raglio. Weiter ging es nach Parcello und schließlich erreichte er durch ein enges Tal Tablione. Der Ort lag am Ende eines Tales, beherrscht von den Südwänden der Weißwand. Er parkte das Auto auf dem Hauptplatz bei der Kirche. Die Tische, die vor der Pizzeria im Freien standen, waren mitten am Vormittag nicht besetzt. Der Inhaber saß neben dem Eingang auf einem Stuhl und las eine Zeitung. Stefan setzte sich in seine Nähe und bestellte einen Kaffee.

»Voriges Jahr war ich dort oben auf der Weißwand«, Stefan zeigte auf den Gipfel.

»Das ist mir zu anstrengend. Ich war noch nie dort oben«, lachte der Wirt, ohne von der Zeitung aufzublicken.

»Ich bin in Begleitung von Giacomo Brondi von der Weißwandhütte aus hinaufgestiegen«, fuhr Stefan fort.

»Ach, Brondi«, der Mann legte die Zeitung zur Seite. »Der wohnt hier bei uns. Ein ausgezeichneter Bergführer, ein harter Bursche.«

»Ich möchte zu ihm, eine Tour buchen.«

»Er wohnt gleich in der Gasse hinter der Kirche in dem gelben Haus. In der Hochsaison ist er selten zu Hause. Besser, Sie rufen an!«

»Kein leichtes Leben für seine Frau, wenn sie im Sommer so oft

allein sein muss«, meinte Stefan.
»Brondi ist nicht verheiratet. Er hat eine Freundin am Gardasee, Gina. Dort verbrachte er in den letzten Jahren die Winter.«
»Er muss bei Frauen ein begehrter Mann sein«, fuhr Stefan fort. »Schließlich ist er groß und mutig, nicht hässlich und verdient viel.«
»Keine Millionen. Schauen Sie sich sein Häuschen an! Könnte eine Renovierung dringend benötigen.«
»Mancher steckt sein Geld in Autos und Urlaube.«
»Brondi nicht, Sie haben sicher seinen verrosteten Suzuki Geländewagen gesehen. Nein, Millionen verdient man als Bergführer nicht. Da ist seine Freundin wesentlich erfolgreicher. Ich dachte immer, sie betreibt nur eine kleine Bar. Als ich aber heuer in Sirmione am Gardasee war, habe ich ihr neues, großes Lokal gesehen, das Ristorante Gina. Am See kann man mit Touristen eben viel Geld verdienen. Hier geht nicht viel.«
Er zeigte auf die leeren Tische.
»Warum sind die Leute aus Tarino eigentlich abgewandert?«, wechselte Stefan das Thema.
»Tarino, das Nest oberhalb von Raglio? Von der Landwirtschaft kann man dort nicht leben und für die Jungen gab es keine Arbeitsplätze in der Nähe. Es blieben nur ein paar Alte, die ihre Heimat nicht verlassen wollten.«
»Es schaut so verfallen aus. Wie lange lebt dort eigentlich schon niemand mehr?«
»Genau weiß ich das nicht. Rund um das Jahr 2000 sind die letzten Bewohner gestorben. Es ist traurig. Das Rad der Zeit kann man nicht zurückdrehen. Wenn Häuser nicht bewohnt werden, verfallen sie sehr rasch.«
Stefan trank seinen Kaffee aus und sagte: »Ich werde doch mein Glück versuchen. Vielleicht ist Brondi zu Hause.«
Er zahlte und verließ den Wirt, der sich wieder den Sportberichten in der Zeitung zuwandte. Stefan spazierte hinter die Kirche und ging am Haus von Brondi vorbei. Das kleine Gebäude wirkte

mit seiner abbröckelnden Fassade und den Fensterläden, von denen der Lack größtenteils abgegangen war, renovierungsbedürftig. An der Gartentür war ein Zettel befestigt, auf dem stand: »Erreichbar wieder am 7. Juli am Abend.« Daneben war noch eine Telefonnummer angegeben. Stefan kehrte, durch das Gespräch mit dem Wirt in seinen Überlegungen bestärkt, zum Auto zurück. Er beschloss, zum Gardasee zu fahren.

Mitten am Nachmittag erreichte er nach vierstündiger Fahrt Sirmione und bald fand er das Ristorante Gina, vor dem er einparkte. Es war ein nagelneues Gebäude, mit knallroten Dachziegeln gedeckt, und seine Terrasse lag direkt am Ufer des Gardasees. Das Lokal öffnete erst um 19 Uhr. Gegenüber gab es einen Friseur und Stefan beschloss, diesen aufzusuchen. Ein fescher Haarschnitt konnte ihm auf keinen Fall schaden. Während der Friseur seine frisch gewaschenen Haare schnitt, plauderte er ohne Unterbrechung über die Probleme des italienischen Fußballs und über den Giro d'Italia. Bei erster Gelegenheit versuchte Stefan, ein neues Thema in die Unterhaltung zu bringen.

»Hier stand aber früher kein Lokal«, meinte Stefan und zeigte zum »Ristorante Gina«.

»Nein, ein kleiner Campingplatz lag dort«, antwortete der Friseur.

»Der Wirt hat sich einen guten Platz ausgesucht«, sagte Stefan anerkennend.

»Es ist eine Wirtin. Sie heißt Gina. Sie hat früher in der Nähe des Hafens eine Bar geführt. Eine tüchtige Frau.«

»Ach, diese Gina«, schwärmte Stefan. »Das ist eine hübsche Frau.«

Der Friseur lachte: »Seien Sie vorsichtig. Sie hat einen Freund, einen Bergführer, der ist sehr eifersüchtig. Sie müssen sich eine andere Freundin suchen. Mit der Frisur, die ich Ihnen jetzt mache, gefallen Sie sicher noch hübscheren Mädchen. Sie werden sehen. Wollen Sie eine blonde oder eine schwarze?«

»Eine Blonde«, log Stefan. »So blond wie Gina.«

»Ginas Haare sind schwarz wie die Nacht. Ganz sicher. Sie ist seit Jahren meine Kundschaft.«

»Als ich voriges Jahr im Sommer in ihrer Bar war, waren sie blond«, beharrte Stefan.

»Stimmt, im Sommer färbt sie sich die Haare manchmal blond.«

Der Friseur zeigte mit Hilfe eines Spiegels sein Werk. Stefan nickte zufrieden.

Als er den Friseur verließ, war es noch nicht 19 Uhr. So spazierte Stefan mitten zwischen den zahlreichen Urlaubern durch den Ort. Gegen 20 Uhr kehrte er zum Ristorante Gina zurück.

Es war eine heiße Sommernacht und auf der Terrasse des Lokals speisten zahlreiche Urlauber. Stefan fand gerade noch einen freien Platz. Zwei Kellnerinnen und ein Ober bedienten. Die schwarzhaarige Frau, die im Inneren des Lokals alles lenkte und dirigierte, musste wohl Gina sein. Sie war klein und zierlich, hübsch und sehr freundlich. Stefan bestellte eine Pizza Calzone und beobachtete Gina genau. Die Rechnung brachte sie ihm persönlich.

Als er das Ristorante verließ, fiel ihm ein, dass er Giulia verständigen sollte, dass er heute nicht mehr zurückkommen würde. Er erzählte ihr, was er erfahren hatte und was er morgen vorhatte. Giulia wollte ihn davon abhalten. Sie meinte, es wäre viel zu gefährlich. Stefan sollte die Angelegenheit der Polizei überlassen, doch er wollte das Rätsel um das Verschwinden seines Onkels selbst lösen. Er beschloss noch möglichst weit Richtung Österreich zurückzufahren. Erst gegen Mitternacht nahm er sich in einer kleinen Ortschaft ein Zimmer.

Tarino: 8. Juli

Noch am Vormittag erreichte Stefan Raglio. In einem Baumarkt an der Strecke hatte er sich einen Spaten besorgt. Er fuhr mit dem Wagen soweit ins Tarinotal hinein, bis ihm eine Fahrverbotstafel die Weiterfahrt untersagte. Er parkte das Auto und marschierte Richtung Tarino. In der größten Mittagshitze erreichte er den verlassenen Ort, ging sofort auf den Friedhof zum Grab mit der Aufschrift Familie Dantelli und begann die Erde auszuheben.

Die Sonne hatte ihren höchsten Stand erreicht und, als er etwa dreißig Zentimeter ausgehoben hatte, setzte sich Stefan auf die steinerne Umfassung des Grabes. Hatte er sich das nur eingebildet oder hatte er wirklich den Lärm eines fahrenden Autos gehört? Um sich die Füße zu vertreten, machte er eine Runde um die Kirche und über den Hauptplatz. Wie schon beim ersten Besuch wurde er das Gefühl nicht los, dass ihn jemand beobachtete.

Dann hörte er ein lautes, blechernes Krachen, dem er keine Ursache zuordnen konnte. Es glich dem Lärm, den leere Lastautos erzeugen, die zu schnell über unebene Straßen fahren. Vielleicht fuhr ein Holztransporter hinauf zur Alm, um geschlägerte Baumstämme abzuholen. Er kehrte wieder zum Friedhof zurück und musste nicht lange weitergraben. Er stieß mit dem Spaten nicht gegen einen Sarg sondern auf den Nylonstoff eines Biwak-Sackes. Er öffnete ihn und der austretende Geruch der Verwesung zwang ihn, aus dem Grab zu steigen. Seine Befürchtungen hatten sich bestätigt. Es war an der Zeit, die Polizei zu verständigen. Er steckte den Spaten in die Erde und nahm sein Handy aus der Hosentasche.

»Hier gibt es keinen Empfang«, sagte eine wohlbekannte Stimme hinter ihm.

Stefan drehte sich um. Wenige Schritte von ihm entfernt stand Brondi. In der rechten Hand hielt er eine Pistole, die auf Stefan gerichtet war.

»Nett, dass du mir die Arbeit abgenommen hast. Es ist wie in einem Wildwestfilm, ich muss dich nur noch in dein Grab legen«, meinte Brondi lächelnd. »Dumm, dass du dich gestern in meinem Stammlokal nach mir und den letzten Verstorbenen von Tarino erkundigt hast. Als mir der Wirt darüber berichtete, wusste ich sofort, dass du mir auf der Spur bist.«

Vor Angst brachte Stefan kein Wort hervor.

»Diesen Blick kenne ich. Genau so sah mich dein Onkel an, als ich mit meiner Pistole auf ihn zielte. Der Narr dachte wirklich, Gina würde mit ihm und zwei Millionen Euro nach Argentinien gehen.«

Brondi schüttelte lachend seinen Kopf. Stefan wusste, dass er Zeit gewinnen musste, um sein Leben retten zu können. Zunächst galt es, Brondi in ein Gespräch zu verwickeln.

»Wann ist euch dieser teuflische Plan eingefallen? Wohl schon vor Jahren«, fragte er Brondi.

»Bereits auf unserer ersten Tour hat mir dein Onkel erzählt, wie unglücklich ihn das Zusammenleben mit deiner Tante macht. Bald wusste ich, dass er sehr reich war. Weder ich noch Gina konnten jemals ein solches Vermögen verdienen. Daher beschlossen wir, dass Gina deinen Onkel verführen, er sich scheiden lassen und Gina heiraten sollte. Ich nahm sie auf die nächsten Bergtouren mit und stellte sie als meine allein stehende Schwester vor. Schon nach wenigen Tagen war er ihr verfallen, aber es lief nicht nach unserem Plan. Er wollte sich von deiner Tante nicht scheiden lassen. Bei den komplexen Vermögensverhältnissen hätte ein Scheidungsprozess lange dauern können. Er selbst kam auf die Idee, mit Gina und seinem Vermögen einfach zu verschwinden und in Südamerika eine neue Existenz zu gründen. Auch den Plan, am Weißkees vermisst zu werden, hat sich dein Onkel ausgedacht. Als er dann voriges Jahr tatsächlich mit zwei Millionen Euro im Rucksack anrückte, war sein Schicksal besiegelt.«

Während Brondi erzählte, hatte er die Hand mit der Pistole gesenkt.

»Wo hast du ihn ermordet?«, stieß Stefan noch immer fast gelähmt vor Angst hervor.

»Noch am Joch zwischen Schwarzwand und Weißwand. Ich werde seinen Blick nicht vergessen, als er merkte, dass ich ihn töten wollte. Wir haben ihn ins Tarinotal abgeseilt und ihn in einem Biwak-Sack im Wald versteckt. Gina ist allein zu Fuß nach Raglio marschiert und ich bin wieder hinaufgeklettert. Zwei Tage später mitten in der Nacht haben wir die Leiche mit meinem Geländewagen abgeholt und deinen Onkel hier als Mitglied der Familie Dantelli bestattet. Unser Plan war genial. Leider wusste ich nicht, dass ein deutscher Manager auf der Tarinoalm seine Auszeit nahm.«

»Mit dem Geld hat Gina das Ristorante errichtet?«, wollte Stefan das Gespräch aufrechterhalten.

»Das Lokal ist wunderbar geworden. Eine Goldgrube, direkt am Ufer des Gardasees. Es ist ziemlich heiß hier. Ich denke, wir setzen der Sache einen Schlusspunkt.«

Brondi hob seine Hand wieder und zielte auf Stefan.

»So genial war der Plan nicht. Da gab es doch noch eine Panne. Michael Pichler kam dir in die Quere«, warf Stefan eilig ein.

Brondi blickte überrascht auf, ließ die Pistole wieder sinken und trat einen Schritt zur Seite, wodurch etwas ins Blickfeld von Stefan rückte, dass ihm die Angst nahm.

»Dass ich Michael Pichler töten musste, tut mir Leid. Er war ein patenter Kerl. Ich wusste natürlich nicht, dass er ein geheimes Treffen mit Kurt Sonnhofer auf der Schwarzen Lenke hatte. Der Weg dorthin führt nicht weit vom Joch zwischen Schwarzwand und Weißwand vorbei. Er muss uns dort gesehen haben. Vermutlich verwundert, warum wir nicht schon auf dem Gletscher unterwegs waren, hat er mit seinem Feldstecher zu uns geblickt und den Mord gesehen. Ich hätte deinen Onkel lieber auf der Tarinoalm getötet, weil ich mir sicher war, dass uns dort niemand sehen würde. Dein Onkel wollte aber unbedingt, dass ich Gina und ihn nur von oben beim Abseilen sichern und dann sofort zur Weißwandhütte gehen sollte, um die Lüge vom verirrten Direktor Furtmann zu verbreiten. Daher musste der Mord auf dem Joch geschehen. Als dein Onkel schon tot auf dem Boden lag, hatte ich das ungute Gefühl, dass uns irgendjemand beobachtet haben könnte. Ich suchte die Gegend mit meinem Feldstecher ab und sah Michael in Richtung zur Weißwandhütte laufen. Sofort hetzte ich hinterher. Ich wusste, dass er einen verstauchten Fuß hatte und trotzdem hätte ich ihn beinahe nicht rechtzeitig eingeholt. Er erreichte vor mir die Weißwandhütte und, als ich die Küche betrat, hatte er schon das Funkgerät in der Hand. Ich schoss sofort. Bevor er starb, sagte er noch: »Du, verdammtes Schwein.« Als ich mich schon wieder einige hundert Meter von der Hütte entfernt befand, drehte ich mich um. Ich sah Hans Santner, der sich, von seiner Alm kommend, der Hütte näherte. Warum er die Leiche in der Hütte nicht fand, ist mir bis heute ein Rätsel geblieben.«

»Er hat die Hütte betreten und hat den Ermordeten gesehen«, stellte Stefan fest, das Geschehen hinter Brondi genau beobachtend.

»Warum hat er niemand davon erzählt?«

»Weil er dachte, Giulia hätte Michael ermordet.«

»Warum hätte sie das tun sollen?«

»Weil sie wusste, dass Michael plante, einen Teil des Tales zu verkaufen. Sie wollte das verhindern. Sie wartete, im Lagerraum der Hütte versteckt, auf Michael, um ihn zu töten. Zwischen dem Wunsch, jemanden am liebsten umbringen zu wollen, und der Tat liegen aber Welten.«

»Giulia war im Lagerraum der Hütte versteckt?«, meinte Brondi erstaunt. »Sie hat mich nicht gesehen?«

»Nein«, antwortete Stefan. »Als sie aus ihrem Versteck kam, sah sie nur den weglaufenden Hans und dachte, er hätte Michael ermordet.«

Brondi schüttelte nur den Kopf.

»Dann bist du wieder hinauf zu Gina gelaufen«, setzte Stefan fort. Brondi durfte sich auf keinen Fall umdrehen. Die Carabinieri hatten sich schon bis auf wenige Meter an ihn herangeschlichen.

»Giulia war in der Vorratskammer«, wiederholte Brondi zweimal und er schien sich völlig in die damalige Situation zurückversetzt zu haben. Stefan sprach einfach weiter.

»Nachdem ihr die Leiche abgeseilt habt und du wieder auf das Joch zurückgeklettert bist, wolltest du zur Hütte absteigen und melden, dass Direktor Furtmann sich auf dem Gletscher verirrt hat. Schon auf halbem Weg zur Hütte bist du der Familie Patznik begegnet und hast ihnen deine Lügengeschichte erzählt.«

Brondi schien Stefan gar nicht zu hören. Er verweilte mit seinen Gedanken völlig in der Vergangenheit. Da stürzten sich drei Carabinieri zugleich auf ihn und konnten ihn ohne Gegenwehr überwältigen.

Brondi sagte nichts, als er abgeführt wurde, auch nicht, als er an Chefinspektor Tuschnik vorbeikam, der hinter einem Grabstein gestanden und nun hervorgetreten war. Tuschnik schaute ihm noch nach und kam dann, begleitet von mehreren anderen Carabinieri, zu Stefan.

»Sie wissen, wem Sie ihr Leben verdanken«, sagte er ernst statt einer Begrüßung. »Wenn Giulia mir nicht alles erzählt hätte, lägen sie jetzt in dieser Grube. Der jahrelangen guten Zusammenarbeit mit den Italienern verdanken Sie es, dass ich die Carabinieri so rasch zum Einschreiten überredete. Leider konnte ich sie nicht davon überzeugen, Brondi gleich bei seiner Ankunft hier zu verhaften. Wir haben bereits seit den Morgenstunden gut versteckt auf Sie und Brondi gewartet. Zum Glück hat er nicht gleich geschossen. Sie sind verdammt gut beim Auflösen dieses Falles gewesen. Gratuliere, aber Sie sind auch verdammt unvernünftig, wenn es um Ihre eigene Sicherheit geht.«

Stefan antwortete nicht. Er war nur über alle Maßen glücklich, noch am Leben zu sein.

»Woher wussten Sie, dass die Leiche hier versteckt war?«, war Tuschnik neugierig.

»Zufall. Wie ich durch das Tarinotal abstieg, fühlte ich mich von dieser verlassenen Ortschaft angezogen. Ich spazierte auf dem Friedhof umher, um festzustellen, wann die letzten Einwohner verstorben waren. Da fand ich dieses Grab. Der Zustand zeigte mir deutlich, dass die letzte Bestattung höchstens ein Jahr zurücklag. Vorgestern am Nachmittag war mir die Idee gekommen, dass Brondi meinen Onkel und seine Begleiterin oder nur meinen Onkel umgebracht haben könnte. Schließlich hatte er zwei Millionen Euro bei sich. Ich erinnerte mich einiger Kleinigkeiten. Der deutsche Manager sagte doch, dass mein Onkel beim Abseilen so ungeschickt wie ein Sack wirkte. Kein Wunder, er war zu diesem Zeitpunkt schon tot. Gestern erfuhr ich, dass die letzten Einwohner von Tarino rund um das Jahr 2000 verstorben waren und Brondi einen Suzuki Geländewagen fährt. Ich erinnerte mich sofort daran, dass der deutsche Manager zwei Tage, nachdem er den Abstieg durch die Wand beobachtet hatte, mitten in der Nacht einen Suzuki Geländewagen auf der Alm gesehen hatte. Ich begann eins und eins zusammenzuzählen. Ich fragte mich nur noch, wohin die zwei Millionen Euro verschwunden waren. Als ich dann hörte, dass Brondis Freundin Gina seit kurzem in Sirmione am Gardasee ein neues Gasthaus besitzt, fuhr ich sofort hin. Glücklicherweise traf ich dort auf Ginas Friseur und er erzählte mir, dass sich Gina im Sommer manchmal die Haare blond färben lässt. Sie war die Freundin meines Onkels.«

»Die italienische Polizei wird Gina in Kürze verhaften«, sagte Tuschnik. »Mir war Brondi auch verdächtig. Es kam mir seltsam vor, dass er so plötzlich zugab, dass er deinem Onkel beim Verschwinden geholfen hatte. Schließlich hätte er auch leugnen können. Er dachte wohl, dass er uns so viel besser von seinem wirklichen Verbrechen ablenken könnte. Von Anfang an verstand ich nicht, dass das Verschwinden Ginas niemand aufgefallen war. Wie kamen sie dahinter, dass Brondi Michael Pichler ermordet hatte?«

Stefan schwieg einen Augenblick und meinte dann: »Kein Motiv schien mir wirklich zwingend zu sein. Kurt Sonnhofer soll gemordet haben, weil er das Tal nicht kaufen kann, Giulia oder Hans, um den Verkauf zu verhindern, das Ehepaar Patznik, um sich für den Tod des Sohnes zu rächen. Ein Unbekannter soll getötet haben, um das Geld in der Kassa der Weißwandhütte zu rauben. Martin Leitner soll Michael Pichler erschossen haben, um aus seiner Schuldenfalle zu entkommen. Da war das Motiv von Martin Leitner noch das stärkste. Jemand zu töten, der einem beim Morden zugesehen hat, das ist schon ein mächtiges Motiv. Sobald ich mir sicher war, dass Brondi meinen Onkel getötet hatte, war mir klar, dass er der Mörder von Michael Pichler war.«

Chefinspektor Tuschnik nickte anerkennend.

»Sie sollten zur Polizei gehen.«

»Nein, das möchte ich sicher nicht.«

»Kommen Sie, ich bringe Sie zurück nach Österreich«, meinte Tuschnik entgegenkommend.

Stefan schaute ihn erstaunt an.

»Brondi hat Giulias Auto in die Klamm hinunter gestürzt. Er wollte möglichst alle Spuren vernichten. Vielleicht können Sie noch einen Zug nach Wien erreichen.«

Gerade wollte Stefan den Mund öffnen, da lachte Tuschnik und sagte:

»Ich bringe Sie natürlich nach Oberstoms. Ich weiß, dass Sie zu Giulia wollen. Vielleicht kann ich telefonisch die Freilassung von Hans Santner veranlassen.«

Tatsächlich wartete Hans Santner bereits auf dem Hauptplatz von Oberstoms.

Tuschnik brachte Stefan und Hans noch bis zum Santnerhof hinauf. Giulia, die den Lärm des ankommenden Wagens gehörte hatte, wartete bereits vor dem Hof stehend. Während Stefan und Giulia einander umarmten, kam sich Tuschnik ziemlich überflüssig vor. Hans schaute lächelnd zu.

»Brondi wollte ihn töten«, sagte Tuschnik schließlich, der es peinlich fand wegzusehen und noch peinlicher hinzuschauen.

Giulia ließ Stefan los, trat einen Schritt von ihm weg und rief: »Wie konntest du nur so unvernünftig sein?«

»Sie haben ihm das Leben gerettet«, fuhr Tuschnik fort. »Ihr Auto konnten wir leider nicht retten.«

Stefan überlegte, was er Giulia antworten sollte, doch sie nahm seine Hand und sagte: »Riskier so etwas nie wieder!«

Epilog: 22. Dezember

Es war Winter geworden und Monate waren vergangen. Langsam fuhr der Regionalzug durch das schneebedeckte Stomsertal aufwärts. Es war um die Mittagszeit und trotzdem war es draußen beinahe finster, so heftig ließ ein Genuatief den Schnee vom Himmel fallen. Hin und wieder erhellten Blitze eines Wintergewitters die Landschaft. Stefan saß allein im Waggon und erinnerte sich daran, was seit dem Tag geschehen war, als er die Leiche seines Onkels am Friedhof auf dem Tarino entdeckt hatte.

Es war keine leichte Aufgabe gewesen, seiner Tante zu erzählen, was wirklich vorgefallen war. Letztendlich brachte ihr aber die Wahrheit über das Verbleiben ihres Mannes die innere Ruhe zurück. Der Leichnam seines Onkels wurde nach Deutschland überstellt und im Familiengrab bestattet. Brondi und seiner Freundin Gina wurde der Prozess gemacht. Die Anklage gegen ihn lautete auf Raubmord, Mord und Mordversuch. Er hatte in den Verhören zugegeben, das Seil, mit dem Stefan zur Tarinoalm abgestiegen war, gelockert zu haben. Gina wurde wegen Beihilfe zum Mord angeklagt. Das geraubte Geld würde seine Tante zurückerhalten. Kurt Sonnhofer erhielt eine geringfügige Strafe für das gewaltsame Eindringen in die Weißwandhütte. Wesentlich höher fiel die Bestrafung von Martin Leitner aus. Während seines Prozesses stellte sich nämlich heraus, dass er den Raubüberfall auf seine Hütte nur erfunden hatte, um einen schon geplanten Überfall auf Michael Pichler angeblichen Räubern in die Schuhe schieben zu können. Die Männer, die Giulia fast vergewaltigt hatten, hätten ein Jahr davor Michael niederschlagen und berauben sollen, aber seine Ermordung machte die Durchführung dieses Planes hinfällig.

Die restlichen Wochen des Sommers half Stefan Giulia auf der Weißwandhütte, Wochen, an die er sich nur zu gerne zurückerinnerte. Es kam der September. Stefan musste zum Studium nach Wien und Giulia nach Verona. Videotelefonieren über das Internet musste das wirkliche Zusammentreffen ersetzen. Nur zu Allerheiligen trafen die beiden einander auf dem Santnerhof.

Seit 18. Dezember war Giulia wieder zu Hause. Die Opernschule in Verona schloss schon an diesem Tag ihre Pforten für die Weihnachtsferien. Angenehmerweise wurde auch eine Vorlesung in Wien abgesagt und Stefan war zwei Tage früher als angekündigt unterwegs. Er wollte Giulia überraschen und hatte ihr von seinem verfrühten Eintreffen nichts erzählt. Mit jeder Station, die der Zug tiefer ins Stomsertal hineinfuhr, wurden die Schneeberge, die neben den Bahnsteigen zusammengeschaufelt worden waren, höher. Stellenweise war seit der Nacht mehr als ein halber Meter Neuschnee gefallen.

Als Stefan am Bahnhof in Unterstoms ausstieg, war es ungewöhnlich still. Der frisch gefallene Schnee schluckte jeden Laut. Der Bus musste eine halbe Stunde auf den Schneepflug warten, denn selbst mit Schneeketten war kein Weiterkommen möglich. Hinter dem vorausfahrenden Pflug konnte der Bus dann die Steigungen nach Oberstoms bewältigen. Als sie den Hauptplatz erreichten und der Fahrer am Ende des Platzes das Schild mit der Aufschrift »Wegen Lawinengefahr gesperrt« erblickte, meinte er zu einer älteren Frau, die mit Stefan im Bus saß: »Anna, ich denke, du wirst bei deiner Cousine im Ort übernachten müssen. Die Straße ist bereits ab dem Hauptplatz gesperrt. Ich darf nicht einmal mehr bis nach Hochwiesen fahren.«

Hochwiesen war ein Weiler aus mehreren Bauernhäusern, der zwei Kilometer oberhalb der Ortschaft an der Straße lag, die zum Stomserjoch führte, das im Winter gesperrt war.

»Na Gert, dann schau wenigstens, dass du noch nach Unterstoms zurückkommst«, antwortete die Frau beim Aussteigen. »Hoffentlich muss ich nicht bis Weihnachten hier bleiben. Ich hätte noch so viel zu erledigen. Gesegnete Feiertage.«

»Wenn es die Nacht über so weiterschneit, geht hier morgen nichts mehr«, meinte der Fahrer, als Stefan ausstieg.

Stefan spürte förmlich, dass der Fahrer gern gewusst hätte, was Stefans Ziel war. Dieser befriedigte die unausgesprochene Neugier nicht und verabschiedete sich nur. Der Bus kehrte um und Stefan stapfte zwischen den Schneebergen, die das Erdgeschoss der Häuser fast verdeckten, los. Ursprünglich hätte er über den Güterweg zum Santnerhof aufsteigen wollen, doch dieser begann an der Straße, die wegen Lawinengefahr gesperrt war. So entschloss sich Stefan, den Fußweg zu nehmen. Am Ende der Ortschaft befestigte er die Schneeschuhe. Er beeilte sich, über die Wiesen den Wald zu erreichen, bevor er jemanden traf, der ihn nach seinem Vorhaben fragen würde. Im Wald lag der Schnee weniger hoch. Zum Glück waren die Markierungen an den Bäumen so angelegt, dass sie noch nicht verschneit waren. Die gute Kondition der Sommerwochen war längst dahin. Der Aufstieg war anstrengend und dauerte länger, als Stefan gedacht hatte.

Als er den Waldrand erreichte, wo die großen Wiesen begannen, die zum Santnerhof führten, begann es dunkel zu werden. Der Schneefall war noch stärker geworden. Es war nicht mehr weit zum Santnerhof und natürlich wusste Stefan sehr genau, wo das Gebäude stand. Sobald er den Wald hinter sich gelassen hatte und rund um sich nur noch eine weiße Schneefläche sah, war eine Orientierung kaum mehr möglich. Trotz der Schneeschuhe sank er bis über die Knie im luftigen Pulverschnee ein. Nach einiger Zeit erwartete er, dass das Haus jeden Augenblick vor ihm stehen müsste. Dem war aber nicht so. Er marschierte weiter und weiter. Kein Santnerhof tauchte im dichten Schneetreiben vor ihm auf. Mit einem Mal überkam ihn die Sorge, er könnte schon längst links oder rechts am Haus vorbeigegangen sein. Unterdessen war es dunkel geworden. Er setzte seine Stirnlampe auf. Trotzdem sah er im dichten Schneetreiben keinen Meter weit. Da stieß er fast mit dem Kopf gegen eine Wand. Er tastete sich entlang und erkannte die Kapelle.

Überrascht stellte er fest, dass er sie von der Seite aus erreicht hatte. Er musste also in einem großen Bogen über die Wiese gegangen sein. Wäre er nicht in die Kapelle hineingelaufen, hätte er den Hof sicher nicht erreicht. Er begann sich frisch zu orientieren. Von hier waren es nur ein paar hundert Meter zum Santnerhof. Er versuchte so gut es ging, die eingeschlagene Richtung beizubehalten. Auf der kurzen Strecke war er zuversichtlich, nicht mehr weit abweichen zu können. Da tauchten vor ihm die beiden beleuchteten Fenster der Stube auf. Erleichtert blieb er stehen.

Bis auf seinen eigenen Atem war es ganz ruhig. Für einige Zeit schaute er dem Flockenwirbel zu, der vom Licht der Fenster beleuchtet wurde. Dann näherte er sich dem Haus. Der Wind hatte den Schnee so gegen die Eingangstüre geweht, dass die Wechte die Tür fast zur Gänze verdeckte. Stefan räumte den Schnee mit den Händen zur Seite und klopfte an. Es rührte sich nichts. Da schlug er mit der Faust, so fest er konnte, gegen das Holz. Wieder rührte sich nichts. Er hörte nur den Wind.

Dann öffnete sich die Tür und Sepp Santner stand vor ihm. Schneebedeckt wie Stefan war, hätte ihn Sepp fast nicht erkannt. Stefan legte die Finger über seine Lippen und Sepp schwieg. Er ließ Stefan eintreten und schloss die Tür hinter ihm. Aus der Stube hörte Stefan Giulia rufen: »Was war es denn?«

»Der Wind muss an der Tür gerüttelt haben«, antwortete Sepp.

Stefan betrat zusammen mit ihm die Stube.

Neben dem Kachelofen war eine große Krippenlandschaft im Aufbau. Davor standen offene Kisten, in denen die Häuser, Bäume und Figuren während des Jahres verwahrt wurden. Giulia und Lena waren so intensiv an der Arbeit, dass sie Stefan nicht wahrnahmen. Hans blickte sich als Erster um. Er lächelte Stefan freundlich an, sagte aber nichts. Da richtete sich Giulia auf und drehte sich um.

»Stefan! Das ist eine Überraschung«, rief sie fröhlich und eilte zu ihm.

»Du machst ja die ganze Stube nass«, mit diesen Worten drängte sie ihn auf den dunklen Flur hinaus, schloss die Tür hinter sich und die beiden küssten einander.

»Ich fürchtete schon, dass es uns so einschneien würde, dass du zu Weihnachten nicht anreisen könntest, aber du bist hier. Jetzt kann es schneien, so viel es will.«

Tatsächlich hielt der Schneefall die ganze Nacht über an und Oberstoms war über die Feiertage von der Umwelt abgeschnitten.

Thomas Himmelbauer

Tod am Güttenbach

Im burgenländischen Güssing tagt der ICSE, der Internationale Kongress für Solarenergie. Linda Bäumler wittert die Gelegenheit, geheime Firmenunterlagen ihres Mannes für viel Geld zu verkaufen, um mit ihrem Geliebten ein sorgenloses Leben zu genießen. Doch die Übergabe am Güttenbach läuft nicht nach Plan, ein Mord geschieht. Anton Geigensauer, ein junger Beamter des Innenministeriums, wird in die Ermittlungen einbezogen.

ISBN 978-3-902784-07-0
www.federfrei.at

Tod im Gymnasium

Als Prof. Dirkbacher am Ende des Elternsprechtages nochmals ins Gymnasium zurückkehrt, entdeckt er in der Garderobe die Leiche seiner Kollegin Prof. Ringelstein. Jemand hatte ihr in den Kopf geschossen. Noch bevor er die Polizei verständigen kann, hört er Schritte im Stiegenhaus: Der Mörder ist noch im Gebäude! Als die Beamten ihre Ermittlungen starten, finden sie bald heraus, dass sich zum Zeitpunkt der Tat nicht nur der Mörder und Prof. Dirkbacher im Schulgebäude aufhielten.

ISBN: 978-3-902784-00-1
www.federfrei.at

Tod in Pannonien

Im kleinen südburgenländischen Ort Güttenbach werden zwei Ausländer ermordet: Trotz intensiver Recherche finden die Kriminalisten keine Anhaltspunkte, um den Täter zu fassen. So wird ein junger Beamter des Innenministeriums, Anton Geigensauer, auf den Fall angesetzt. Er soll sich in Güttenbach ansiedeln und getarnt als Angestellter der Wetterstation ermitteln. Als Geigensauer beginnt, sich in Güttenbach heimisch zu fühlen, geschieht ein weiterer Mord.

ISBN: 978-3-9502560-6-2
www.federfrei.at